"谢谢你，在初雪来临之前，回到我的身边 。"

Niannishi Chuxuegialai

有爱的青春陪伴者

二

Niannishi
Chunegialai

念你时，初雪恰来

顾汐润
/著/
GUXIRUN

花山文艺出版社
河北·石家庄

图书在版编目（CIP）数据

念你时，初雪恰来 / 顾汐润著. —石家庄：花山文艺出版社，2019.10
ISBN 978-7-5511-4912-9
Ⅰ. ①念… Ⅱ. ①顾… Ⅲ. ①长篇小说—中国—当代Ⅳ. ①I247.5
中国版本图书馆CIP数据核字(2019)第192592号

书　　名：念你时，初雪恰来
著　　者：顾汐润

策划统筹：张采鑫
特约编辑：迟　暮
责任编辑：董　舸
责任校对：齐　欣
美术编辑：胡彤亮
封面设计：刘　艳
封面绘制：夏诺多吉
内文设计：孙欣瑞
出版发行：花山文艺出版社（邮政编码：050061）
（河北省石家庄市友谊北大街330号）
销售热线：0311-88643221/29/35/26
传　　真：0311-88643225
印　　刷：长沙鸿发印务实业有限公司
经　　销：新华书店
开　　本：880×1230　1/32
印　　张：8.5
字　　数：230千字
版　　次：2019年10月第1版
2019年10第1次印刷
书　　号：ISBN 978-7-5511-4912-9
定　　价：36.80元

念你时，初雪恰来

目　录

CONTENTS

念你时，初雪恰来

目 录

CONTENTS

Niannishi Chuxueqialai

Chapter.1

– 雪地偶遇 –

“这样大的雪，什么时候才能停啊？”

“这样大的雪，什么时候才能停啊？”

晏淮听到这句话，忽然停下了脚步。

他侧头望过去，窗边站着一个亚洲女子，个子很高，浓黑如墨的长发披在肩上，露出一侧白皙细嫩的脖颈。

晏淮的注意力都在她头上，她戴着一顶桃红色的针织帽，浓艳的色彩中透露出一丝土气，顶上露出两只拙劣的猫耳朵，后面还有一截绿色的尾巴。

晏淮忍不住多看了几眼，小声叹道：“这帽子真丑。”

谁知这位同胞姑娘听力极佳，立刻回过头来，眼中嗖嗖嗖地放出冷刀，开口道：“你是在说我吗？”

一般人在这种情况下都会说不是，然后为自己辩解一下。

但晏淮不是一般人。

他耸了耸肩道：“不好意思，被你听见了，我下次会更小声一点。”

Excuse me？

这人咋回事？怎么这么厚脸皮？

宁霁眯起眼睛打量他。男生长得很俊俏，一双桃花眼微微垂着，似醉非醉，似醺未醺，散发出非常懒散的气质。最后，她的目光落在他身后长长的背包上：“你要去训练馆吗？”

“你怎么知道的？”

“这么大的雪你怎么出去？”

“用脚，走过去呗。”晏淮随手拉起衣服上的帽子，推开门就要出去。

“兄台，等一下！”宁霁一个箭步冲了上来。

她帽子上的小尾巴在空中一抖一抖的，显得既倔强又可怜，晏淮忍不住又看了几眼。

“我跟你一起去！我要路过训练馆，两个人走可以搭个伴。”宁霁非常大度地说，“你带上我一起，我就原谅你刚才的冒犯。”

晏淮疑惑：“我什么时候冒犯你了？”

“你说我的帽子丑。”

“我冒犯的是你的帽子，不是你本人。”

“……”宁霁差点被他感人的逻辑打动了。

她知道这个世界上有些人就是天生无耻，但没想到今天就能碰上一个。面前的人长了这么帅气的一张脸，谁能想到其厚度堪比城墙？

宁霁顺了口气，发自肺腑地说：“兄台，咱们都是中国人，要互相帮助。我就去训练馆前头的酒店，你看在这顶可怜的帽子分上，就带个路吧。”

晏淮可算是听懂了。

“你找不到路？”

宁霁使劲点点头。

“从这儿往前走第一个岔路口左拐就到了。你说你找不到？”

宁霁尴尬，讪讪笑了笑。

晏淮一副若有所思的表情，沉默了片刻，说：“行吧，我给你签名。”

“哈？”

“这么近的距离都找不到，你应该是来要签名的吧？”晏淮颇有些无奈地伸出手，“笔呢？我签在哪儿？”

宁霁错愕地看着面前的男生。她发自内心地怀疑，这是个智障吧？这的的确确是个智障没错吧？

“得快一点了。”晏淮还挺有礼貌地提醒她，“我赶着去训练，明天还有比赛呢。”

“不是，”宁霁有点无从开口，“我不是来要签名的，我也不认识你，我就是想让你带个路……”

晏淮忽然笑了一下，他笑起来的样子特别好看，宁霁居然有瞬间的恍神。

男生微微弯下腰，平视着她的眼睛，一字一顿地说：“让‘小魔王’带路，你是认真的吗？”

晏淮装得本来挺成功的，宁霁也着实有点被震慑住。然而败就败在，他话刚说完，兜里的手机突然响起了铃声。

“小兔子乖乖，把门儿开开，快点儿开开，我要进来……”

稚嫩欢快的童声响彻显得空旷的大厅里，缭绕出一个微妙且出戏的氛围，晏淮上一秒的拉风瞬间变成了此刻的大眼对小眼。

宁霁先是呆滞了两秒，随即没忍住“噗”了一声，笑气直直喷到了男生脸上。

晏淮十分嫌弃地抬袖擦擦脸，然后掏出手机接听电话。

“没有人，就我自己……旁边的人不认识。嗯，我马上就到。”

晏淮冷冷地瞥了一眼宁霁，她已经扶着墙笑得直不起腰了，帽子上的尾巴跟着一起花枝乱颤。

他忽然有点上火——好像被一根尾巴挑衅了？

晏淮一句话也不想说了，推开门就走。

宁霁一边狂笑，一边跟着他：“别，等等我。小魔王，哈哈哈哈哈哈，刚才那个是你的铃声吗？小魔王殿下？”

晏淮沉着脸，一言不发。

“哈哈哈哈哈哈……我是真的控制不住啊。对不起小魔王殿下，我不笑了，我真的不笑了……哈哈哈！”

尽管喝了一大口风雪，但宁霁实在是停不下来。原来抓到别人的小把柄居然是这么快乐的一件事！

晏淮终于忍无可忍，一把揪住她帽子上的小尾巴，质问：“我就是喜欢这首童谣，不行吗？”

“行行行……你快松开我，我妈织得松，你别给我扯掉了。”

原来是妈妈织的帽子……晏淮松了手。也是，这种审美诡异的帽子商店里也买不到。

宁霁笑够了，扶好帽子，跟晏淮保持半米的距离，深一脚浅一脚地走着，风雪让视线变得模糊，心脏却无比雀跃。

男生眼眶边有微微的红晕，不知道是冻的，还是天生自带。宁霁用眼角余光打量了一会儿，问：“哎，你是哪个项目的选手？”

晏淮懒得理她：“不告诉你。”

“你是不是怕我把你的秘密抖出去？”宁霁杏眼弯了弯，拍着胸脯保证，“你放心吧，我跟你不一样，我是个有操守的年轻人。”

晏淮斜了她一眼：“神经病。”

“过奖。论神经，还是把童谣设成来电铃声的小魔王殿下更胜一筹啊。”宁霁嘻嘻笑，还忍不住哼了起来，“小兔子乖乖，把门儿开开，快点儿开开，我要进来，不开不开就不开，妈妈没……”

她没唱完，晏淮忽然转过来抓紧她的手臂，死死地盯着她，眼眶边的红晕更红了，似乎染上了血气，语气也变得凶狠急躁：“你唱的什么？”

宁霁吓了一跳：“我、我不唱就是了，开个玩笑而已……你别这么生气。”

“不，我是问，你刚刚那句怎么唱的？”

宁霁愣了。

“‘快点儿开开，我要进来’的下一句。再唱一遍。”

“不开不开我不开，妈妈没回来……”

晏淮眉头蹙成一个结，声音因为失望而涩然：“你刚刚是这样唱的吗？”

“是吧……”宁霁一头雾水，“歌词就是这样呀。”

不对，不是这样。

他明明记得，第一遍时她有一个字唱错了。她唱的是“就不开”，而真正的歌词是“我不开”。

宁霁疑惑地问他怎么了，晏淮却没再说话，眼睛里阴晴不定。两人之间的气氛突然跌到冰点。

晏淮腿长，步子比较大，宁霁跟得有点吃力，一不留神就滑了一跤。兔起鹘落间晏淮突然伸出手，抵在她背上，稳稳地把她撑住。待她站稳，他又利索地把手缩了回来。尽管都穿着厚厚的雪服戴着手套，但还是避免了长久的身体上的接触。

宁霁对他忽然有些刮目相看。

“谢谢。看不出来，你还挺绅士。”

“举手之劳而已。”

说话间训练馆就到了，晏淮抬手给她指了指前方：“你要去的酒店就在那里。”

宁霁点点头。

晏淮最后又打量她一下，末了只是懒散地说了句“路上小心”，然后就一头扎进了训练馆。

宁霁回到酒店，掏出手机，微信显示有一条未读消息。

【学妹－路清美】：学姐，怎么样？雪山里好不好玩呀？

宁霁思考了一下，郑重地回了一句：很惨。我遇到一个智障。

今年的冬季极限运动会在安道尔举办，各个国家的选手集聚在这个欧洲小国，摩拳擦掌地等待着与对手的较量。

今天是单板滑雪U型池的比赛，宁霁早早就坐到了观众席的一角，准备观摩这场赛事。

与周围举着国旗和运动员个人名牌的观众不一样，宁霁独自坐在座位上，静静地看着选手们在U型池赛道上转体和空翻，显得冷清又镇定。

第五位准备出场的选手来自中国，也是今天比赛里唯一一位中国的参赛选手。

尽管这样，也没能引起宁霁多大的兴趣，她甚至从书包里掏出一盒鱼皮花生，心里有些惋惜地想：要是能带酒进来就好了。

中国选手的名字叫YAN HUAI，名单报出来时，宁霁听到场内所有中国女观众的尖叫声。

她好奇地抬起了头。

居然是他。

男生站在雪道顶端，做了些热身动作，然后拉下雪镜，遮住一双漂亮的桃花眼，接着拉起面罩，只给鼻子露出呼吸的缝隙。

虽然距离不近，但宁霁非常确定，他就是昨天那个“智障”无疑。她忽然产生了一丢丢兴趣，盖上鱼皮花生的盒盖，认真地看起比赛。

然而，比赛结果超出她的预料……

甚至可以说，超出了所有人的预料……

晏淮拉起面罩的时候，有一瞬间仿佛不能呼吸。他下意识地攥紧了拳头。

他非常明白，今天，他的状态太差了。是他运动生涯中前所未有的差，无论是身体状态还是心理状态。

比赛进入预备倒计时，晏淮检查了一下雪板，然后凝视着前方的雪道。

白茫茫一片。

他听不到场内观众的尖叫声，他耳边只萦绕着一句话，十年来一直埋在他心底，永远无法忘记的一句话——

“这样大的雪，什么时候才能停啊？”

晏淮又看到了，那个女孩说完话，转过头来，帮他系好围巾。

“你别哭，一定会有救援队发现我们的。”女孩有点婴儿肥，轻轻地拍着他，明明自己眼睛里藏不住恐惧，却仍然努力笑着，“要不我给你唱首歌吧，你别嫌弃啊。”

她清了清嗓，轻声唱道：“小兔子乖乖，把门儿开开，快点儿开开，我要进来，不开不开就不开，妈妈没回来，不开不开就不开，妈妈没回来……”

她唱得一点也不好听，唱错词了，还走调。

晏淮却听了好久好久。

赛场倒计时完毕，晏淮滑着单板，向着雪道不远处的女孩飞奔而去。

本届世界冬季极限运动会落下帷幕。

素有“小魔王”之称、最受瞩目的新一代中国单板滑雪选手晏淮，拿下了坡面障碍技巧季军，却以重大失误结束 U 型池比赛。

他甚至没来得及空翻，就直接摔在了雪道上。

赛后采访时，他什么都没说，反常地沉默到底。

秋高气爽，万里无云，T 大刚办完运动会，各个部门的学生正在收拾各自的东西。

“咦，那不是晏淮吗？”

“就是他呀。”

“啧，输得那么惨，居然还有脸来学校……”

“当然要来啦，小淮爷这么帅，光看脸也值了。”

晏淮坐在看台边上，长腿随意叉开，漫不经心地看着操场上忙碌的人。他戴着一副厚大的耳机，周围的低声细语，他像没听见似的。

一旁的盛飞扬却听见了，但他舍不得按屏幕上的暂停键，仍旧专注地看着动漫，只是用脚踢了踢晏淮：“狗爷，好像有人骂你。”

“哦。”

“还不止一个人。”

“嗯。”

“你不打回去？”

“根据我国治安管理处罚法规定，打人是不对的。”晏淮往太阳下一眯眼，质疑道，“盛飞扬，你思修课都怎么学的啊？”

“思修不教这些。”

“那它教什么？”

盛飞扬目光放空了一秒，铿锵有力地说：“我也不知道。”

晏淮毫不客气地讥笑出来。他向另一边转了转脖子，笑声便戛然而止，轻吐出三个字：“他来了。”

盛飞扬破天荒地按了暂停键。

操场一边，一个身材高大壮实的男生走了过来，头发极短，眼中闪烁着凶光，不知道的一定会以为他是偷偷混进校园里的社会人。

“短跑队新生，夏将辉？”晏淮站起来，大步蹦下看台，伸出一只手，“我就是那个向你约战的，晏淮。”

夏将辉看他一眼，却没有把手握上来，冷淡地问：“比什么？”

晏淮一点也不生气地收回手，笑道："短跑。"

夏将辉立刻狠狠地看晏淮一眼，并将他上下打量一番。

盛飞扬震惊地拽拽晏淮衣袖："狗哥，狗爷，你疯了？他可是短跑队的！"

"就比短跑。"晏淮走上前去，个头和气势一点也不输对方。

夏将辉说："不行，你是单板滑雪运动员吧？这样不公平。"

"我觉得公平就行了。"晏淮挑着笑，桃花眼中却仿佛染上了血腥气，"你不会是……怕输给我吧？"

夏将辉青筋立刻突了出来，怒目注视着他。

两人之间剑拔弩张的气氛引来一大批观众，围观人群热络地在社交平台上传播：咱们学校小淮爷要跟短跑队的人比短跑啦！

盛飞扬被挤到一边，紧张得连继续追番的心情都没有了。

夏将辉握紧拳头，沉声道："好。就听你的。"

"单比赛没意思，我们来下点赌注吧。"晏淮不嫌事儿大，"如果我输了，你想让我做什么，但提无妨。"

"给短跑队做一个月的苦力。"

"没问题。"晏淮转身向起跑点走去。

"等一下，你的赌注呢？"

晏淮眼角弯了弯，神秘地说："暂时保密。"

一场轰轰烈烈的短跑大战就此拉开序幕。

操场边闻风赶来的围观群众越来越多，一半是想来目睹一下传闻中晏淮逆天的颜值，另一半则是想看这个刚刚输了大赛的败将怎样自取其辱。

两个人各占一个跑道，晏淮身上散发出强烈的战意。在盛飞扬看来，就像是一条懒散的狗突然变成了可怕的猎犬。

发令哨声响，两股旋风霎时冲了出去。夏将辉是短跑队的，跑得快是他的长项，然而非科班出身的晏淮却紧紧咬在后面，两人始终拉不开差距，一直胶着在一起。

最后十米距离时，晏淮突然发力，追上这段差距，夏将辉也不甘示弱，最终两人在围观群众惊叹的目光下，同时迈过终点线。

平手！

操场边一片哗然。盛飞扬推了一把快要掉下来的眼镜，不敢相信这个结果。他知道单板滑雪运动员也要接受体能训练，但他没想到，晏淮能跟专业的短跑运动员跑成平手。

夏将辉也很意外。

虽然他是稍微有些轻敌了，但全程竟然没能拉开太大差距，这是他始料未及的。他不由得再度慎重地打量起对方。

晏淮喘着粗气，额角挂着细密的汗珠，咧嘴笑道："打平了。怎么办？"

夏将辉披上衣服，点点头说："你很强，不愧是能上大赛的运动员。"

"我要的不是表扬。"晏淮昂起下巴，瞳孔中又出现了刚才那股旺盛的战意，"今天，我一定要跟你比出一个结果。"

夏将辉顿住了，问："为什么？"

"因为我有必须要让你做的事。"

"什么事？"

"刚才说了，暂时保密。"

"你说出来，我可以考虑。"

"不行。"晏淮霸道无理，坚定道，"我必须要赢了你，你才会真的去考虑这件事。"

夏将辉耸了耸肩："但我不能再陪你跑了，我们队要集合了。明天吧？"

"两位，两位。"盛飞扬终于从人堆里钻了过来。他身上穿着一件海贼王限定款卫衣，站在两位运动员跟前，像是从另一个次元里来的，“我想到一个办法！”

他表情高深莫测，语气也非常严肃：“在这片挥洒了你们汗水的跑道上，应该用一个最快速也最男人的方式决斗！”

“？”

“石头，剪刀，布。”

五分钟后，被暴打一顿的盛飞扬站在一旁担任猜拳的评委。他很委屈，既然最终还是采用了他的提案，为什么还要打他？

“一局定胜负。”盛飞扬气得只想回去追更新的动漫番，草率地定下赛制。

两个都快到一米九的大男人，虎视眈眈地盯着对方，后来的学生还以为这是一场多残酷的血拼呢。

塑胶跑道上蒸出青春的汗味儿。盛飞扬喊完口号后，两人同时出手，夏将辉出布，晏淮出了剪。

——晏淮赢了。

夏将辉沉默地看着自己的手掌，难以想象自己居然折在这个项目上。

“愿赌服输。”晏淮神采奕奕，“你要答应我一件事。”

夏将辉心痛地缩手，脸上因为没有表情仍旧显得有些不服气：“你说吧。”

“退出短跑队。”晏淮开口，“加入单板滑雪队。”

夏将辉惊疑地看向他，似乎想从他脸上看出玩笑的意思。

但，晏淮很严肃。

“晏淮学长，你这是强人所难。”

“我就是要强人所难。”晏淮眯眼看了看跑道，“不然我今天拼了命跟你赛跑，我有病吗？”

夏将辉身体僵直，沉默地盯着地面，半天后方道：“对不起，我做不到。你换一个要求吧。”

“可以。那就换成你来单板队训练，最后让短跑队开除你。”

“你在说笑。”

“我没有。”晏淮语气异常笃定，“和我跑成平手，看样子你在短跑队实力也不是拔尖的，平时没少做饮水机管理员吧？滋味怎么样？”

典型的晏氏毒舌出现了！盛飞扬小心翼翼地看向夏将辉，这人看着沉稳，但其实也就是个大一新生，火气旺得很，现在整张脸紧绷着，似乎已经是怒不可遏了。

晏淮，又一次在别人发怒的边缘来回试探。

在他发火前，晏淮却忽然抢白：“既然你也喜欢单板滑雪，那就别在那儿浪费时间了，你值得更适合你的项目。”

这话让濒临爆发的夏将辉突然愣了一瞬，滔天的怒意忽然消散殆尽。他咬咬牙，终是没有说话，一言不发地离开了。

盛飞扬说：“狗爷，你的‘骨头’走了，你不去追吗？”

晏淮摆了摆手：“我现在只想去食堂。”

“可他最后也没答应你啊。”

晏淮看着夏将辉独自离去的背影，说：“他会好好考虑的。”

“为什么这么肯定？”盛飞扬太好奇了，对这件事，晏淮自信得过头。

“我看过他的微博。”晏淮又恢复了散漫的样子，“他之前去滑雪，发了条微博说‘滑雪真是件幸福的事’。但第二天就删掉了。”

“然后呢？”

“没然后了。”

两人去食堂打了饭，埋头就是狼吞虎咽。等盛飞扬吃掉一颗狮子头，才反应过来：“等等，为什么是你在找队员？”

“王教练安排给我的任务，要找到除我以外的两名男队员。”

T 大刚刚成立单板滑雪队，晏淮毫无疑问是骨干队员。但单板滑雪在国内盛行度不如乒乓、游泳之类的项目，再加上晏淮刚刚大赛失误，大家对这个单板队极其不看好。所以即便是以体育生为主的 T 大，也找不出几个正儿八经的单板滑雪运动员。

如果凑不够队员，这支单板滑雪队将成为 T 大史上最短命的队伍，目前已经在“享年一个月”上挣扎徘徊了。

盛飞扬飞速算了一下：“除了夏将辉，你还差一个啊。”

“不差。我已经选好了。”

“谁啊？这么倒霉，要跟你这么无耻的人做队友……”盛飞扬话锋突然一滞，发现晏淮正目不转睛地看着他。

他默默端走另一盘狮子头，小声道：“你是谁？我不认识你。”

“我记得以前去雪场玩，你滑得还不错。”

“是吗？我不记得了。”

“进了单板队，有些你讨厌的课就不用去上了。”

“不行。我热爱学习，我要学习，请你不要阻止我学习。”

“滑雪很有意思，会上瘾，也会让人变帅。”

“从你身上，我看不出来最后一点。”盛飞扬往后坐了坐，“而且，我很忙，我还要追番看漫画。”

晏淮叹了口气：“好吧，那就不勉强你了。”

盛飞扬有些意外，晏淮居然就这么放过他了？这根本不是晏淮平时的作风！

果然，没吃几口，晏淮突然又抬起头来，眯了眯眼，小声道：“看，你的五点钟方向。”

盛飞扬纳闷地扭头。

那里坐着一个小美女，留着日系少女清纯元气的刘海，卷发搭在肩膀上，大眼睛水汪汪的，一张樱桃小嘴特别诱人。

女生感应到视线，看了过来。盛飞扬迅速移开目光，脸红得像一颗熟透的番茄。

女生挥了挥手，露出两颗可爱的小虎牙：“晏淮，好巧啊。”

盛飞扬震惊地看着他：“你们认识？”

“认识啊。”晏淮仿若不经意地说，“她叫路清美，个子不太高，好像不到一米六。我们单板队的经理兼队员。”然后他抬起头来，一脸人畜无害地问，“怎么了？”

盛飞扬深深地倒抽一口气——

“天哪，有萝莉啊！”

学校每个月会对 T 大所有的运动队进行审核，届时取缔一些达不到标准的队伍。

这天恰巧是盛飞扬第一次到单板滑雪队报到。

教练王同光看了看资料，看了看他，确认信息：“盛飞扬，体育教育系，身高一米八，和晏淮一个宿舍。”

盛飞扬拼命点头。

“有单板滑雪的经验吗？”

“有！晏狗……呸呸，我是说晏队长，以前经常带我去滑雪场玩，教过我一点。”

王同光问：“没有作为运动员的经验？”

“呃……”

“行，你通过了。”王同光大手一挥，在他的资料表上盖了个戳。

盛飞扬没反应过来，王同光和蔼地说："你很诚实，没有撒谎，我们单板队就需要你这样品德高尚的孩子。下一位，翟小颜。"

一个姑娘合起书，从看台边走了过来。

"翟小颜，英语系专业第一。嚯，可以啊，很有前途的！你怎么想要来我们队？"

姑娘面无表情地推了推眼镜："路清美允诺我一个月的晚饭。"

"OK！你通过了！"

盛飞扬震惊地看着王同光，这都行？

王同光感慨地说："我深深为你们的友谊感动，无法拒绝，希望单板队能让你们的友谊升华！"

这跟友谊什么关系？明明是赤裸裸的金钱交易啊……盛飞扬突然为这支队伍的前途担忧起来。

王同光高兴地把所有人召集在一起："集合集合。给大家介绍一下，这是队长晏淮，在单板界素有'小魔王'的美誉；另一位呢，是咱们的队员兼经理，路清美，希望大家以后能配合他们二人的工作……"他环顾一下四周，纳闷地问，"总共就四个队员？"

"是啊。"您终于发现了。

王同光立刻如临大敌，急得像热锅上的蚂蚁："怎么回事？怎么还差一个人？必须要达到最低五人的标准，马上就要检查了！"

似乎为了应验他的乌鸦嘴，体育馆门口随即传来喊声："孙主任来了！"

其他队伍纷纷集合站队，只有角落里的单板滑雪队因为人太少，只能零散地杵在那儿。

王同光绝望地拍着额头："完了完了完了。"

孙主任走马观花地从其他队伍面前巡视一遍，立刻直奔他们这里。

“王教练，你们多少人啦？”

王同光泄气道：“四个……”

“哟，还差一个。”孙主任手背在身后，显得有些无奈，“不满五人，是要解散的呀。”

王同光叹了口气，不甘心地点了点头。

“那就这么决定了，取……”

他的决策还没说完，忽然有人插话进来：“报告，我迟到了。”

大家循声看过去，夏将辉背着双肩背包，有些别扭地站在队伍外。

“来了！”晏淮嘴角勾起胜利的弧度，指着他说，“这就是我们的第五位运动员，夏将辉。”

趁王教练他们都没反应过来，晏淮赶紧走了出来，熟络地搂着孙主任的肩，志在必得地说：“孙主任，五位队员的条件已经达到了。”

孙主任点点头：“这小子倒还挺会卡点，条件确实达到了。”

王同光和路清美都松了一口气，单板队总算是保住了。然而，孙主任突然话锋一转：“但这并不意味着你们单板队可以继续发展下去。”

“什么意思？”

孙主任指了指王同光手里的宣传册：“你们还没有队医吧？上面写了啊，我们学校规定必须配有五名运动员和专属队医。”

王同光满头大汗地翻开宣传册，眼神渐渐变得绝望。

晏淮不甘心：“不能借用校医吗？”

“校医很忙的，还是专属队医好一点啊。”孙主任看着他们一个个面色晦暗，终究是不忍心地说，“唉，算了，再给你们放宽一周，一周之内聘好队医。”

“真的吗？”路清美激动地冲上来，鞠了深深一躬，“孙主任，谢谢您！”

孙主任摆了摆手，临走前目光移到晏淮身上，拍拍他的肩，说：“这个决定是因你而下的。”欲言又止了一番，他才继续道，“学校相信你，加油吧。”

晏淮垂下头，长睫遮住眸中的情绪，重重点了点头。

孙主任走后，单板滑雪队陷入新的危机。

王同光长叹一声：“虽然‘命’是保住了，但哪儿能找到队医啊？”

要懂一点单板滑雪项目，又要是专业的运动医学系或医学系毕业，这两个条件绑在一起，实在是没有人选。

盛飞扬给出了他入队后的第一个提案：“不如我们去找校运动医学专业的学生帮帮忙？”

王同光抬眼看了看晏淮，否决了这个提案：“不行，队医必须要找专业一点的。”

“可是我们经费有限，专业的队医请不起呀。”路清美愁眉苦脸。

“请不起……我贴钱请。”一向抠门的王同光咬牙说，“现在有一半的队员都是非专业出身，万一受了伤，耽误治疗了怎么办？”

可是大家都知道，要专业的，难上加难。

讨论就此陷入僵局。

从刚才起就在沉默的翟小颜忽然把头从书上抬了起来，说：“有一个人选，路清美应该能请到。”

王同光仿佛看到了曙光：“谁？”

经她这么一提醒，路清美忽然想起来了，立马起身：“学姐！我现在就去找她！”

宁霁打了个喷嚏。

“不是吧？感冒了？”她裹紧外套，丧气地看着手中的简历，喃喃自语，“屋漏偏逢连夜雨。我就不该去安道尔看什么破比赛，错过了招聘期，现在连两百块都抠不出来了。”

她靠在行李箱上，抱着爱宠“蛋黄”，重重地叹了口气。

半天前，她被第五家医院回绝了——

“对不起，宁小姐，我们院最近人手充足，请随时关注招聘信息。”

半个小时前，她被房东赶了出来——

“不好意思啊，这房子不租了，我儿子结婚，要拿去做新房。”

她忍不住又叹了口气，眼神空洞得像看破了红尘。

“蛋黄啊，”宁霁开口，“你妈我没办法让你吃香喝辣了。你说你……怎么就不勤奋一点？早点学会钻火圈，我们还可以靠卖艺为生。”

蛋黄“汪”了一声，黑漆漆的眼睛倒映出她寂寥的背影。

“要不找你外婆要点钱吧？”宁霁哆哆嗦嗦掏出手机，犹豫了一会儿，又塞了回去，“不行，我们要响应教科书的号召，头可断血可流，发誓不当啃老族。”

宁霁坐这儿不知思考了多久的人生，忽然有个乞丐走过来，和她面面相觑。

“新来的？”

“啊？”

“这儿是我的地盘，麻烦你让一下。”

“……”宁霁一手推着行李箱，一手牵着蛋黄，赶紧把地方给大哥挪开。

她漫无目的地走在街上，狗血的生活终于按着她的头逼她承认，这个偌大喧哗的T市，没有她的容身之所。

走过两个街区，就是T大了。宁霁站在银杏树下，眯眼望了望。T大后门口常年会有热情大妈拦着过路的情侣问他们要不要租房，她们的房子很便宜，几十块就能住一个晚上。按照宁霁的计划，她日租一间房子，还能余点闲钱吃口饭。

可是现在，门口居然一个大妈都没有。

都说人倒霉的时候喝凉水都会塞牙缝，她倒起霉来连临时落脚地都租不到。

绝望了半天，手机上忽然有电话进来，屏幕上闪烁着路清美的大名。

宁霁眼睛一亮，飞快地接通。

“学姐，你现在在哪儿？我有点事要找你……”

“在你说之前，清美，我先问你个问题。”宁霁语气严肃得仿佛要开启一项机密任务，连路清美都被镇住了，“那啥，你宿舍……可以藏一个人进去不？”

十分钟后，宁霁坐在路清美的宿舍里，大口大口吃着泡面。蛋黄缩在她脚边，同步啃着火腿肠。

“好嘛，那就明天见！么么哒。”路清美对着电话发射最后一拨魅力。

宁霁“刺溜”一声吞下面条，问：“男朋友？”

“怎么可能？”路清美条件反射地皱了皱眉，“是我舍友。她搬去外面跟男朋友住了。我刚刚问过她了，这几天你可以睡她的铺。”

“谢谢你啦。”

“但是你的狗子怎么办？”

“嗯？”宁霁从汤碗里抬起头，赶忙道，“蛋黄很乖的，不咬人，也不乱叫。”

“那也不行。万一被宿管阿姨看到了，你帮我背处分啊？”

宿舍里养狗，确实有点强人所难。蛋黄的安置问题成燃眉之急。

路清美飞快地转了转眼珠，岔开话题道：“现在工作是不是不好找？”

“是。”宁霁皱着眉，惆怅得很。

路清美的声音充满了蛊惑：“我倒是知道一份工作，跟你专业对口，提供住处，可以养狗，还有便宜丰富的食堂吃。”

宁霁眼睛发光：“什么工作？在哪儿？介绍给我！”

“我们队正在招队医。”路清美眨巴着惹人怜爱的大眼睛，“我看来看去觉得学姐你是最合适的啊！我下午打电话给你就是想跟你说这个事。”

仿佛看到了希望的曙光，宁霁充满期待：“你们什么队？”

“T 大单板滑雪队。”

“单板滑雪？”宁霁的脸突然垮了下来，将汤碗一推，“不去。”

路清美急了：“为什么？你刚刚不是挺期待的吗？”

宁霁耸了耸肩，垂下眼睛，长长的睫羽遮住眸中的情绪，淡淡地说：“我不喜欢这个项目。”

“哈？”路清美一脸“你骗谁啊”的神情，“不喜欢？那是谁跑去安道尔看冬季极限运动会导致现在一穷二白差点当街卖艺？”

“冬季极限运动，又不是只有单板滑雪项目。”宁霁摸了摸蛋黄的狗头，话锋一转，“我下去求求宿管阿姨，让她帮我看一天狗子，我找好住处就把它带走。”

“等一等！”路清美霍地起身，心里默念学姐对不起了，然后昂起头，阴恻恻地说，“宁霁！你要是不来我们队当队医，现在就和你的狗子一起打包离开这里！”

宁霁愣在门口，待了半天，才道：“哦。”

“哦？”

“我现在就收拾东西……”宁霁慢吞吞地穿上外套推着行李箱往外走。

路清美一看大事不妙，立刻扑上来搂住她的腰，爆发出震耳欲聋的哭喊声：“学姐！我错了！我再也不凶了！你别走啊！留下来救救这支年轻脆弱的小队伍吧！”

“……”

Chapter.2
- 二次重逢 -

“不好意思，我改正一下：队医小姐姐，你蠢爆了。”

路清美花了一个晚上的时间向宁霁讲述了这支队伍命途多舛的建立过程。

宁霁总算是听明白了，如果再不找到专属队医，这支队伍面临的只有解散的命运，他们目前一切的努力都将是白费。

她诚恳地建议：“其实冬奥会几大项目中，单板滑雪热度真的不高，你们不如组个短道速滑或者花样滑冰什么的，报名的人肯定会翻一番。”

路清美白了她一眼：“可是姐姐，我们只会滑单板啊。”

“那就没办法了。”宁霁摊了摊手，“解散以后我会在心里和你们一起难过的。”

“你怎么能这样说？”

“有一半的队员都是拉来凑数的，这样的队伍留着有什么意义？”

路清美不甘心地咬了咬唇：“但我是真心喜欢单板滑雪啊！还有我们队长，王教练……大家都是因为这个项目聚在一起的，难道就因为认识它的人不多，我们参与的权利就该被剥夺吗？”

宁霁望了她一眼，微不可察地叹了口气，问：“你喜欢它什么？”

路清美想了想，认真地说：“我很享受在雪上飞驰的感觉，所有的烦恼都抛在脑后，仿佛天地间只剩下我和这片茫茫白雪。”

宁霁有些出神，片刻后才接着问：“那你的目标呢？做个票友，还是做个职业运动员？”

路清美愣了一下，窘迫地摇摇头：“这个我还没想好。如果可以的话，我想当个单板滑雪运动员，但我目前还差太多。”

“行，我知道了。时间不早了，早点睡吧。”宁霁打着哈欠钻进被窝里。

路清美瞪瞪眼：“什么情况？这就睡了？那队医的事……”

“不是明天一早找你们教练报到吗？”宁霁翻了个身，把背留给她，“不早点睡我起不来。”

与此同时，T 大的另一栋宿舍楼里。

晏淮戴着耳麦，在本子上随意涂画着什么。盛飞扬提着水瓶冲进宿舍，诧异地停在他身后，低着头使劲看。

“狗爷，你又画这个人了！”

简单的线条勾勒出一个女孩的半身像，就算是他不专业的笔触，也能看出女孩脸上稚嫩的婴儿肥。

“啧。”盛飞扬夸张地把手贴在耳郭旁，痛心地说，“我听到外面女生心碎的声音了！她们怎么也不会想到小淮爷会喜欢一个小不点儿。”

“你才是小不点儿！”晏淮扯下耳机，作势就要揍他。

“别别别，淮爷！别打我，我瞎说的，淮爷您坐。”盛飞扬已经被揍得没脾气了，干脆将能屈能伸的功力练到出神入化的境界。

晏淮懒得理他，坐回位置上继续画小人。

盛飞扬小心翼翼地凑了过来，说：“其实我也不是故意这么说的，谁叫你总不告诉别人你画的是谁，那我们肯定会瞎猜。”

晏淮笔尖顿了顿，漂亮的桃花眼微微抬起，又垂下，懒散又随意地说：“我梦中情人，行了吧？”

“你看！还不是恋……”接收到晏淮飘过来的视线，盛飞扬飞快地改口，“恋、恋、恋着自己的梦中情人，太痴情了，我好感动嘤嘤嘤……”

见晏淮没有继续说下去的意思，盛飞扬悻悻地爬到上铺跟另外两个舍友联机打游戏去了。

宿舍恢复了寂静。晏淮又涂了几笔，似乎是兴致尽了，终于放下笔，从抽屉最里面掏出一本棕色封皮的本子。

本子里夹着一张剪报。

如果盛飞扬此刻在一旁，大概会很震惊。因为晏淮像变了个人似的，平时的慵懒消失殆尽，眼眸深不见底，露出极其复杂、自责和痛苦的神情。

剪报上印着一个脸带婴儿肥的女孩头像，标题只有一行——

少年组单板滑雪冠军世羽嘉命丧雪难，年仅十三岁。

第二天一大早，宁霁去找王教练报到。

宁霁毕业于运动医学系，对于运动员受伤的各种情况都有一定的处理经验。她业余时间也滑过单板，是目前单板滑雪队能找到的最合适的队医。

而成为队医以后，她可以住学校提供的教职工宿舍，单人单间，能养狗，吃食堂享折扣，每个月还有一笔固定工资，虽然不高，但对于刚毕业的人来说足够生活。

签合同的时候，宁霁心里想，路清美诚不我欺，果然是个双赢。

她刚一签完字，王同光长长地吐出一口气，像是压在心头的一块大石终于解决了。

“宁队医，以后就请多多指教了。”

“您客气了，一起进步。”

“那么……”王同光突然拉开抽屉，“有件事我必须现在就跟您聊一下……”

宁霁心里“咯噔”一下，入职的第一分钟就来活儿了？

王同光给她一份运动员资料表，证件照上少年懒散却桀骜地看着镜头，边上印着姓名：晏淮。

宁霁眼熟："是他……"

王同光好奇："您认识？"

"不不不……不算认识。"确切地说有一面之缘，在那短短的二十分钟内，宁霁已经深知此人脾气多变，爱装，手机铃声还特羞耻……

"这孩子是我们的队长，也是我们这里最强的运动员，可以参加世界级比赛的，但是他最近的失误严重……"

"我知道。冬季极限运动会单板比赛那天我在观众席。"

王同光有点意外，随后叹了口气："那我就不再赘述了……这个孩子，我不管怎么问他，都不知道那天究竟发生了什么。他倔得很，什么都藏着不说，我很怕他心理上出问题。"顿了顿，王教练用恳求的目光看着宁霁，"宁队医，他是一棵好苗子，希望您能赶紧帮帮他。"

王同光突然站起来，郑重地向宁霁鞠了一躬。

宁霁吓了一跳："王教练您放心，既然我接了这个活儿，一定会认真做下去的。"她纠结地看了眼晏淮的资料，几秒后豁出去道，"他现在在哪儿，我马上就去会一会。"

T 大以体育生为主，每天早晨的校园都很热闹，到处都是晨练的运动员。这个点正如王教练所说，晨练刚刚结束，学生们正在陆陆续续地从操场离开。

跑完最后半圈，晏淮把队员们拉到树下，做了几个拉伸运动。

路清美抬头的时候忽然眼睛一亮，伸手往远处招了招："学姐，我们在这儿！"

晏淮顺着她的目光侧头，看见一个长发的姑娘向这儿走来，八九点的太阳堪堪拨开云彩照亮她的脸。

晏淮愣了一下。

恍惚间，这人穿过半空飞舞的银杏叶，好像是从金黄色的湖泊中涉水而来。一阵风吹过来，银杏叶子快要落在头顶，她却抬起手，扶住了右鬓边的头发。

好像在哪里见过……这张脸。

晏淮微微眯起眼，面前这双杏眼有一种似是而非的熟悉。

她站到单板队前，杏眼弯了弯，貌似纯良明媚地说：“我叫宁霁，从今天开始就是各位的队医了。”

想起来了！

晏淮心里像是突然破开一道口子，他可以忘掉这个人的脸，却绝对忘不掉这个声音！

——导致他比赛时产生幻觉的罪魁祸首！

队员们纷纷跟新队医打着招呼。晏淮戾气涌上来了，像是应激反应似的，凶神恶煞地问：“怎么是你？”

宁霁冲他挥了挥手，笑靥如花：“好巧，又见面了。”

“你就是新来的队医？”晏淮一步步走近，表情毫不掩饰地质疑，“为什么是你？”

宁霁有些意外地眨了眨眼，直直地迎着他的目光，反问：“为什么不能是我？”

“我不同意。”

“什么？”

晏淮转身看着集体蒙掉的队员，单方面宣布：“我不同意这个人当队医。”

宁霁奇怪，自己得罪过他？

没有得到想要的呼应，晏淮扔下句“解散”，黑着脸就往教练办公室走。

宁霁跟路清美怔怔对视。夏将辉和翟小颜事不关己地收拾东西去食堂。盛飞扬在一旁喃喃地说：“今天没有比赛啊……狗爷怎么凶残指数这么高？”

路清美讷讷地指着晏淮的背影：“学姐，你是追，还是不追？”

“废话，我为什么要……”话没说完，宁霁突然想到自己的任务，懊恼地跺了跺脚，彻底抛弃纯良的伪装，往晏淮的方向狂奔，边跑边骂，“狗东西！遇见你姐姐真是倒了八辈子血霉！”

晏淮不愧是运动员出身，年纪轻，体力旺盛，不一会儿就冲进办公室，气都不带喘的，开门见山地说：“队医这事我不同意。”

宁霁太久没运动，吃力地跟到门口，默默地和王同光对视一眼，摆了摆手表示自己啥也不知道。

王同光颇有耐心地问：“晏淮，你和宁队医认识？”

想了想，晏淮答：“不认识。”

“那为什么不同意？”

“不为什么。”

“理由呢？”

“没有理由。”

王同光走到他旁边，拍拍他的肩膀，语重心长地说：“年轻人，戾气别这么重嘛。一切都有得谈，如果你肯告诉我那天失误的原因是什么，我就考虑你的提议。”

晏淮垂下眸，久久没有说话。

王同光叹道：“单板队是因你而成立的没有错，却不是你一个人的。在队伍危急时刻，宁队医救我们于水火。她不仅会留下来工作，以后你每周还要固定去她那里检查，知道了吗？”

晏淮抿了抿唇，虽然始终面无表情，但似乎暗自头脑风暴了一番。他冲动过后也觉得这事他表现得过于任性，最终怒气尽收，一言不发地走了。

默默出了办公楼，晏淮坐在长凳上，身上似乎笼罩着一层看不透的雾气。

宁霁慢慢绕到他面前，伸出小拇指，说：“行吧，我向你保证总可以了吧？”

晏淮不解：“保证什么？”

“不会把你的手机铃声告诉其他人，一言为定。”她晃了晃手指，腮帮上有浅浅的酒窝。

晏淮一眨不眨地看着她，忽然笑了。这个女人居然以为，自己对她的抗拒是因为手机铃声？完全错了。

仅仅是因为她说了一句话，唱错了一个词，就把晏淮心底深藏的痛苦回忆勾了出来。遇见她的当天晚上，晏淮失眠一整晚，比赛时看着茫茫雪道，幻觉麻痹了意识，才导致犯下那么低级的错误。

他不能说，对谁都不能说。秘密就是秘密，他不想与任何人分享自己的秘密，即便是亲近的教练和同宿舍的好兄弟。

他明白王教练让他每周看诊的目的，但不好意思，无论这个队医多么高明，他都不会说的。

晏淮目光又聚焦在宁霁脸上，她还在等着他拉钩，头顶上却不知何时落了片银杏叶，让他想起那顶蠢破天际的帽子。

晏淮终于伸出手，在宁霁期待的目光下，却没有钩住她的小拇指，而是取走她头上那片叶子。

发丝上的清香顺着叶子一起飘到鼻子下，是好闻而安心的味道。

晏淮觉得心里的戾气好像忽然就被抚平了。

他下意识地勾起嘴角：“蠢爆了。”

宁霁瞪了晏淮一眼：“没大没小，怎么说话呢？”

被一个比自己小的少年说蠢，并不是一件值得开心的事。宁霁在心里默默给晏淮打上“不好管教”的标签。

晏淮恢复了懒散的模样，说：“不好意思，我改正一下：队医小姐姐，你蠢爆了。”

宁霁伸手就要在他头顶弹脑瓜崩儿，被晏淮灵活地躲开了。少年有些得意地笑：“宁队医，你恐怕不太了解，我们练单板滑雪的人都很灵活。”

“哦？是吗？”宁霁若有所思，抬眼望着教学楼门口，招呼道，“王教练，您也下来啦。”

晏淮立刻回头，却什么也没看到，宁霁趁势在他后脑勺弹了一下。

对上晏淮难以置信的目光，宁霁微微笑：“小弟弟，你恐怕也不太了解，我们年长些的人都比较聪明。”

“好吧。”晏淮挑了挑眉，不算反感，“这把你赢。”

“小孩子才论输赢。”

晏淮忍不住笑了，昂起下巴：“行，你是大人。你们大人都喜欢戴猫耳猫尾巴的小帽子？”

“你怎么总跟我的帽子过不去？”宁霁打开日程表，不想再跟他废话，“每周二和周五的下午来找我检查。”

“有课，没空。”

“别撒谎，王教练已经把你的课程表给我了。”宁霁扬了扬手里的资料。自从知道这家伙只是个大二的学生后，她气也顺了身板也直了，再也不像初见时那么㞞，“你如果不来，后果自负！”

晏淮压根儿没把她的威胁当回事。

等他到了教室，吃上盛飞扬给他带的早饭时，才发现手里一直捏着那片从宁霁发顶摘下的银杏叶。

晏淮怔了一下，随手将叶子夹进书里。

入职以后，宁霁从路清美的宿舍搬到了教职工楼，楼后面有一大片花园平地，非常适合蛋黄解决生理问题。

T 大有很多个食堂，分别为普通文化生、体育生和教职工提供饮食，无论哪一个食堂，菜品都很丰富，价格也不贵。总体而言，宁霁给这项工作打 99 分，失去的那一分就在晏淮这里。

尽管做好了心理准备，但晏淮的不配合超出了她的预期。

第一次要给晏淮单独检查时，宁霁在办公室等了快三个小时，这家伙连根头发丝都没出现，电话也打不通。

田径队陈医生和篮球队李医生一整个下午都在跟她搭话，透露出似有若无的殷勤。

这也难怪，宁霁长得还不错，白白净净，笑起来杏眼弯弯，配合着两个浅浅的酒窝，明艳里透露着一股水蜜桃的甜味儿。再加上刚刚大学毕业，年轻有灵气，她的桃花运一直很旺。

陈、李两位医生都是挺标致的男士，曾经被学生悄悄誉为队医办公室的“双花”，吸引了很多女生的目光，因而对自己的魅力也是有自信的。

可这一次，他们栽了。

因为对方是油盐不进的宁霁啊。

宁霁一个下午都在学校论坛里搜索“晏淮”，试图挖出他失误背后的蛛丝马迹。她最开始想得很简单，这个年纪的少年，荷尔蒙正躁动不安，最有可能是受了情伤导致竞技状态不佳。

然而论坛里大批关于晏淮的帖子告诉她，完全错了。

认识他的男生说：晏淮此人，聪明、毒舌、无赖、讲义气，训练狂魔。

女生们却说：小淮爷长得帅、很绅士，是那种礼貌冷淡的绅士，当然，很难追。

在学校同学的印象里，晏淮完全是不一样的人，却都不约而同提及了一点，晏淮跟异性走得很远，和女性朋友都是点头之交，甚至有人大胆地质疑了他的性取向。

宁霁脑子里设想的狗血情伤论基本被否定了。

她脑子飞快地转着，又列出了其他几项推断，诸如身体因素、家庭问题等等，但把握都不是很大。

陈医生率先对宁霁发出晚饭的邀请，李医生也不甘示弱，约她一会儿下班去吃西餐。宁霁这才看向时钟，已经五点了。

她猛地一拍桌子，脸色深沉地站了起来，把陈、李两位男医生吓了一跳。

“居然放老娘鸽子。”宁霁磨了磨牙，露出阴森的笑容，“逼我是吧……”

她旋风一样离开办公室，两位男医生呆怔半天，面面相觑。

“小宁刚刚说了什么？”

“好像是‘老娘’……”

宁霁一出门就给路清美打了电话，问了下关于晏淮的事，但路清美跟晏淮认识的时间也不长，并不是很了解。不过，她给宁霁提供了一个重要的信息。

按照晏淮的习性，现在应该在室内馆训练。

宁霁脚下生风，带着一股杀气，直接冲向室内训练馆。

现在室内馆里人不是很多，宁霁很快就定位到晏淮，还有旁边的盛飞扬。

盛飞扬刚开始训练，体能跟不上，已经坐在旁边休息了，忧心忡忡地说：“狗爷，‘鸽’了宁队医，这样真的合适吗？”

晏淮仰面躺着，专心做着腰腹部的训练，没有说话。

单板滑雪不单只是从雪道上滑下来而已那么简单，U 型池、大跳台和坡面障碍技巧都需要运动员在空中做出转体、空翻等各种高难度的动作，对脚踝和腰腹部的力量有很高要求。

“我觉得你还是去一下吧，说不定她还在等你呢。”

晏淮放下器械，看着天花板，有点不耐烦地说：“话真多。”

“我这是为兄弟你考虑，你这种烂性格，以后找不到女朋友，我秀恩爱的时候，你别嫉妒。”

晏淮斜他一眼：“你先把路清美追到手再说。”

盛飞扬一噎，戳到他心痛的地方了，赶紧岔开话题：“宁队医长得挺好看的，去看看病也不亏。”

“她？”晏淮脑海中忽然浮现出那双杏眼，不屑地勾了勾嘴角，“盛飞扬，你才需要去看病，看眼科。”

“谁要看眼科？”宁霁的脑袋突然伸在晏淮面前。

晏淮猛地惊起，却没估量好距离，脑门儿一下子磕到宁霁的头。宁霁吃痛地捂住额头：“晏淮，你要医闹？”

晏淮也按着额头，少年天性里的倔强让他喊不出痛，只能凶巴巴地说：“你怎么跟鬼似的，悄无声息的。”

“好意思说我？”宁霁眼神一冷，“没想到你不仅不服从王教练的命令，还背后说队医坏话。”

盛飞扬瞧见形势不对，立刻脚底抹油，一脸不关我事地说：“宁队医，晏淮，我先去吃饭了，你们慢聊，慢聊哈。”然后逃也似的离开室内训练馆。

只剩下宁霁和晏淮两人。

鼻梁上有温软的触感，晏淮下意识摸了摸，刚才那一撞，好像他的鼻梁碰到她的脸了，感觉有点奇怪。

宁霁没在意这点细枝末节，开门见山地说：“晏淮同学，王教练说你状态不佳，可以告诉我是什么原因吗？”

晏淮默默收手，讥诮地看她一眼：“你猜。”

“如果不方便说，可以先选择一些不重要的、能告诉我的，随便说点。”

晏淮懒散地站起身，压根儿没打算理她。

宁霁深吸一口气，维持自己的耐心：“我对你的秘密没兴趣，我的任务只是帮你疏通辅导，调整回最佳状态。所以你尽管放心，我不会将你的秘密说出去。”

晏淮径直走到储物柜旁，取出自己的背包。

“是感情受伤了吗，还是家里有什么事？”宁霁一边试探着，一边观察他的神情，奈何晏淮的情绪未起丝毫波澜，她接着问，“对教练不满？压力太大？不喜欢单板滑雪了？”

晏淮忍不住翻了个白眼：“宁队医，你怎么比盛飞扬还能‘叭叭叭’？”

“谁叫你不说，那我只好自己猜。”

晏淮拉开背包，忽然眸光一闪，眼底划过一丝狡黠的笑意。他抓住运动服的衣角，一把脱了下来，上身赤条条地靠到宁霁面前。

宁霁愣住了。

这是什么骚操作？小淮爷的脱衣秀？

三年一代沟，只差了一个代沟，现在的年轻人都这么奔放？

晏淮转过身来，将自己精壮的胸腹肌毫无保留地展现在她面前。毕竟是体育生，身材维持得很好，该有的肌肉全都有，最要命的是，他露出了一小截性感的人鱼线……荷尔蒙爆棚。

晏淮眼里压着得意的笑意，慵懒地说：“我要换衣服了。宁队医，你还不走？”

宁霁目光这才从他的腹肌处抬了起来。

晏淮有些意外，她的眼睛里没有丝毫慌乱和色欲，清澈得像是一潭秋水，语气也很平静：“你确定要在这儿换衣服？”

他突然不确定了。

也不知道为什么，宁霁平静得让他有些挫败。明明计划是让她落荒而逃，可怎么完全没作用？

这不科学，这不可能。

宁霁半天没等到晏淮的回答，点点头说：“行，你换吧，换好了就去吃饭，别抢不上热菜了。下次检查记得来，我已经知道怎么替你做检查了，你放心，我不会再盘问你了。”

就……这样？

晏淮不知道自己在失望什么，开始认认真真打量宁霁这个人。她习惯把左鬓边的头发挂在耳朵后面，只露出一只左耳，让清秀的面容看上去多了几分娇艳。

看了半天，直到对方的身影消失在训练馆门口，他才后知后觉地得出一个结论：挺漂亮的。

紧接着，他被自己这个结论吓了一跳。

晏淮的确是个训练狂魔，自控力极强，自觉性也是一般年轻人达不到的高度。宁霁在晚上十点以后遛蛋黄，那时候校园里的人已经不多了，体育生也大都回去休息了，她却迎面碰见了仍然在跑步的晏淮。

晏淮有些意外，摘掉耳机，看了看她，又看了看蛋黄，说：“宁队医，这是你养的狗？”

“是啊，它叫蛋黄。”

晏淮蹲下来，摸摸狗头，有些好笑：“你居然养了一条土狗。”

“别土狗土狗的，中华田园犬好吗？”宁霁看着狗子，回忆道，“蛋黄是我捡来的。我碰见它的时候，它已经快饿死了。我不忍心，给它弄了点吃的，它就缠着我不肯走。”

蛋黄确实很乖，除了长得不太洋气。它高兴地在晏淮面前展示自己的站立技能，尾巴一直摇来摇去。

“蛋黄挺喜欢你的，可能是嗅到同类的气息了。”

晏淮没生气，懒洋洋地站起来，看着宁霁说：“宁队医，我听说什么样的人养什么样的狗。”

宁霁眨了眨眼，不知道他想表达什么。

“从你家蛋黄身上折射出你的一个属性。”晏淮凑到她耳边，轻声说，“土。”

宁霁额角青筋跳了跳，扬起下巴，不服输地看着对方：“晏淮同学，你有所不知，我最想养的其实不是中华田园犬。”

晏淮很高，有超过一米九的趋势，她得抬头才能看到这个少年。尽管身高差距悬殊，但两人对峙起来，气势却是势均力敌的。

“我想养的，”宁霁顿了顿，笑着说，“是狼狗。”

晏淮刚准备毒舌，一阵夜风吹过来，裹挟着宁霁身上淡淡的水蜜桃味儿，清甜直冲鼻尖，他被吹蒙了，生生就把想说的话咽回去了。

这个女人外表看着人畜无害，内心却似乎有几分凶悍。晏淮眯了眯眼，给她打上“不好惹”的标签。

第二次队医检查，晏淮本来不想去的，但他遇到一点小麻烦。

下午三点，他从英语教室出来，远远就看见教学楼门口几个鬼鬼祟祟的身影。

连盛飞扬都认出来了，如临大敌地说：“狗爷，门口有记者！”

晏淮眉头已经蹙起了。

教学楼只有这一个门，他要出去势必会碰上这群记者。

T 大的明星运动员挺多的，但晏淮毫无疑问是当下最有话题性的一个。

他在冬季极限赛上先拿了个障碍技巧季军，赚足眼球，随后又犯下了离奇且低级的失误，失误原因至今还是个谜。由于比赛时反差过大，所以这些记者就是来堵他的。

“盛飞扬，老方法。”

“没问题！”

他俩立刻兵分两路。

盛飞扬率先跑了出去，大喊一声：“晏淮，你在这儿啊！”

记者们立刻敏感地望了过去。

趁着这个间隙，晏淮飞速朝反方向跑走。

然而这拨记者不是新手了，很快就反应过来。晏淮个子高大，在人群里很显眼，他们迅速跟了上去。

现在是刚下课的时间，路上学生很多，晏淮跑不快，只能往最近的建筑里跑，记者紧追不舍，他暗暗骂了一声，闪身进了队医办公室。

宁霁看到他的时候还有点惊讶，没想到这小子乖乖来了。但他径直冲进帘子后面，火急火燎扔下一句话：“有记者。”

宁霁站在办公室门口，看到门口徘徊着几个频频张望却不敢进来的人。

“各位。”她脸上挂着冷淡疏离的微笑，礼貌道，“有什么事吗？”

“刚才有个男生，个子很高，腿很长，是不是进去了？可以让我们见见他吗？”

宁霁答非所问：“你们不是T大的人吧？”

“呃……”

“不好意思，教学重地，请你们离开。”

记者们不甘心就这么离开，磨叽了很久，伸着头朝里面望。

宁霁也不客气，直接掏出手机，语气却仍然维持友善：“诸位再不离开，我就请保安了。”

记者们这才悻悻走掉。

确认他们走远了，宁霁才回到办公室，顺手反锁，以防他们反扑。今天办公室里的其他队医都跟训练去了，一时半会儿也不会有人来。

她进了帘子后面，晏淮已经轻车熟路地倚在病床上，问："搞定了？"

宁霁点点头："都走了。"

晏淮稍稍松了口气。

"我还得感谢一下他们。"宁霁却道，"今天如果不是他们，我现在应该不会在这儿见到你吧？"

晏淮不置可否地挑了挑眉，理不直气也壮，一点隐瞒的意思都没有。

他皮肤很白，因为刚刚跑完步，桃花眼周围的红晕呈现出健康的淡粉色。体育生长期训练，大多相貌粗犷刚毅，但晏淮是个例外，他反倒有些古人形容的姿容如玉的味道。

不可否认，他长得是真的好看，怪不得学校里那么多人在论坛里议论他。

只可惜，徒有好看的皮囊，却总不好好做个人。

宁霁问他："你就这么不待见记者？"

"没什么待见不待见，我境界很高，一视同仁。"标准的晏淮式自恋口吻。

宁霁有些嫌弃："那还跟躲耗子似的。"

晏淮懒洋洋地勾着长腿，好奇地将话锋一转："你说今天要给我做检查？"

"对。"宁霁立刻进入工作状态，拿了纸和笔过来，问，"你身体最近有没有不舒服？"

晏淮刚想说没有，戏谑的念头突然油然而生，夹杂着上回残存下来的不甘心。他眯了眯眼，老神在在地说："有啊。"

"哪里不舒服？"

“哪里都不舒服。”他指了指自己的上半身，“我被人看光了，居然连一句表扬都没得到。”

宁霁诧异地抬头看他：“除此以外呢？”

“没有了。”

散漫调笑的眼神告诉她，他没在撒谎，他很较真地在开这个玩笑。

宁霁笑了，她脸上突然出现的小酒窝让晏淮怔了一下。

“那正好，麻烦你，把衣服再脱一下。”

晏淮登时不说话了，一言难尽地看着她。

好像又挖了个坑把自己埋进去了。晏淮攥着衣角，不知该如何是好。

宁霁好整以暇地问：“怎么不脱了？”

晏淮眼珠转了转，刚决定迎难而上，伸手要脱衣，宁霁忽然改口：“算了，不用了，我还以为你有脱衣癖呢。”

“你才……”

话没说完，宁霁直接伸出手，在他腰上捏了一把。

晏淮浑身一激灵，脑子都清醒了很多。尽管隔着衣服，但腰这么敏感的部位，还没有异性摸过！他抽了一口凉气，彻底散漫不起来了：“你干吗？”

宁霁一边飞快地在纸上记录，一边说：“看来腰上是没什么病症的。”她又伸出手，在他肩脊处抓了一下，问，“疼吗？”

晏淮还蒙着，摇了摇头。

“肩脊也没问题。”

宁霁两只手扶着他的头，晃了晃，在纸上唰唰唰记录：“脖子也没事。”

晏淮终于缓过神来：“你以为是我身体上出了问题？”

“我判断不了，只能一项项检测。”

这就是她说的检查啊。晏淮抿着嘴没吭声。他心里太清楚了，他的问题不出在身体上，而是心理上。

他有个心病，谁也医不好，宁霁做这些只是徒劳。

就在他神游的时候，宁霁伸出食指，在他小腹上戳了戳。

晏淮“嘶”了一声，差点从病床上弹跳起来，眼角周围的红晕突然变得很红很红。

宁霁诧异地看着他：“怎么了？这里有病痛？”还未等晏淮说话，她又伸手戳了几下。

晏淮一把抓住宁霁的手腕，心脏跳得快到爆炸。他的腹部极其敏感，被戳过的位置还留着清晰的触感，她明明下手很轻柔……不对，就是因为她下手轻柔！他太不习惯这种轻柔的力道，尖而细，软绵绵的，却像是带着蚀骨的魔力，要把他的骨头都戳成渣。

腹部那一片，可耻地滚烫，并且这种滚烫似乎有向下蔓延的趋势。

“是不舒服吗？”宁霁实在不解。她也没做什么过分的事吧？运动员的腰腹是关键位置，平时经常会有教练上手指导。她并不相信晏淮这种老运动员会这么敏感，还以为他是有痛憋着不说，于是非常严肃地教育他，“我是你的队医，你有什么问题一定不要隐瞒，早点治疗避免落下后遗症。”

晏淮深吸一口气，咬牙切齿地说：“治疗个屁。”

“嗯？你这人怎么回事，又发什么脾气？”

晏淮没理她，莽撞地冲出帘子，给自己倒了一大杯凉水，咕咚咕咚喝下去，眼尾的潮红才渐渐褪去。

宁霁跟了出来，顺手把反锁的门打开，怕这个阴晴不定的少年愤怒离开的时候把门撞坏了。

但晏淮没有那样做。他只是背对着宁霁，一直喝着水，慢慢平复自己的呼吸。

宁霁眉头蹙成一个结，他反应这么激烈，情况得有多严重啊。

“晏淮，你去医院检查过没？”

晏淮背影一滞，没说话。

“我觉得你再去检查一下，最好拍个片子看看。”宁霁叹了口气，突然觉得他倔强得有些可怜，心一软，声音不由得也低软下去，“你别太逞强，这两天把一些训练停一停。怪我，应该早点替你做检查的……我现在帮你预约挂号。”

晏淮转过身来，眼神复杂地看着她：“我没病，不需要去医院。”

“好好好，我陪你去行了吧？这么大的人，还这么怕医院啊……”

晏淮气笑了，并且毫不掩饰笑容里的冷淡和嫌弃：“宁霁，麻烦你清醒一点，别替我擅作主张。”

他转身离开，刚推开门就和田径队的陈医生撞上。

陈医生看到宁霁在，办公室里还没有其他同事，眼睛放光，热切地问：“小宁，一会儿有事吗？一起去吃饭吧，上次就说带你去尝尝那家日料，还没去成呢。”

宁霁的注意力从晏淮挪到陈医生身上，迟钝地说：“啊，今天吗？我没什么事。”

晏淮脚步停住了，嘴角艰难地扯出一个阴森的弧度。

刚摸完他，现在就要去和别的男人吃饭？

不爽！浑身每一个细胞都不爽！

陈医生已经掏出手机准备订座了，晏淮突然转回头，冷漠地说：“她有事，去不了。”

宁霁讶异。

晏淮昂着下巴，忽然露出习惯性散漫的笑容，说：“宁队医，你不是说要带我去医院吗？”

Chapter.3

— 我们晏淮 —

“我们晏淮参加比赛是为国而战，
他拿过奖牌，您拿过吗？”

既然晏淮改变主意了，宁霁就真的带他去了医院。

片子拍完，时间还有点早，晏淮硬是把全身上下都检查了一遍，就差没去男科了。

晏淮知道自己没病，但只要宁霁不去跟那个人模人样的陈医生吃饭，一切都好说。

在大厅里等待检查结果的时候，他假装不经意地提起：“你跟田径队那个陈医生很熟吗？”

“不算熟，就同事嘛。”宁霁随口道。她的注意力全在手里的奶油小蛋糕上。这是来的路上晏淮买的，说是陪看病的“报酬”。

晏淮观察着她的神色：“听说他换女朋友挺勤的。”

“哦。”不感兴趣。宁霁轻轻咬了一口蛋糕，嘴角沾着一点奶油。

“还有篮球队的李医生，有学生说经常在夜店看到他们两个。”

宁霁纳闷地瞅他一眼：“小屁孩你跟我说这些干吗？”

晏淮别开脸：“没什么。就是觉得队医办公室的风气不太好，你不要被带坏了。”

宁霁翻了个白眼：“你以为我跟你一样幼稚吗？”

晏淮盯着她嘴角那点奶油，鬼使神差地伸出手，想帮她擦掉，就快碰到时，屋里护士突然喊他的名字，他便飞快地将手又缩了回去。

“嘴角有奶油，自己擦一下。”晏淮淡淡起身，仿佛什么都没发生过。

只有他自己知道，如果现在查心率，一定超出正常的范围了。

太奇怪了，自从认识这个人以后，晏淮觉得自己变得越来越奇怪。

检查结果超出宁霁想象，很健康，一点问题都没有。她仔仔细细翻看好久，百思不得其解，嘀咕着：“到底怎么回事？”

“我跟你说过了，我没病。”

“那你下午反应怎么那么激烈？跟有人要抽走你的骨头似的。”

晏淮垂眸，睫毛遮住眼中的神色，小声道：“就是要抽我的骨头啊。”

“你说什么，大点儿声。”

“没什么。去吃饭吧。”

这天直到结束，陈医生也没有得到一分钟和宁霁相处的机会。

晏淮得意扬扬，只不过这份喜悦并没有持续太久。

单板滑雪队来了一个新成员，还是自发报名来的，大一新生戴初夏。

用路清美的话来说，虽然戴初夏入队动机不纯，但我们目前也不是什么正经队伍。

戴初夏报到的第一天，所有人用脚指头都能看出她的用意。秋季虽然还没那么冷，但也没热到能露腿的地步。这位小美女偏偏穿着一条小短裙，露出光洁白皙的腿，还化着妆，从自我介绍开始，眼睛时不时就瞟向晏淮。

她其实并不是当运动员的料，体力别说跟晏淮、夏将辉这样的专业运动员比了，就连临时拉来的翟小颜她都比不上。跑了不到四百米，她就虚弱得不行，只能站在旁边看着。

中间休息时，她走到晏淮旁边，有些羞赧地说：“晏淮学长，请问你可以教教我，怎样增强身体素质吗？”

晏淮看了她一眼，说：“多锻炼。”

戴初夏露出难过的表情：“我会不会赶不上大家的进度……”

“会。”晏淮简洁地道，“所以你要多锻炼。”

“我从小身体就比较娇弱，也不知道该怎么办才好。”

“那就多锻炼。”

戴初夏噎了噎，还想和他继续攀谈，盛飞扬就及时走过来，揽着晏淮往男卫生间推。

进了卫生间，盛飞扬才忍不住调笑他：“狗爷，开心不？一朵桃花砸在你狗脸上了。”

晏淮皱了皱眉：“你看我像开心？”

“小姑娘挺漂亮的，我看你不如早点达成人家的心愿，好让人家安心退队，别耗在这儿受折磨了。”

“漂亮？”晏淮不知想到了什么，轻蔑地笑了一声，“你真的该去看眼科了。”

盛飞扬讨好地笑了笑：“我就是随便说说。我心里只有《海贼王》里的娜美和路清美！”

他这句话说得荡气回肠，刚好路清美从卫生间门口经过，有些诧异地看着他。盛飞扬瞬间石化，恨不能扒个地缝钻进去。

但是，路清美什么都没说，像没听到一样，平静地走了。

好半天，盛飞扬才惴惴不安地问晏淮：“她是不是听到了？”

晏淮一点都不客气地在他心上补刀：“你声音特别大。”

男卫生间门口顿时传来一阵哀号。

归队路上，盛飞扬非常沮丧，始终低着头，没注意到晏淮何时停下了脚步，一头撞了上去。

“晏狗你干吗？”

晏淮没理他，一动不动地看着操场外面，脸色有些阴沉。盛飞扬顺着他的视线望过去，看到宁霁刚好路过，跟身旁的男人有说有笑。

盛飞扬“哇”了一声：“宁队医旁边那人是谁？”

“田径队的陈医生。”

“长得还不错，跟宁队医这么站在一起，看着还挺配。”

晏淮冷冷地扫了他一眼。盛飞扬一哆嗦，如果眼神能杀人，小淮爷刚才已经将他碎尸万段了。

王教练已经急不可耐地在操场另一头喊他们了，盛飞扬只能推着晏淮往前走。

他时不时抬眼打量晏淮，晏淮现在的表现太反常了，浑身杀气四溢，输了比赛的时候都没这么凶残。

盛飞扬小心翼翼地问：“狗爷，你到底怎么了？”

晏淮眯了眯眼，沉默片刻，忽然道：“你刚刚说陈轩铭长得不错？”

“啊？陈医生啊，是吧……”

晏淮狞笑一声：“你也别去看眼科了，直接把眼睛抠出来扔掉吧。”

“……”

晏淮接下来的训练状态不太好，气压也很低。

王教练接了个电话，急匆匆就走了。他最近一直在为单板滑雪队的投资赞助四处奔波，偶尔不能陪他们全程训练，就会暂时由晏淮负责。

然而今天，王教练走后，晏淮背对大家摆了摆手，说：“自己练吧。”

夏将辉一把抓住他的肩膀，质问道：“什么意思？”

晏淮心情很差，语气也比较冲：“听不懂普通话？”

“队里一大半新人，你让大家怎么练？”

“爱怎么练就怎么练。”

夏将辉忍耐已久，生气地攥紧他的领口：“你到底是不是队长？能负点责吗？”

“你爱带你带啊！”晏淮现在一点就爆，不耐烦地推开他。

两个人怒目而视，青筋都暴出来了。

路清美看了盛飞扬一眼，飞快地说：“愣着干吗，劝架啊！”

盛飞扬得令，卖力地冲过去。

然而这两个都在气头上，有越劝越上火的架势，眼看就要扭打在一起。戴初夏小步跑到晏淮边上，怪罪夏将辉：“晏淮队长肯定有他的理由，你这人怎么不讲理？”

哪知夏将辉没什么反应，晏淮反倒率先扭过头，没好气地对她说：“闭嘴。”

戴初夏蒙了，她明明是在帮他啊！

翟小颜见怪不怪，默默地从包里摸出单词本开始背：“Silence，s、i、l……”

最后还是路清美出马，给了他们一人一拳。晏淮和夏将辉吃痛，立刻放开对方，捂着自己的肚子。

“想打架是不是？”路清美竖起拳头，小小的身体里爆发出力拔山兮气盖世的怒吼，“来！我陪你们打！”

路清美以前是练过散打的，她发起飙来晏淮都有点犯怵。

勉强将这两个不安定分子镇压，路清美飞快地给宁霁发了条消息，然后组织队员们原地仰卧起坐。

操场上训练的学生很多，他们这点小插曲很快就随着阳光和汗水蒸发了。

宁霁赶过来时他们刚好休息，晏淮坐在地上，只抬头看她一眼，就继续调整自己的护腕。

戴初夏被他刚才的样子吓到了，坐在他半米开外的地方，小心翼翼地观察着他的眉眼，当然也留意到他抬头那一刻眼里闪烁出的光。

这个年纪的女孩子比较敏感，她顺着晏淮的目光看到宁霁，心里忽然不是滋味。

宁霁就站在晏淮面前，勾了勾手指：“你，过来一下。”

晏淮睫毛动了动，片刻后，才懒散地从地上站起来。

戴初夏不高兴地嘟囔：“这女的谁……”

路清美余光扫她，说：“宁霁，我们的队医。你叫她宁队医就行了。”

“队医呀，她来干吗？”

大家都懒得回答她，戴初夏自讨了个没趣。

宁霁今天没穿白大褂，和晏淮并肩走在一起，看上去没有任何年龄差。

晏淮此刻矜持又别扭的背影落进盛飞扬眼里，他突然明白了什么。

离开人群一段距离，宁霁才开口问：“我从路清美那里了解了大概。刚刚你怎么了？”

“我很好，特别好。”

有点冲。宁霁观察了一下，毕竟是少年，眼里藏不住烦躁的情绪。

“有什么烦心事可以跟我说说。”

“都说了，没什么事。”

宁霁一拍脑门，懊恼道：“怪我，上次检查忘记带你看脑科了。”

“……”

“应该把你的脑子撬开看一看，为什么脾气这么反复无常。”

晏淮无语地瞪着她。

“瞪我也没用，今天这事是你的错。你是队长，你有你该承担的责任。”

晏淮不说话，梗着脖子，眼角发红，脸上还挂着汗珠，倔强之余似有难以名状的委屈。他不是不讲道理的野蛮人，等冷静下来后，也知道自己有些情绪化了。

沉默良久，他终于开口问：“你今天去哪儿了？”

宁霁愣了一下：“我哪儿也没去啊。”

晏淮舔了舔嘴唇，不死心地追问：“就刚刚，去哪儿了？”

“去听了个医疗讲座，回来路上碰到陈医生，一起回了办公室……”

晏淮的眼睛里慢慢恢复光彩：“就这样？”

“废话，不然还能怎样？”宁霁伸手在他头上弹了一下。她以为晏淮会躲一躲，没想到对方纹丝不动，直直让她弹了下来。

他嘴角又提了上去。和刚才冷淡的笑容不一样，和平时的散漫也不一样，他现在的笑意纯粹干净，像是被太阳晒过的白衬衫，属于十九岁少年的笑。

宁霁怔了怔，有些恍神：“你问这个干吗？”

“随便问问。”明明唇边的笑意都快蔓延到眼角了，他的语气却还是那么慵懒，“我们单板滑雪队好不容易招到队医，虽然蠢了点，但也不能让隔壁的‘禽兽’骗走了。”

又被骂了。宁霁心里刚刚冒出来的光风霁月一下子消散，眼角抽了抽，强忍住打人的冲动。

归队时，晏淮心情已经一百八十度大反转，他主动给全体队员鞠了一躬，脸上挂着无赖的笑，道：“对不起大家，刚才我应该带你们好好训练的。出于补偿，我决定把今天的训练时间延长半小时……”

夏将辉黑着脸看着他，内心却是崩溃的：这人怎么能翻脸翻得这么快！

只有盛飞扬和戴初夏，不约而同地看向宁霁，若有所思。

盛飞扬和晏淮太熟了，任何一方的反常行为都会被另一方迅速察觉。

翌日，毛概课上，晏淮还是懒散地靠着椅背，目光一直紧跟老师和黑板，不知道的还以为他是个认真听课的好学生。

但盛飞扬知道，他一个字都没听进去。

——晏淮已经无意识地将手中的白纸折了一遍又一遍了。

盛飞扬郑重其事地合上漫画，小声问他："狗爷，你为什么不谈恋爱？"

晏淮漫不经心地说："有限的精力都用来训练，哪有心思谈恋爱。"

"这两者并不冲突，国家队也有很多运动员下了颁奖台就求婚的。"

见晏淮没吭声，盛飞扬又道："你现在有喜欢的人了吧？"

晏淮像是被戳到痛处，有些奓毛："你胡说什么？"

音量很大，毛概老师生气地瞪了他们一眼，两人赶紧把头垂下去。

如果说盛飞扬之前只是猜测，现在这情况他已经十拿九稳了。晏淮却偏偏还要嘴硬，小声威胁他："没有的事，别乱说。"

"好好好，那我们就假设你有一个喜欢的人，"盛飞扬顿了顿，抛出问题，"那你想没想过，你再不主动一点，她可能会被其他人抢走？如果她恰好是个美人。"

晏淮脱口道："她美个屁！"

说完就尴尬了。

两人大眼瞪小眼，诡异地沉默了很久，盛飞扬才憋笑道："果然……"

晏淮恼怒地趴在桌子上，再也不想理他。

他脑子里浮现出宁霁和陈医生走在一起的画面。尽管不甘心，但他必须承认，和谐、美好。而他自己，却像是贸然闯进去的路人，找不到自己的位置。

晏淮烦躁地闭上眼睛，心里乱糟糟的。

半个月的体能训练过去了，单板滑雪队终于迎来了第一次上雪山。

对于大部分队员而言，这是新奇又难得的机会，比如戴初夏，准备了一背包零食，不知道的还以为他们来郊游的。

雪场在T市郊区，跟T大有合作，王教练自己开着小型中巴车，坐八个人绰绰有余。

最开始，盛飞扬和晏淮坐在一起，等宁霁来的时候，盛飞扬立刻挪开屁股，殷勤地说：“宁队医，来来来，你坐这儿……”

晏淮假装无所谓地撇开头，余光暗暗瞄着宁霁。

宁霁却一屁股坐到门边单独的座位上，爽快地回绝：“不用了，我不跟你们这群小屁孩坐在一起。”

趁盛飞扬发愣的间隙，戴初夏把包扔到这个座位上，露出一个甜甜的笑容：“那我坐这儿啦。”

盛飞扬尴尬地挠了挠头，瞥见晏淮的脸都黑了，只能无奈地吐了吐舌头，抱着自己的包老老实实坐到夏将辉旁边。

戴初夏总想拉着晏淮聊天，晏淮不胜其扰，戴上大大的耳机，头靠在玻璃窗上，假装自己睡了。

车开了一个多小时，终于上了雪山。秋季还没那么冷，只有雪线以上的滑雪场开放了。

队里除了晏淮和路清美两人有自己的装备之外，其他新人都要在滑雪场临时租雪板。

装备室门口，晏淮忽然被人叫住。

来人面生，看着比他大几岁。

晏淮脑子里过滤了一遍，没找到这个人的信息，但看对方穿着专业，怀里还抱着雪板，排除了记者的可能。

“你好，我叫沈波，极地滑雪俱乐部的。”

晏淮有了一点点印象。这个俱乐部曾经邀请他加盟，但是合约上满满的商业活动安排，像是把他当成了一个赚钱机器，他就拒绝了。

如果没记错，这位沈波先生，应该就是极地俱乐部的二世子。

“没想到会在这里碰到你，晏淮，单板滑雪界的小明星，雪场上的‘小魔王’。”沈波说话声音不大不小，却刚好让屋子里所有人都听得见。

其他人纷纷讶异地扫视过来。

晏淮刚刚经历过大赛失误，这些目光自然不会多友善。更何况，沈波刻意把那些称号说出来，嘲讽的意味不言而喻。

晏淮警惕地眯起眼，语气却仍然懒洋洋：“请问您有什么事？”

沈波看着他身边的队员，好奇地问：“这些都是你的同伴？”

“嗯。”

“T 大刚成立的单板滑雪队？”沈波难以置信地轻笑，“晏淮你所在的队伍，居然还需要队员来租雪板？你们是有多穷啊。”

单板队其他成员立刻充满敌意地盯着沈波。

晏淮却没生气，反而极其坦率地说：“我们队刚成立，是有点捉襟见肘。怎么样，沈先生考虑给我们投资吗？专注训练和比赛，不参加商业活动的那种，考虑一下呗。”

沈波深深地打量他一眼，这个小子被羞辱时不仅不生气，反而厚着脸皮把问题抛给他，还暗讽了他们俱乐部以商业利益为主导的理念。

——假以时日，也是个人精。

不过沈波并非善茬儿，晏淮这种初出茅庐的小青年在他眼里还嫩得很。他即刻便说：“晏淮啊，如果你还在巅峰状态，我一定会考虑你的提议。只是你自己走在下坡路上，还非要拉着这些年轻人陪你一起殉葬，恕我爱莫能助。”

晏淮嘴角的笑意逐渐变得冷淡。其他成员都暗中握紧拳头，气氛绷得特别紧。

“什么殉葬不殉葬的，在雪山脚下，晦不晦气啊。”宁霁忽然从人群后方冒了出来，出声打破僵局。

沈波有点诧异，不知来者何人，不敢贸然接话。

宁霁一爪子拍在晏淮后背上，闲闲地说：“我们晏淮参加比赛是为国而战，他拿过奖牌，您拿过吗？”

沈波愣了，没说话。别说跟晏淮这样的选手并驾齐驱了，他连国内大赛的门槛都够不到。

“没拿过吗？”宁霁故作惊讶地挑眉，上上下下打量他，“那您凭什么在这儿挖苦为国争光的运动员？”

“我……”

宁霁压根儿不给他说话机会，截下话头：“凭您头发脱得更快吗，还是凭那几个臭钱？”

沈波脸色一阵青一阵白。这姑娘眉清目秀的，怎么一张嘴跟晏淮一样惹人嫌？他不好跟她叫板，只能气哼哼地离开了。

盛飞扬忍不住竖起大拇指，连称谓都改了：“宁姐，高啊！”

宁霁笑嘻嘻道：“都拿到合适的雪板了？快去吧，王教练在外面等你们。”

成员们的沮丧一扫而空，呼啦啦地冲了出去。晏淮却站在门边，迟迟没有抬步。

宁霁问他：“怎么了？”

“没，没什么。”晏淮摇摇头，大踏步走了出去。

宁霁以为沈波的话让小淮爷心情抑郁了，可是一抬头就看到他脸上似有若无的喜悦。

有什么值得高兴的事情吗？

宁霁当然不知道，晏淮出去后，嘴角翘得更厉害了，走路差点颠起来，用只有他自己能听到的音量呢喃：“我们晏淮……”

晏淮今天的训练状态很好，王教练给新人们讲解动作要领时，他就负责展示。

单板滑雪不同于双板，滑雪者不拿雪杖，身体和雪板平行而立，像玩滑板时那样，全凭身上的肌肉和身体的平衡完成动作，是一项高速的极限运动，需要事先调整心率和血液循环，前期热身运动非常重要。

热身运动做完，晏淮开始演示连贯动作。他上到一个四五米的高台，确认固定器好好把鞋和雪板固定在了一起，然后从入口坡加速向下滑行。跳出高台时，他整个身体完全腾跃在半空，看上去像是要坠落。

戴初夏吓了一跳，捂嘴惊叫起来。

晏淮在空中迅速向上抬腿，连带出一个利落的540°转体和后手STALE FISH（石斑鱼）式抓板。

他最后稳稳地落在平地上，又向前减速滑行几米，转了个身，利落地停了下来。

队员们缓了好一阵子，才反应过来，盛飞扬第一个发出感叹："狗爷太帅了！"

他们大都是头一回亲眼看见单板滑雪中的跳台和转体，刺激程度不言而喻。晏淮今天穿的又是红白相间的滑雪服，映着后面白茫茫的雪景，大家都不约而同地想到一个词：翩若惊鸿。

就连平时最游离在队伍之外的翟小颜都目不转睛地看完了全程。

戴初夏激动到眸子发光，喃喃道："原来单板滑雪这么酷！"

"这还不是最难的。"路清美说，"队长是可以上国际赛的选手，540°转体对他来说只是个展示。"

戴初夏震惊了："晏淮最高能做多少？"

"900°。"

天哪！戴初夏飞快地眩晕了，她觉得自己好像打开了新世界的大门。

路清美继续跟他们科普着：“2015 年世锦赛上，英国选手比利·摩根完成世界上第一个1800°转体。美国选手肖恩·怀特被称为‘飞翔的番茄’，在 2018 年平昌冬奥会上凭借 1440°转体获得 U 型池项目冠军……”

戴初夏更加惊叹了。当晏淮抱着雪板回到他们身边时，她第一个冲上去，问：“晏淮队长，比利·摩尔和肖恩·怀特，你最崇拜谁？”

晏淮皱了下眉：“你说的是比利·摩根？”

“对对，不好意思，我记错了。”戴初夏有些尴尬。

“我都不崇拜。”

“啊？”戴初夏愣了一下，赶紧跟上他的步伐，“那你最喜欢的单板运动员是谁？可以告诉我吗？”

晏淮停下脚步，雪镜下面的眼睛抬起来，望向茫茫雪顶，顿了片刻，才道：“你知道世羽嘉吗？”

“嗯？那是谁？”

“不认识就对了。我随便说的。”

戴初夏从口袋里拿出手机，搜了半天，忽然高兴地说：“还真有这个选手！我查到……”话没说完，她就怔住了，呆呆地看着屏幕上的报道，“已故？”

休息的第一时间，晏淮冲进雪场小屋，他想知道宁霁有没有看到刚才自己的展示，然而宁霁并不在这里。

他跟屋里其他人打听了一下，从他们训练开始，宁霁就自己朝东边去了。

他深一脚浅一脚地赶过去，却发现越走越荒凉。东面没有搭建完备的雪场，游客们都集中在了西面。

一直走到最东面，晏淮终于看到身穿杏色羽绒服的宁霁。

可他没有再走上前去了，因为面前并不是多快乐的画面。

宁霁一个人跪在雪坡下面，目光长久地注视着顶峰，仿佛一个虔诚的朝拜者。

可那目光里却杂糅了太多情绪，不知是想到了什么，有害怕和恐惧，也有深不见底的怀念。

她就这样长久地跪在那里，晏淮就这样长久地遥望。

宁霁现在呈现出来的，是晏淮从来没见过的一面。他抿着唇，眸光微沉，不知道自己该不该上前打扰她。

此刻，他清楚地意识到，自己对她的世界一无所知。

雪场那日，其实沈波话糙理不糙。晏淮自己也很明白，王教练赞助拉得不是很顺利，原因大部分是因为他。

如果只是他一个人训练，费用他家里能轻松承担，但现在是一支队伍了，盛飞扬、翟小颜、夏将辉和戴初夏都需要添置属于自己的雪板、雪鞋和固定器。

尤其是夏将辉，似乎家里条件并不是很好，为了购买装备，每天训练完了就跑去学校外面打工。

很快，为了能让队伍整体快速脱贫，路清美也加入了打工阵营，她一去，盛飞扬和翟小颜也跟着去了。

队里除了戴初夏和晏淮，其他人都利用闲暇的时间挣装备零花钱。

周五下午，晏淮例行去宁霁那里做检查，一进办公室就发现两位男队医都在。

他眼珠转了转，忽然抬手捂住胸口，皱着眉头对宁霁说：“宁队医，我不太舒服，可以去里面躺一会儿吗？”

宁霁点点头：“去吧，我帮你看看。”

他俩一起进入休息室。晏淮顺手合上帘子，把其他队医虎视眈眈的视线都隔离在外面。

晏淮随意地往床上一靠，宁霁看他脸色正常，一点都不像有病痛的样子，便问：“你哪儿不舒服？”

“可能吃坏肚子了，胃痛。”

宁霁蹙了蹙眉：“可你刚才捂的是胸口。”

眨了眨眼，晏淮立刻按住心脏，面露苦色地说：“对，我心脏也不舒服。”

宁霁翻了个白眼，没好气道：“你自己演吧，我忙着呢。”

晏淮赶紧抓住她的手腕，气若游丝：“我是真的疼，你不是队医吗？你来帮我看看。”还悄悄掀开眼皮偷瞄她的反应。

宁霁耐着性子坐在床边，问：“你要我怎么帮你看？”

晏淮直接把她的手拽过来，放在自己胸口上：“你感受一下，有没有什么不对劲？”

隔着一层薄卫衣，少年胸膛上的温热汩汩传入掌心，随之而来的，是胸肌下心脏铿锵有力的跳动。

晏淮暗暗骂自己，在宁霁面前，他已经出卖过多少色相了？希望这一次，宁队医能发现他心跳加速的频率。

然而宁霁只是歪了歪头，若有所思：“是不太对劲，居然在跳。”她慢慢抽回手，平稳道，“我觉得还是不跳比较好，世间会少一大祸害。”

晏淮简直要气笑了：“宁队医，你觉不觉得自己很恶毒？这样怎么找男朋友？”

“男朋友不介意就行了啊。”宁霁睨了他一眼，“况且，你有资格说我恶毒吗？”

晏淮却抓住了另一个重点，假装不经意地问：“你有男朋友了？”

“暂时没有。我是说以后……”

“你打算找什么样的男朋友？”

“没想过。”顿了顿，她补了一句，“当人，不当狗的那种吧。”

晏淮忽然坐直，一双桃花眼清明地看着她，很认真地问：“如果是狼狗呢？”

宁霁怔了一瞬。

少年的眼睛太过好看，让她有一刹那的慌乱。她匆匆撇开视线，耳根有点发烫，还好被长发挡住了。

“你没什么事就先回去吧。”她匆忙说，“我一会儿还要去找王教练开会。”

晏淮瘪了瘪嘴，只能作罢。

这次检查就摸了摸心跳、聊了聊天，没什么实质性的内容，晏淮却觉得前所未有的畅快。

晚上回到宿舍，他从网上下载了一张照片，里面的小狼狗瞪着凶神恶煞的铜铃大眼，在逆风中勇猛地奔跑。

他将这张照片设置成了微信头像。

盛飞扬在外面打工，一边做事，一边给他发着微信：“狗爷！你的头像怎么回事？”

晏淮：“酷不酷？”

盛飞扬：“……”

盛飞扬：“说实话……”

盛飞扬：“我感觉它在摄取我的灵魂。”

晏淮：“懂了，你觉得很酷。”

盛飞扬：“我没这么说。手动微笑。”

晏淮咧了咧嘴，觉得该去宁霁眼前炫耀一圈了。

晚上临睡前，宁霁才看到晏淮给她发来的消息：“明天有空吗？”

时间是一个小时前，晏淮可能已经睡了。

她还是回了一下：“明天跟陈医生约了去游乐场。”

晏淮果然没再说话。

宁霁点开他的头像，扑面而来一只凶巴巴的小狼狗，她刚想笑，忽然想起下午少年清澈隽秀的眼睛，笑意就凝固在了脸上。

她熄掉屏幕，把手机放到一边，默默爬进被窝，辗转了一夜。

翌日，和陈医生去游乐场，姑且算是约会，她并不放在心上，只是刚好自己也想去游乐园逛逛。

平心而论，陈医生很体贴，照顾女生很有一手，但宁霁并不愿意和他走得太近。

或者应该说，其实宁霁不想跟任何人走得太近。

玩过几个和平的项目后，陈医生似乎觉得苗头正佳，便主动提议去鬼屋玩一圈。

宁霁有些犹豫：“听说这里的鬼屋很恐怖……”

陈医生拍了拍胸脯，自信地说：“放心吧，我会保护你的。”

她眨了眨眼，“哦”了一声，没再说话。

其实她本来的意思是，陈医生你这么斯文，会不会害怕……但既然人家都表示没问题了，她也懒得多嘴。

售票窗口。

宁霁刚把头探过去，就看到了翟小颜。

宁霁惊讶：“小颜？你在这里打工？”

翟小颜点点头，把票递到宁霁手上，说：“他们几个都在里面。”

“嗯？他们在里面……扮鬼？”

宁霁哭笑不得，进屋之前本想告诉陈医生的，但又怕扫了人家的兴，就没说。

鬼屋里冷气开得很足，配合着阴森的配乐，还没见到鬼，身上就已经感觉凉凉的了。

这是一个废弃古堡背景的鬼屋，相传所有踏进这个古堡的人都会遭遇不测。这个项目的老板在布景上面很是大方，隔两三步就会看到断肢和骨头之类的道具。

第一个转弯口，一道白影突然尖笑着飘了出来，宁霁明显感觉到身旁的陈医生倒抽一口气，身体绷紧。

他尽力让自己语气平静：“小宁，你……你不怕？”

宁霁为了安慰他，讪笑着说：“有点，有点。”

两人走上古堡的长廊，墙壁上排列着诡异的壁画，走到尽头，宁霁旁边的壁画里突然伸出一只沾满鲜血的手和一只泛着绿光的眼睛。

陈医生“啊”了一声，拼命往宁霁身后躲，哆嗦着道：“有鬼，有鬼！”

“是啊，这是鬼屋嘛。”宁霁无奈地安抚他，“别怕别怕，都是假的。”

陈医生已经想打退堂鼓了，但宁霁都没说要走，他更不好意思提，只能硬着头皮继续前进。路线指向一个房间，门半掩着，背景音乐变得更加诡异悠长。

“这里……这里肯定有什么东西……”陈医生碎碎念。

宁霁直接把门推开，这居然是一间“停尸房”，地上全是腐烂的人体道具。

突然间，一具“尸体”坐了起来，飞速扑向陈医生。

陈医生吓到失智，再也顾不上面子，尖叫着冲了出去，拼命向出口狂奔，顿时整个鬼屋里都充斥着他惨烈的声音。

宁霁被抛弃在原地，有些尴尬地和面前这位“鬼”面面相觑。

沉默了一会儿，“鬼”开口了：“你还玩吗？”

宁霁愣了愣："晏淮？"

"嗯，是我。"他走到微弱的灯光下，露出化得有些苍白的脸。

他扮演的角色是一个永生不灭的吸血鬼，喜欢藏在"尸体"里吓人。其实道具组对他已经很仁慈了，大概是不忍心祸害他那张脸，下手不重，还让他穿着宫廷式的白衬衫黑裤子。

晏淮平时总穿运动休闲类的衣服。这还是宁霁第一次见他穿正装，西裤将他的腿修饰得更加修长，白衬衫最上面两颗扣子解开，露出一截沾着血色颜料的精致锁骨。

仔细一看的话，宁霁一点都不觉得他恐怖，反倒呈现出一种病态的帅气。

她把目光从锁骨上挪开，有点心虚地问："你们都在这儿打工？"

"对。不过，我今天是第一次来……"在昨晚看到她的消息后，晏淮临时决定加入打工小分队的阵营，"盛飞扬、夏将辉和路清美都在前面，你如果继续玩的话，就会碰到他们。"

"那我还是继续走下去吧，票不能浪费。"

"你一个人？"

宁霁耸耸肩："没办法，陈医生已经被你吓跑了。"

晏淮笑了笑，说："不怕，我带你走。"

他提起桌上的道具灯，走在宁霁前头。

路上有不少阴森的怪物出现，他似乎是不放心，忽然回身拉起宁霁的手腕："小心脚下。"

宁霁没有挣脱。

晏淮唇边忍不住勾起笑，好在暗沉的光线遮住了他这份小小的情绪。

每到一处有陷阱的地方，晏淮都要提前提醒她。宁霁本来就不怕这些，被"剧透"以后就更没有工作人员能吓到她了。

她甚至看到一些“鬼”已经放弃挣扎，悠闲地靠在一旁嗑瓜子，向晏淮投来深深的怨念。

宁霁有点想笑：“晏淮，你这样算不算渎职？”

晏淮一如既往地散漫：“我乐意。”

“嗯？头一次见有人乐意渎职的。”

“不是渎职，是我乐意带你走完后面的路。”

明知道他说的是鬼屋里的路，宁霁却还是产生了一瞬间的错觉。

晏淮又提醒她：“宁霁，一会儿前面有个‘断头鬼’，小心。”

“是宁队医，别没大没小。”

晏淮忽然转过身来，认真地问：“那我先征询一下，这里没有别人，我可不可以叫你宁霁？”

宁霁怔住了，呆呆地看着他。

见她半天没说话，他以为是默许了。晏淮桃花眼弯了弯，凑到她耳边低声说：“那就牵好我吧，宁霁。”

他声音低沉缱绻，在密闭的空间里拖出温柔的尾调。

宁霁再也无法忽视，心脏跳得到了快要爆炸的节奏。

Chapter.4
- 初初心动 -

"别人有的，我们宁霁小姑娘也要有。"

晏淮牵着宁霁的手，一步一步往前走。

古堡的通道又黑又长，晏淮刚来的时候"夸"过它够晦气够吓人，而此刻，他却希望这条路永远没有尽头，他可以牵着宁霁一直走下去。

宁霁从刚才起就没有说话，意外地安静。晏淮微微侧头看她，却什么也看不清，昏暗的灯光恰到好处地藏起她的表情，唯有掌心连接的地方攀升起一阵灼热。

晏淮大拇指弯了弯，指腹在她手背上轻轻摩挲，仿佛一瞬间产生了电流，酥酥麻麻游进血管。宁霁滞了一下，僵硬地任由他牵着。

再往前就到单板队其他队员"驻守"的岗位了，已经能听见盛飞扬的声音。宁霁如梦初醒，飞快地把手抽了回来，假装什么事也没发生咳了两声。

晏淮眼睛带着笑，双手揣进口袋，配合她一起假装什么也没发生过。

"三带一！"

"要不起！"

宁霁、晏淮赶到时，映入眼帘的就是几只"鬼"围坐在一起欢乐斗地主的画面。盛飞扬是一只"吊死鬼"，他把脖子上的麻绳往后一甩，张着浓紫色的嘴巴，气势如虹地甩牌："来啊，谁怕谁！"

路清美头上顶着一只"鬼娃娃"，不屑地"嘁"了一声："你叫嚣给谁看呢？”

“好好好，你是姑奶奶，我不叫。”盛飞扬很尿地缩了回去，一抬头便看到了面无表情的晏淮和宁霁，“哟，狗爷来啦……咦？宁队医？”

路清美着急看牌，匆忙打了个招呼：“学姐，你怎么来了？哎，这牌我要！”

“我这张门票买得真值。”宁霁弯下腰，扯了扯盛飞扬的假发丝儿，感叹道，“有生之年，我居然看到了西方‘鬼’们斗地主，纸牌游戏果然无孔不入。”

盛飞扬使劲点头：“没错，文化传播人人有责。”他又接着嘚瑟，“在你们没来之前，我已经赢好几轮了，今天手气真好，挡都挡不住，哈哈哈。”

他不提还好，一提路清美就来气，立刻甩掉手里的牌，一只胳膊夹住他的脖子，生气地捶他：“都怪你，我连输好几把了！”

盛飞扬奋力求饶：“我错了，我错了，我错了！你大人有大量饶小的一命，小的赢的都算姑奶奶你的，好不好？”

路清美垮着一张小脸，看上去很丧，不甘心地把他放开。

盛飞扬苦着脸摸着自己的后脖颈：“我本来想让你的，可是我也不知道怎么了，这运气实在是太好了点儿，让都让不掉……”

路清美剜他一眼：“闭嘴。”

盛飞扬非但不闭嘴，还顺势觍着脸道：“清美你看，我就是这么一个运气贼好的男子。这个优点是不是太引人注目了？你被我……”

“没有，快滚。”路清美毫不客气地踹了他一脚。

这边正鸡飞蛋打着，工作人员的对讲机里传来通知，让大家迅速待命，有新客人进来了。盛飞扬、路清美他们匆忙收拾了牌局，回到自己所属的场景里。

晏淮要带着宁霁继续往出口走。宁霁赶忙拉住他问：“你不用回到刚才的房间吗？”

“我不想回去了。”晏淮懒洋洋地说，“反正我都已经渎职了，干脆一渎到底。”

“这叫什么话？”宁霁故意板起脸来，“你滑雪的时候也是这种态度吗？”

“滑雪是滑雪，跟打工不一样。况且，”晏淮顿了顿，笑着看她，“你的约会对象跑了，是我的责任。我得陪你去玩其他项目，算作补偿。”

宁霁迟疑了一下，还没来得及拒绝，晏淮就说：“你在这里等我几分钟，我去卸妆换衣服。”

没过多久，晏淮回来了。他换上日常的休闲卫衣，脸上的白粉都洗干净了，额前还挂着细小的水珠，带着年轻运动员特有的蓬勃朝气。桃花眼周围因为洗脸而呈现出淡粉色的红晕，又给他平添了几分说不清道不明的魅力。

宁霁直勾勾看着他的眼睛，忽然觉得有些熟悉。

晏淮被她看得扬扬得意，嘴角却矜持地勾了勾，低声说：“是不是发现这样的我最帅？”

宁霁收回视线，无语地撇撇嘴，一转脸就碰到了夏将辉的视线。他不知道什么时候换到出口处站岗来了。

夏将辉很识趣地扭开头，假装没看到他们俩，默默引导其他游客。

宁霁心里产生一点疑惑，在跟晏淮离开鬼屋的路上，忍不住问：“夏将辉好像总是独来独往，他为什么不跟你们一起玩？”

“我也不知道，他这人，怪得很。”晏淮随口回答着。

“感觉他好像有心事似的，你有没有问过他？”

“他想说就说，不想说就算了。干吗要问？”

因为你是队长啊——宁霁本来想这么回答的，但晏淮的话似乎也没错。

夏将辉那样性格的人，如果他不想说，问了反倒会让他不自在。

男生之间的事，还是让他们自己解决比较好，她只是个小队医，手不能伸得太长。

晏淮不知道她在想什么，专注研究着游乐园地图，最终敲定一个位置："这个游乐园比较著名的就是漂流项目，你还没坐过吧？"

"没有，好玩吗？"宁霁对漂流很感兴趣，眼睛亮了亮。

"网上评价还不错。走吧，就在前面。"晏淮顺手把宁霁的包拿下来，挂在自己肩膀上。

和陈医生不一样，晏淮的体贴一点也不刻意，也没有情场老手那种油腻的关心，一切都是自然而然。

一艘小游艇上大概能坐七八个人，晏淮和宁霁坐在最后一排，两人挨得很近，晏淮甚至能闻到宁霁身上的淡淡水蜜桃味儿。

游艇会经过一个山洞，山洞里设有陡坡，刺激的地方就在于，游客看不到陡坡的位置，惊险和刺激都是突如其来的。

游艇缓慢出发，尽管救生衣有些硌脖子，宁霁还是很兴奋，紧抓着面前的扶手。

陆续经过几个小陡坡，游艇就漂进山洞了，宁霁的心也跟着一块儿提起。山洞前半段基本都是些不急不缓的小坡道，后半段水流开始变得湍急，晏淮忽然出声叫她："宁霁。"

"嗯？"

"坐稳了。"

话音刚落，小游艇突然掉下一个陡坡，全体游客都被惯性甩出半个屁股的高度，伴随着游客的尖叫，游艇速度激增，在山洞里飞快地穿梭，溅起巨大的水花。

四散的水花洒在游艇里，宁霁头皮上一阵凉，肩膀刚刚一抖，就被晏淮强势地圈在臂弯里。

晏淮的身体向她倾斜，大手罩在她头上，十分轻柔地把她尽量往怀里护，并在她耳边安抚道："不怕，就要出洞了。"

宁霁有些好笑地抬起头，却在明暗光线交错的刹那，看到晏淮明亮的眼神和坚毅的下颌线，像是站在风暴中心的无畏少年，正扬起武器保护心爱的人。

她有片刻的出神，就这样一动不动地待在他的怀抱里。

直到出洞，游艇快到终点，行速渐渐平缓，晏淮才将她放开。少年耳后根有些发红，遮住她的眼睛："宁霁，跟你商量个事儿呗。

"啊？"宁霁回过神来，讷讷道，"你说。"

"以后能不能别这样看我？"晏淮舔了舔下唇，眼神黑沉，"你目光太炙热了，我受不住。"

"……"

宁霁有些懊恼地脱掉救生衣，她想不通，今天怎么接二连三被这个小兔崽子调戏？她平日里强大的反击系统呢？

其他游客下游艇的第一件事就是找纸巾擦头发，现在不比夏天，淋这么多水会着凉的。宁霁后知后觉地发现，因为晏淮的保护，她只有一侧的胳膊湿了一点，所有水基本都洒到了晏淮身上。

她赶忙回头找晏淮，发现这个快一米九高的男孩正亦步亦趋地跟在她身后，一声不吭地攥着自己头发上的水。

宁霁顿时心软了："我包里有纸巾，赶快用纸巾擦擦。咦？我的包呢？"

晏淮嘻嘻一笑，忽然从卫衣里掏出一个包，说："放心吧，我没让它淋到水。"

"你……"宁霁愣了片刻，叹道，"你是运动员，最不能淋到水的是你呀。"

晏淮露出得意又隐秘的笑，小声道："没事，我身体好。"

仿佛只是字面意思，但又似乎开了个不荤不素的玩笑。宁霁飞快地拧了他一下："晏淮同学，我劝你做个人。"

"嗷！疼！"晏淮挤眉弄眼卖可怜。

宁霁没工夫跟他掰扯这些，黑着脸拉他坐到长椅上，手忙脚乱地拿纸巾帮他擦头发擦衣服。

晏淮似乎很享受，闭着眼睛任由她在自己脸上乱抹，嘴里愉悦地哼着小曲，骨节分明的手还闲适地打起了拍子。

不知道他什么时候睁开了眼，一眨不眨地盯着宁霁。宁霁被他盯得浑身不自在："你是不是有话要说？"

"我今天对你这么好，你就不想表达一下感恩之情吗？"

宁霁点点头，语气诚恳："我正要说呢，晏淮同学年轻有为，还有奉献精神，实属不易，值得大家学习，掌声感谢晏淮同学。"

"不是这样。"晏淮看了她一会儿，道，"去掉'同学'，直接叫名字不好吗？"

"嗯？"宁霁手上的动作停了下来。

"就像我叫你宁霁一样，能不能去掉那些虚浮的称谓，再感谢一遍？这个要求不过分吧？"

少年发丝上还挂着晶莹的水珠，在午后灿烂的阳光下，仿佛蒸发出灼热的水汽，氤氲在宁霁眼前。

她本来是可以拒绝的，但不知静默了多久，忽然张了张嘴，鬼使神差地说："晏淮，谢谢你。"

晏淮愣了一下，随即嘴角忍不住泛起笑意，一直蜿蜒到眼底。

宁霁有些不好意思地垂下眸。一种微妙而奇怪的感觉油然而生，她和晏淮之间的关系仿佛在无形之中改变了，不再是纯粹的队医和队员的关系。

晏淮兴奋地向周围看了看，对她说：“我去给你买根棉花糖，你在这儿等我。”

他旋风一样跑走，又旋风一样回来，递给宁霁一根粉白相间的棉花糖：“你们小姑娘应该都比较喜欢在游乐园吃这个吧？我一路看到好几个了。”

“小……小姑娘？”宁霁刚才那一点点旖旎的想法，被他这个称呼瞬间击碎。

虽然她年纪不大，但跟晏淮相比还是年长几岁。她有些别扭，迟迟不肯接过棉花糖。

晏淮却直接拉起她的手，把竹签子塞到她手心，桃花眼弯成一个好看的弧度，声音在薄薄日光下轻飘飘的：“别人有的，我们宁霁小姑娘也要有。”

宁霁怔怔地看着他。

思绪飘到很久以前，妈妈好像也曾说过类似的话——“别人有的，我们宁霁也要有。”

那时候宁霁绝望地想，不可能的，她已经一无所有，深陷囹圄，不可能等到大雪初霁的那天。

可如今，少年笑容张扬桀骜，说着同样的话，仿佛真的能替她赶走生命中那场无休止的大雪似的。

可惜，只是仿佛。

宁霁垂眸，遮住眼里的情绪，不动声色地咬了一小块棉花糖。

晏淮看到她右边头发有些潮湿，忽然伸手挑起那绺湿发，漫不经心地说：“纸呢？我也帮你擦……”

话都没说完，宁霁突然紧张地推开他。晏淮猝不及防，竟然被她推得向后踉跄两步，险些摔倒。

“宁霁，你干什么？”

晏淮难以置信地看着她。女人都这么善变的吗？刚才还温温柔柔的，怎么一瞬间变得这么暴力？

宁霁懊悔地站起身，似乎是想要扶住他，最终却只是焦虑地抚平右侧发梢。

她深吸一口气，匆匆把棉花糖塞回他手中，低着头道：“对不起。我想起来还有点事，先回去了。”

“我送你回去。”

“不用了，我叫人来接我了。”宁霁眼神闪烁，向后退了一步，退回到队医和队员说话时的距离，“你等盛飞扬他们一起走吧，晏淮同学。”

自游乐园一别，晏淮以肉眼可见的速度消沉下去，除了训练时。

他训练更拼命了，就像台永动机，如果不是盛飞扬拽着他休息，他大概都不知疲倦。

他跟宁霁的关系也变得很奇怪。在盛飞扬的印象里，这段时间晏淮只去过队医办一次，回宿舍时气压特别低，话也很少。

上周五下午，晏淮出现在了体育馆，做了一下午腿部训练，盛飞扬就斗胆问了一句：“你不去宁队医那儿吗？”

晏淮随后投来的眼神，让盛飞扬冷得以为自己穿越去了冰河世纪，当晚就做了被晏淮一直追杀的噩梦。

总而言之，他的挚友出问题了，而且多半跟宁霁有关。

休息间隙，晏淮仰着脖子大口喝水，盛飞扬刚想和他说话，就看到王教练带着宁霁向这边走过来，叫单板队全体过去集合。

今天单板队全员要测量身高体重，方便他们挑选雪板。身高越高，体重越重，相应的雪板就越长。

队员一个个开始测量，宁霁负责记录。

晏淮站在队伍最后面，目光从宁霁身上掠过，心脏就像被小细针轻轻扎了一下。

脑子里浮现出游乐园里对方离开的背影，匆忙得仿佛他是什么可怕的东西似的。他后来去宁霁办公室想问个清楚，宁霁却礼貌地说："晏淮同学，请你好好训练，和你无关的事不要管太多。"

表情语气都透露着疏离，无形之中就把他推远了。

晏淮薄唇抿成一条线，等前面的人都测量完，才有些不情不愿地站上仪器。

"一米八七，75kg。"宁霁唰唰地在纸上记录，"你现在用多长的板子？"

"一六五。"

挺长的。宁霁笔杆敲了敲，问："换刃难吗？"

晏淮收紧下巴，嘴角翘了翘，却毫无笑意，漫不经心道："和你有关吗？"

宁霁这才抬起头来，发现少年的眼里拧着一股不服气的狠意。

像一条生气中的小狗。

王教练一会儿还要出去跑赞助，所以拉住晏淮多交代了几句，把接下来的训练安排嘱咐给他。

王教练这些天明显有些浮肿，眼袋也很大，看着格外憔悴。晏淮问："您这两天喝了挺多酒吧？"

王教练无奈地摸摸后脑勺："没办法，潜在赞助方叫吃饭，我哪能不去……唉，你别管，你好好训练就是了。"

晏淮垂下眸，没再说话。

宁霁已经凑到路清美和翟小颜身边了，三个人同看一张海报。

“校园歌手大赛？”宁霁很感兴趣。她毕业的时间不久，对学校里各种活动还有眷恋，“你们要参加？”

路清美很纠结：“第一名有三万块奖金，三万块啊！这什么概念？我们队每个人都可以随心所欲地买板子了。”

翟小颜推了推眼镜，一针见血地问：“那你会唱歌吗？”

路清美噎了噎，赶紧指着最后一行小字：“可以团体参赛！合唱的话，只要差不多就行了。”

“还真是乐观。”

“……”

路清美被反驳得哑口无言，戴初夏忽然走过来：“你们在说什么？唱歌？我从小到大唱歌经常获奖。”

她假装不经意地理了理头发，准备听夸奖。

路清美翻了个白眼，本不想理她，却忽然灵机一动，嘴巴立刻跟抹了蜜似的说：“那你好厉害啊！我们都不会唱歌的……既然你这么厉害，考不考虑参加这次的校园歌手大赛？”

“当然可以。”

“以团队的身份参加也可以吗，这笔奖金对大家来说很重要。”

戴初夏犹豫了一下，出风头的事情，她其实并不想带着几个拖油瓶。余光瞥了瞥晏淮高大挺拔的背影，她便问：“队长参加吗？”

路清美眼珠转了转，老练地答道：“你如果想让他参加，我就把他押过来；你如果不想看到他，他就绝对不会出现在你面前！”

戴初夏咳了一声：“团队的事情，怎么能少了队长呢？”

“那就一言为定！”

单板队平时以训练为主，因此留给歌手大赛排练的时间很少。

对于盛飞扬、翟小颜和戴初夏三人来说，只要不训练，干什么都好，他们仨不是运动员出身，一训练就累得慌，所以这次校园歌手大赛，他们是最踊跃的。

晏淮也一反常态地积极，路清美游说了两句他就跟过来了。

只有夏将辉对这件事不冷不淡，排练时独自坐在最后一排。

团队参赛的最低要求是六个人，现在人数是勉强凑够了，但又面临了新的问题：唱什么？

戴初夏提了好几首备选歌曲，但总有人不会。除她以外剩下的人都是音痴，让他们现学一首歌曲参赛太困难了。

讨论了半天，他们最终选了周杰伦的《七里香》，至少大家都听过。

可是在跟着原曲唱一遍的时候，盛飞扬和晏淮再度刷新大家的认知。他们开启疯狂跑调模式，音直接飘到外太空，难听到几乎可以污染一整个外星文明……简直是死亡歌手，谁听谁死亡的那种。

其他人都闭嘴了。

夏将辉用手遮着脸，默默扭过头，尽力维持自己高冷的形象。

路清美难以置信地盯着他们，半天才迟钝地说："跑调……是你们宿舍的优良传统？"

翟小颜也毫不客气地插刀："果然没有最难听，只有更难听。"

盛飞扬被说得有些不好意思，红着脸挠挠头。晏淮却毫无波动，麻木地靠着椅背，伸开腿，怎么舒服怎么坐，仿佛刚才并没有发生什么难堪的事。

盛飞扬心里忍不住感叹，狗爷不愧是狗爷，脸皮就是厚，他要多多学习。

"他们这种程度，"路清美嫌弃地指着这两位，问戴初夏，"你教得了吗？"

戴初夏闭上眼摇了摇头："这属于出厂设置就有问题的，建议回炉重造。"

作为这次活动的发起人，路清美觉得自己把参赛这件事想得太简单了。

就没有什么简单好唱人人都会的歌吗？

路清美头疼地捏着眉心，正举棋不定的时候，自习室里忽然传来一阵活泼的铃声：“小兔子乖乖，把门儿开开……”

全员立刻陷入一种微妙的安静。

晏淮在众目睽睽之下把手机掏了出来，掐了电话，懒洋洋地说：“我家打的，不用管，继续。”

静默两秒，戴初夏忍不住问：“晏淮，你用这个铃声？”

“嗯。”

“这也太幼……”

她话没说完，晏淮一记冷漠的眼刀飞了过去，无形之中令她闭嘴。

路清美眼睛里却露出了光，像是抓住了救命稻草，兴奋地拍手说：“就这首吧！论普及率、旋律简单程度和歌词难易，没有比《小兔子乖乖》更合适的曲目了！”

小路经理为自己的机智扬扬得意。

盛飞扬觉得不妥，戴初夏也觉得不妥，然而路清美一个问题就把大家的不妥压了下去：“要不你们来选首大家都会，而且是我们队二傻不跑调的歌？”

全员噎了噎。前一个条件还好，后一个……太难了。

最终，迫于路经理的“淫威”，单板队的参赛歌曲就确定为知名童谣《小兔子乖乖》。

虽然是多了一项参加校园歌手大赛的任务，却没给单板队带来太大负担，盛飞扬反而觉得，晏淮训练的时间比以前又多了一点。

已经连着三天，天都没亮，晏淮就把他拍醒，问同样的问题：“训练去不去？”

盛飞扬看着窗帘缝里投过来的路灯，终于忍无可忍：“你疯了？这么早？训练还是投胎？”

“走走走，一起。”晏淮企图把他晃醒。

盛飞扬立刻把头蒙进被子里：“不去！难得早上没事，让我睡个懒觉！”

“你还是不是个运动员？”

“不是！再问我就自挂东南枝！”盛飞扬的起床气一下子被问出来了，咬牙切齿道，“我本来就是帮你去凑数的，你不能这样要求我，我没你那么远大的志向，我就是个半吊子，明白吗，运动员？”

晏淮没有说话，默默在他床边坐了一会儿。

屋子里太黑，盛飞扬看不到晏淮的表情，只听到他平静地说了句：“那我去了。”然后轻手轻脚地关上门。

盛飞扬微不可察地叹了口气。晏淮从游乐园回来以后的异常拼命，当时可以理解为“失恋”的力量，但现在更胜一筹，又是怎么回事？

似乎不仅仅是失恋，盛飞扬总觉得晏淮身上还顶着什么压力，像被一双手推着，只能前进不能后退。

其实这天清晨，早早醒过来的不止他们两个。

宁霁又做噩梦了。

梦里无穷无尽的苍茫暴雪淹没了她，她挣扎、窒息，眼看着自己越陷越深，并随着雪崩滚到了悬崖边。她伸手拉住一样东西，一抬头发现是一块雪板。紧接着，雪板从中间断裂，她直直坠下山崖。

宁霁是直接惊醒的，怔怔地在床上坐了一会儿，头上一层汗。

蛋黄还趴在地上睡觉，她伸手摸了摸蛋黄的脑袋，蛋黄睡梦中不忘吐出舌头轻轻舔着她的手指，以示安慰。

宁霁紧张的情绪终于缓和下来，她走到窗边打算透口气。

这个点天还黑着，路灯也亮着，徐徐秋风灌进身体，将刚才的彷徨和浮躁一扫而空。

平时喧闹的校园此刻分外安静，万籁俱寂，仿佛没有人存在。宁霁心里生出一种感觉，但说不清楚是众人皆睡我独醒的清醒感，还是被全世界抛弃的孤独感。

忽然，有坚实的脚步声从校园另一头传来，犹如孤岛上升起的信号烟，一下子让宁霁从无人的世界里抽离出来。

她循声望过去，看到一个熟悉的身影从黑暗中拐弯，跑到这边的灯光下。

晏淮穿着一件黑、金相间的运动服，衬得他的肤色更白了，发梢上沾了一点儿晨雾，尽管眼皮像没睡醒似的懒散地耷拉着，脚步却始终均匀有力。

他孤独、沉默，只一个劲地向前跑，在清晨挥洒他的汗水，像每一个吃过苦的运动员那样，跑在一条没有尽头的攀升之路上。

宁霁心里感慨万千，便一动不动地持续看他。

跑到教职工宿舍楼下时，晏淮像是感应到什么，忽然抬起头，朝她的方向看了过来。

宁霁压根儿来不及闪躲，直直跟他撞了视线。

晏淮意外地停下脚步，问："起这么早？"

"睡不着了。"宁霁吐了吐舌头。

"怎么了？"晏淮走到楼下，仰头看她。

宁霁本来还想祭出那句万用的"和你无关"，但少年温柔的眼睛里映出路灯的光，让她说不出口。

"做噩梦了，"她最终实话实说，"醒来就睡不着了。"

晏淮笑了笑，冲她勾了勾手：“要不要一起跑步？”

他的笑容好像有魔力，宁霁鬼使神差地答应了。

她也记不清自己多久没晨跑了，晏淮为了照顾她故意放慢了速度，她还是跑得气喘吁吁，看着前面少年挺拔的背影，自言自语道：“我真是太久不运动，身体不行了。”

晏淮回过头来：“你说什么？”

“没什么。”宁霁挥了挥手，随口问，“你每天都起这么早吗？”

“就这两天开始的。”

“我感觉你见缝插针都在训练，真是太拼了。”

“嗯。”晏淮也不否认，“要有比赛了，我得抓紧点。”

他说的是快要到来的大学生单板滑雪比赛，宁霁好奇：“你都参加过冬季极限大赛了，还怕这种规格的比赛？”

“每一场比赛无论大小，都要认真对待。”晏淮目光平视着前方，缓缓道，“这是我最喜欢的单板运动员曾经跟我说过的话。”

这话听着有点耳熟，但一时又想不起来是谁说的，宁霁懒得回忆，决定主动提起游乐园那天的不欢而散：“晏淮，上次的事我要跟你道个歉，我回来想了很久，对你说的话确实有点过分，什么‘不关你事’啦之类的。无论如何对心存关心的朋友，我不该那样讲话。”

晏淮停下来，有些诧异地望着她，似乎没想到她会道歉。

“那天我突然离开确实是有些私事，不方便告诉你，就像是，”宁霁想到了一个绝妙的类比，“就像是你总也不肯告诉我你那天比赛失误的原因一样，我也有一些无法言明的东西。”

晏淮比她高，宁霁此刻就仰着头，一脸真挚地看着他：“对不起，以后我会寻找一个更适宜的表达方式。”

宁霁嗓音软乎乎的，甜而不腻，晏淮瞬间觉得一点气都没有了。趁着现在没什么人，他伸手揉揉她的脑袋，然后在宁霁发飙前飞快地缩回手。

“也许有一天，我会告诉你。”晏淮突然说。

宁霁刚撸起袖子要揍他，听到他的话顿住了。

晏淮懒洋洋地举起胳膊，伸了个懒腰，从宁霁的方向看却像是在迎接刚升起的太阳。

少年对着晨光露出久违的笑容：“等时机成熟的时候，我一定不再对你隐瞒。”

又一个周五下午，晏淮在体育馆结束训练，换好衣服，背着包往队医办的方向走。

路上碰到戴初夏，在入秋的天里小姑娘还穿着裙子，露出一截白皙光滑的腿，走在路上很引人注目。

戴初夏一看到晏淮就迈着小碎步跑了过来，脸颊红扑扑的：“晏淮，你这是要去哪儿？”

“队医办。”晏淮懒洋洋地说。

戴初夏眨了眨眼：“哦，又到你问诊的时间啦？”

“嗯。”

“那我和你一起去吧。”她灵机一动，提议道，“我还从来没去过队医办呢。”

晏淮皱眉打量着她的装扮：“你本来要去哪儿？”

“啊，也不去哪儿，就是逛逛街之类的……”

“那你逛啊。”晏淮说得理所当然，“女孩子逛逛街挺好，不用跟着我。”

戴初夏愣了一下，急得跺跺脚，忙道：“哎，可是我突然身体不舒服，我就是要去找宁霁。”

晏淮立刻眉头皱得更深了，声音都沉下来：“你叫她什么？”

“宁霁呀，她不是叫宁霁吗……”

晏淮脸色很不好看，戴初夏越说越没底气，甚至惶恐地后退一步。

“戴初夏同学。”晏淮的语气有点不耐烦，“我们单板滑雪队提倡德智体全面发展，旨在培养高素质的大学生运动员。同时，尊师敬长也是T大每一位学生都必须做到的——你明白吗？”

“明、明白。”戴初夏被忽悠得一愣一愣。

“所以说，你要去找谁？”

“宁队医。”

晏淮这才满意地点点头，勉为其难地带上这个拖油瓶。

他走路速度很快，腿也长，没几步就甩开戴初夏一大截。

戴初夏穿着小高跟鞋，在后面一路快走切换小跑，为难地说：“晏淮你慢点儿，我跟不上。”

晏淮始终戴着耳麦，不知道是真没听见还是装的，步子依然迈得很大。

宁霁其实料到今天晏淮会如约赴诊，但没想到一来来两个。看到戴初夏气喘吁吁地进来时，她以为自己眼花了。

晏淮轻车熟路地从她桌上顺走刚洗好的苹果，然后一屁股坐在隔壁陈医生的座椅上，说：“她身体不舒服，你先帮她看看吧。”

宁霁恍然大悟，转头看着戴初夏，关切地问：“怎么了？哪儿不舒服？”

“呃……”戴初夏有些窘迫，抠着手指。身体不舒服是她临时编造的谎话，只有这样晏淮才不会拒绝她，现在宁霁问起来，她该怎么答？她才不想让晏淮知道自己撒谎呢。

戴初夏眼珠子转了转，说：“就是最近总感觉不舒服，偶尔肚子疼，腿也疼。”

宁霁看着她的小裙子：“你穿得太少了，现在已经不是夏天了，回去多穿点衣服。”

“可我这样不冷啊。”

“不行，必须换掉。”

戴初夏不情愿地撇撇嘴：“那我加条丝袜。”

“不够。”宁霁难得严厉地审视着她，“你现在是运动员了，身体是你的本钱，呵护自己是很重要的事。”

“我才不要成为什么运动员。”戴初夏飞快地反驳着，“女运动员胳膊、腿上都是一块块的肌肉，丑死了！”

晏淮突然抬起头，视线从手机上挪开，毫无情绪地看着她。

戴初夏立刻察觉自己说错话了，尴尬地补充道：“不，我的意思是……我可能不太适合……”

晏淮没有吭声，冰凉的视线扫过她，然后又回到手机屏幕上，冷淡得仿佛不认识她。

戴初夏懊悔不已，深深地低下头去。

宁霁淡淡地对晏淮说：“你先进去一下。”

晏淮虽不情愿，但还是听话地进到办公室后面，倚在病床上，戴起耳麦打游戏。

等他离开了，宁霁才轻声问戴初夏：“你月经正常吗？”

戴初夏愣了一下，红着脸摇摇头。

“是不是会痛经，血量也少？”宁霁其实想说，你穿得这么少，正常才怪，但再不听话也是个可爱的女孩子，她说不出口。她从药柜里拿出一盒益母草颗粒给戴初夏，“暖宫调经的，按照说明书吃，女孩子要好好照顾自己呀。”

戴初夏始终记着刚才晏淮的眼神，心情很不好，她接过药盒匆匆扫了一眼就扔进包里，说自己还有其他事，就先走了。

宁霁看着戴初夏离去的背影，叹了口气，直觉告诉她，这姑娘才不会老老实实地换衣服呢。

处理完戴初夏这边的事，宁霁才起身去里间，没想到晏淮居然靠着墙睡着了，手机还握在手里，屏幕上闪烁出游戏结束的提示。

他这段时间训练很辛苦，缺觉也可以理解。宁霁决定不叫醒他，就让他好好睡上一觉。

她关上窗，轻手轻脚地把毛毯盖在他身上，趁着这个机会，忍不住细细打量他。

晏淮长得真的是好看，经常进行户外运动却依然很白，这种大概就是女孩子们梦寐以求的天生白体质，并且因为眼尾周围的微微发红，像是桃花瓣在那里沾了色，整张脸看上去分外清俊。

但这种清俊气质仅限于此刻。

他训练和比赛时身上散发出的那股凶狠劲儿，宁霁怎么也忘不掉。

宁霁轻轻将毛毯掖到他胳膊下面，晏淮的手掌动了动，食指微微钩起，刚好把她的小手指钩在手里。宁霁以为他醒了，却发现他还是紧闭着双眸，眉心微微蹙起，好像做了个不太好的梦。

宁霁缩了缩手，准备把小手指撤出来，晏淮却钩得更紧了，嘴里还嘟囔着什么。

她听不清，于是把耳朵凑了上去。

晏淮的确在说梦话，他音量极低，口齿不清，语气似乎有些着急，还有些明知无法挽回却仍旧尽力的痛苦——

“你别去。我去……我去找救援队！”

瞬间宁霁眸光变幻万千，浑身颤抖，下意识地攥紧拳头。

Chapter.5

- 他在等她 -

"……少女，你是被猪油蒙了心吗？"

天气越来越冷，T 市的冰场雪场陆续开放，又到了冰雪运动爱好者们狂欢的季节。

T 大给单板队发放了统一的运动服后，这支没什么经费的队伍终于迎来了第二次上雪训练。

晏淮戴着雪镜、面罩和帽子，正在做平行大回转的训练，明明看不到脸，在人群中却依然是最出挑的那个。

"平行大回转这个项目是在雪坡上平行放置红、蓝两种旗门各二十五个或更多，形成红色赛道和蓝色赛道，赛道之间留下足够的间距，选手同时出发，绕过旗门，最先到达终点的就算获胜。"路清美给队伍里其他成员进行科普。

晏淮的训练暂时只需要设置一个蓝色赛道，把赛道周围的人清空后，他站在雪坡上面等待王教练吹哨。

"平行大回转比的是速度，运动员在这个过程中速度可高达每小时 70 公里。而每一个旗门就是一个转弯点，接下来不用我说都知道吧？"

"我知道！"一只"猫爪"突然伸了出来，盛飞扬积极举手，"太慢会输，但是太快也会面临摔出去的风险。"

路清美额角一跳："你这手套……"

“啊，猫爪手套，是不是特别可爱？我可以送你一副。”

“谢谢，不用了。”路清美无语地转过视线。

晏淮已经出发，他冲下雪道，极速穿梭在旗门之间。拐弯时的惯性和阻力让他不断地在左右方向中切换，身体无限压低，靠近雪面，几乎只有几厘米的距离。

好几次关键时刻，他看上去都像是要甩出去了，可是下一秒身体又灵活地拉了回来。

速度快、难以预测，这样刺激的项目，哪怕只是练习，所有人都下意识屏住呼吸，目光紧紧跟着他的身形来回穿梭，心也一并揪了起来。

晏淮就像是一支深红色的箭羽，穿透茫茫大雪发射而来，速度快到令人咋舌。

五百多米的赛道，似乎一眨眼他就“飞”完了，但究其过程却是让人难以忘却的惊心动魄。

队员们惊艳到合不拢嘴。

王教练走过来，开始提问：“看到刚才晏淮是用什么在滑行吗？”

戴初夏理所当然地说：“雪板呀。”

王教练笑而不语。

夏将辉忽然说了两个字：“板刃。”

王教练这才赞许地点点头。

其他人还没理解是什么意思，路清美便解释道：“因为不断地左右切换，又是高速情况下，所以绝大部分时间，这个项目都是在用板刃滑行，而不是板面。”

翟小颜录了视频，盛飞扬和戴初夏凑过去回看了一遍。

果然如此，尤其在拐弯时，雪板几乎 90°垂直竖在雪面上，完全就是靠腿部力量带动板刃滑行。

队员们叹为观止，再看向雪坡时，都露出了跃跃欲试的神情。

只有戴初夏夸张地撇了撇嘴，嘟囔道："我连板面都滑不利索，别提板刃了……"她还是更喜欢练歌的时候，那种比别人都出众的优越感。

晏淮抱着雪板走过来，路清美冲他竖起大拇指："晏队，就冲这样的状态，别说接下来的大学生比赛了，全国赛都没问题。"

王教练也欣慰地拍拍他的肩膀："一鼓作气重回巅峰，向世人证明，'小魔王'还是那个'小魔王'。"

晏淮抿着唇，没有接话。

他没有其他人那样高昂的情绪，只是冷静地看着计时器上的显示，低声说："我应该再快一点。"

"别急于求快，我看有几个旗门处拐弯还不够稳，咱们要稳中求快，别再像极限赛时那样。"

晏淮看了王教练一眼，没有吭声。

由于他始终没有说明极限赛时失误的原因，王教练和宁霁讨论过后，只能认为他当时是急于求快，才会失去平衡摔下雪道。

晏淮最近的训练也是以稳定性为主，王教练的思路很简单，要他先重新找回竞技状态，再进一步突破自己。

在一众队员期待的目光下，王教练推了推他："晏淮，注意一下拐弯，再去做一次。"

"教练，我想休息一会儿。"

这是晏淮在最近的训练中头一次主动提出要休息，王教练有些担心地看着他："怎么了？身体不舒服吗？"

"可能没睡好，头有点疼，我坐一会儿再来。"

"去吧，让宁队医帮你看一下。"王教练挥了挥手，没再细问。

其他人继续训练，晏淮则在休息室里找了个角落坐下，摘掉帽子和雪镜，终于露出疲惫不堪的双眼。

近期训练强度很大，而他已经连着好几个晚上没睡好了。又是临近比赛，挥之不去的噩梦像藤蔓一样，始终缠绕着他，跟上回冬季极限赛时一模一样。

噩梦做得多了，他就像是患上了恐雪症，普通的雪场在他眼里都仿佛弥漫着漫天的暴雪。

刚才平行大回转练习时，他差一点就要绷不住了。

晏淮咬着下唇，撑着额头，出了一身虚汗。

“休息了？”

忽然一声清脆的提问，将晏淮从茫然无措中拉了出来。宁霁坐到他边上，打量着他的神情：“你是不是不舒服？”

“啊，有点头疼。”

“怎么回事？没休息好？”

“应该是。”

宁霁伸出手，轻轻按在他的太阳穴周围。她的指尖很凉，让晏淮瞬间清醒了许多，好像重新活在了现实里。

“让我猜猜。”宁霁认真地说，“睡觉的时候做噩梦了吧？”

晏淮无奈地看着她：“真准。”

“你上次在队医办睡着了，也做噩梦了吧？”宁霁眨了眨眼，好似不经意地问，“梦到了什么？我帮你美化美化。”

晏淮头一次听说噩梦还能美化，忍不住笑了一下，随即笑意敛起，眸光沉了下去。

宁霁一直将他细微的变化看在眼里，有那么一瞬间，她觉得面前的少年仿佛整个人都笼罩在了无穷无尽的阴影中。

他究竟梦到了什么？

晏淮再次抬起头来，已然恢复成没心没肺的样子，漫不经心地道："我啊，就梦到地震了，我初恋的那个女孩被压在石头下面，我怎么都搬不动石头，只能眼看着她断气。"他摊了摊手，又说，"就这样，你看看怎么美化吧。"

宁霁有些吃惊："你居然还有初恋的对象？我以为小淮爷脑子里只有训练。"

"宁霁，你搞错重点了。"

"好吧，好吧。那其实故事的最后，女孩并没有死，她是一个超人，像神奇女侠那样的，快要断气的那一刻突然变身，一拳震碎了石头，又生龙活虎地蹦了出来，然后你俩皆大欢喜双宿双飞 happy ending（大团圆）。小淮爷，满意吗？"

晏淮笑到双肩颤抖："为什么她是超人，我却不是？我要英雄救美啊。"

"那就是你变成中国队长什么的，一拳震碎石头，把初恋女友拉了出来，让她重见光明。这下可以了吗？"

"可以，可以。"晏淮的桃花眼快弯成月牙了，"被你这么一说，我的头好像也没那么疼了。"

"那就回去训练吧，王教练还等着你呢。"

晏淮笑够了才站起身，重新戴上帽子和雪镜，准备返回雪场。

宁霁跟在他身后走了几步，忽然有点在意地问："你真有初恋吗？"

"真的啊。"他的语气不像开玩笑。

"那现在呢？是分开了吗？"

晏淮突然停下脚步，宁霁一个没注意，撞到他的后背。

少年微微抬起头，看着远处白茫茫的广阔雪场，失了神。

"她也是真的，"晏淮平静地说，"死了。"

接下来几天，宁霁沉浸在巨大的震惊中。

没想到晏淮年纪轻轻，就已经有如此丰富狗血的感情经历了。再看看自己……她立刻陷入母胎单身的自我怀疑。

也难怪这个家伙情绪总是反复无常，嘴巴还毒，大概就是受刺激后的性格扭曲，想想也是挺可怜的。

然而还来不及同情他，宁霁自己就摊上事了。

周一一上班，T 大统管体育生的孙主任邀请她去办公室“喝茶”。

这事说大不算大，说小也不算小：上雪训练前，宁霁给戴初夏拿了盒女生调理用的中成药，戴初夏服用以后一直感觉不舒服，胸闷气短，晚上还失眠，一气之下便哭着向学校举报了她，理由是给学生滥用药物。

孙主任说的时候，宁霁全然听蒙了，她当时拿的药严格意义上来说都不算是药，但凡生理期不调的女孩都可以服用，她以前也吃过，根本没有这么夸张的反应。

宁霁跟孙主任把当时的情况叙述了一下，孙主任说：“问题就在这儿，学生跟我们说她生理期一直正常，肚子也不痛。”

宁霁愣了：“怎么可能？”很快，她又反应过来，“益母草是活血化瘀的，就算一切正常也不会出现这样的反应，更何况……”

更何况那姑娘对她亲口承认了自己的症状，现在突然否认是怎么回事？

孙主任叹了口气，忽然道：“这个学生一贯就是这样啊。”

宁霁又蒙了：“什么意思？”

“以前她不喜欢她班上的那个辅导员，就想各种方法告老师的状，最后那位辅导员不胜其烦，主动申请调去别的班了。”孙主任一脸“你懂的”无奈神情。

宁霁有些吃惊。戴初夏看上去挺柔弱的，没想到这么能折腾。她小心翼翼地问："那这次，她也是想把我挤走？"

孙主任点点头："我估摸着就是这个意思，不然她不会顺带把田径队的陈队医夸成花，说人家如何如何关怀队员……真是小丫头片子。"

孙主任脸上露出烦躁的神情，其实他一直很不喜欢这样的学生，年纪轻轻就工于心计，折腾这些没用的东西，不好好学习也不努力训练，等走上社会以后，靠那点小聪明能混到几时？

"我今天叫你来，就是想给你提个醒，"孙主任说，"你做好你的事就行，她怎么折腾你都别睬她，等她筋疲力尽就好了。"

宁霁垂下眸，抿了抿唇，沉默许久，才下定决心道："要不……我就跟陈队医换一下吧？"

门外路过的盛飞扬偷听到这一句，吓得一趔趄，手机差点都没拿稳。一股强烈的使命感随之而来，他火速给晏淮发了信息，犹豫了三秒，换了种语气，给路清美也发了过去。

于是，在宁霁与孙主任的谈话还未结束时，单板队所有人都知道调换队医的事了。

每天晚上九点以后，是单板队练歌的时间。

戴初夏已经想好今天怎么排练了，赶到自习室时，却发现氛围有些怪异。

路清美和翟小颜坐在一旁看视频，抬头看了她一眼，却没有像往常那样打招呼；晏淮和盛飞扬坐在后面一排，一个戴着耳机闭目不语，一个低头专注地追着新番；夏将辉照例独自坐在后面，虽然什么也没做，但看她的目光也充满芥蒂。

这是怎么了？他们又吵架了？

戴初夏拍了拍桌子，对众人道：“集合，都过来我这里。”

无人响应。

“磨蹭什么？”戴初夏皱眉训斥道，“总共就这么点儿排练时间，想耽误到什么时候？抓点儿紧行不行？”

许久不说话的晏淮忽然睁开眼，望着她。

他的眼神明明很淡，却好像能让人嗅到提前南下的冷空气。戴初夏心里一颤，不好的预感油然而生。

晏淮摘下耳麦，貌似关切地问：“听说你身体不舒服？”

戴初夏松了口气，小嘴努了努：“对呀，好几天没睡好觉了，黑眼圈都出来了。”

“还有什么症状？”

“胸闷气短，有时候心跳加速，还经常出虚汗。”戴初夏余光扫到路清美，立刻委屈地说，“我最近没去训练就是因为身体不舒服，可居然有人问我是不是想逃训练，我心里就更难受了……”

按照她的预期，这拨哭诉完，绝对会有人忍不住安慰她，屡试不爽。可是，她话音落下后，回应的只有无声的沉默。

气氛一瞬间尴尬到了极点，路清美甚至毫不掩饰地翻了个白眼。

最终还是晏淮给了点儿面子，难得耐心地问：“那是为什么身体不适呢？”

戴初夏咬了咬牙，难过地说：“我吃错药了。”

“你是吃错药了。”晏淮赞同地重复了一遍。

戴初夏立刻委屈得眼眶都红了：“晏淮，你什么意思？我吃了宁队医给我开的药以后就开始不舒服了，我没有撒谎！”

“我也没什么别的意思，就是字面意思。”晏淮漫不经心地搬出自己的鬼才逻辑，“你吃错了药，导致身体不舒服，我说得没错吧？跟你的意思一样啊。”

戴初夏愣住了，明明不甘心，却发现这解释无懈可击，根本无法反驳，只能带着哭腔道：“我都这样了，你还欺负我……”

“你都哪样了？”晏淮眸光漆黑地反问，“吃减肥药吃到身体不适然后赖给队医，还要我同情你，你认真的吗，戴同学？”

戴初夏呆住了，难以置信地望着晏淮，脑子里只有一句话：他怎么会知道？

她正在服用减肥药的事情，从来没有告诉过单板队的人！

戴初夏咬着唇，假装无辜地眨了眨眼，仍然嘴硬道：“减肥药？你在说什么呀？”

晏淮淡淡笑了一下。他的行为举止仿佛还如往常一般散漫着，可是在戴初夏看来，那笑容竟透露出冷酷残忍的味道。

“我来提醒你一下吧。”晏淮滑开手机屏幕，调出几张截图。上面是戴初夏每次吃完减肥药的打卡微博，还有激励自己坚持下去就一定会又瘦又美的鸡汤文字。

“你不是不用微博吗？”戴初夏惶恐地看着赤裸裸摆在自己面前的“证据”。她以前是关注过晏淮的，但自从上一次大赛失误后，晏淮的微博被质疑攻陷，他干脆把账号都清空了，再加上这个人平时训练太拼，她一直以为他是不怎么上网的。

晏淮懒得同她解释，直接道：“这个药我查过了，绝大部分人都会出现跟你一样的副作用反应，还有人直接病危住院。”

路清美、夏将辉他们都用非常严肃的神情看着她，戴初夏后退了一步，心虚得有些结巴：“那那……那也不能说明就是它……我懂了！你们是不是觉得我错怪宁霁了？可她就是个队医啊，我才是你们的队友，你们应该跟我站在一边……”

“戴同学。”路清美终于不耐烦地出声，“你进队的时候，教练跟你说过运动员的注意事项吧？我也反复提醒过你，绝对不能服用这类药物，你是忘记了，还是明知故犯啊？”

“轮不到你来管我！”戴初夏已然恼羞成怒，不经大脑思考道，“你先管好你自己吧，不喜欢盛飞扬还不干脆拒绝，吊着人家算什么？”

路清美的脸色唰地白了，神情变得很难看。

突然被点名的盛飞扬站了起来，一改平时无精打采的样子，镜片下的眸光难得暴躁，霸气地说：“我乐意，我惯的，你管得着吗？”

戴初夏彻底吓呆了。没想到平时只沉浸在动漫里、最好脾气的盛飞扬也会对她发火。

心里有无以言表的委屈和不甘，她愤愤地望了晏淮一眼，期望他能到此为止别再追究。谁知晏淮根本不领情，居高临下看着她，声音里带着压迫性：“到明天下午为止，如果你不去跟孙主任说明真相，我不介意帮你把截图报上去。”

戴初夏低下头，下唇被自己咬到发白，强忍着眼泪点点头，小声地说：“对不起。”

她一直都是一个很会审时度势的人，现在这样一个冷血的晏淮根本不能正面扛。盛飞扬、路清美甚至宁霁怎么想她都无所谓，但晏淮跟他们不一样，她的认错是专门说给他听的。

晏淮本来还想说点什么，看着她这拨假惺惺的道歉，胃里一阵翻江倒海，最终只是厌倦冷淡地说：“你根本不配当个运动员。”

戴初夏没再接话，拎着自己的包离开了。

下了楼梯，她才收起眼泪，充满恶意地嘟囔：“不配就不配，谁稀罕啊。”

恨归恨，戴初夏还是在晏淮规定的时间内，去向孙主任“澄清”了自己的错误。但她仍然像一块狗皮膏药似的，始终不肯退队，只偶尔在训练时露个脸，确保自己的出勤率，不会被开除，其他时间在校园里遇到单板队的人权当不认识，练歌也再没出现过。

宁霁是几天后才知道这件事的。

她把蛋黄拴在操场树边，一脸八卦地听路清美叙述那晚的景象。原来在她毫不知情的情况下，某间自习室里居然发生过这么精彩绝伦的冲突。

“说真的，我很感谢你们，但其实你们不必因为我这样撕破脸。”在全部听完后，宁霁啧了啧道，“我虽然申请调队了，但孙主任压根儿没同意。”

“哈？”路清美差点闪到腰，“可是盛飞扬告诉我们……”

宁霁摊了摊手：“他应该只听到了我说的话，没来得及听孙主任说完……孙主任虽然规矩很多，但处理事情还是很霸道的，这种小把戏他压根儿没打算搭理。”

原来如此。

路清美突然想把盛飞扬拖过来揍一顿。

宁霁赶紧宽慰她：“不过还是非常感谢你们，愿意为我出头，我很感动。”

“别谢我了，要不是晏队带头，我们几个也没这个魄力。”路清美握了握拳头，眼神闪烁出意犹未尽的光芒，“其实我不爽她很久了，早就想挫挫她的锐气了。”

宁霁笑着侧开头，看到百米开外训练中的其他队员。

晏淮正在跑步，夜风吹出少年修长匀称的肌肉轮廓。

她凝神看了一会儿，收回视线，问：“队里大家的装备配得怎么样了？”

“还没全部搞定。我自己有存款可以买板子，盛飞扬和翟小颜也不缺钱，但是夏将辉……”路清美犹豫了片刻，小声对宁霁说，“他家里条件不是很好，钱只能慢慢攒。”

她话刚说完，一个沉默高大的身影忽然从后面走了过来，拿起地上的水杯仰头喝水。

路清美吓了一跳。她根本没注意到夏将辉什么时候过来的，他的脸罩在灯光的阴影里，眸光暗得像压着一团乌云。

负疚感油然而生，路清美像犯错被抓现行似的，紧张地捏着运动衫衣角，刚才的话不知道对方听到了多少，贸然道歉似乎也不太合适。

夏将辉也没跟她们说话，喝完水就走了。

路清美重重地叹了口气，和宁霁交换下眼神，说：“所以，我今天来找学姐，是有重要一事相求。”

“什么事？”

“我们报名参加的校园歌手大赛的团体组，必须是六个人为一组，现在戴初夏不参加了，我们就还缺一个人……”

宁霁：“你不会是想让我补缺吧？”

路清美眨巴着圆圆的眼睛，摆出既可爱又元气、完全和“暴力”两个字不沾边的表情：“学姐，帮帮忙啦。”

宁霁惊悚地后退一步：“不可能，做梦，我唱歌多难听，你不知道吗？”

路清美却一本正经地说：“我觉得一点儿都不难听啊。”

“少女，你是被猪油蒙了心吗？”

那个时候的宁霁并不知道，在听过晏淮和盛飞扬唱歌以后，只要是正常人唱歌，路清美都会觉得还不错。

路清美合掌，诚恳地求她：“学姐，如果我们能拿个名次，哪怕是优秀奖，夏将辉的装备就有着落了。不为了我们，你就想想他。”

宁霁脑子里闪过夏将辉要强、沉默的身影，终于做出了退让：“你们选的什么歌？太难的我可唱不了。”

“不难不难，就是《小兔子乖乖》。”

“……”

宁霁愣了，单板队在选曲上清奇的画风让她有些难以置信。想象到时候全体成员包括三名身高超过一八零的肌肉少年一脸严肃地站在舞台上唱这首童谣，宁霁就觉得……

也太羞耻了吧。

他们确定参加的是校园歌手大赛而不是校园搞笑大赛？

“总而言之，这就是为了照顾全员选的歌。”路清美期待地看着宁霁，“学姐，你会唱吧？”

废话。有过童年的，应该都会吧？

宁霁清了清嗓子，认真地哼道：“小兔子乖乖，把门儿开开，快点儿开开，我要进来……不开不开就不开，妈妈没回来……”

路清美跟着旋律一起点头，听到这里感觉不太对，从口袋里掏出一沓折成正方形的纸，上面印着全套歌词。

“学姐，你歌词唱错啦。”

“啊？”宁霁停了下来，接过歌词，“我一直记着是这样。”

路清美指着白纸上的字，说：“这里，‘不开不开我不开’，你唱成了‘就不开’。”

宁霁拍了下脑门儿，困惑地呢喃：“是这样的吗？”

一首从小就传唱的歌谣，歌词深深烙印在脑海里，宁霁从未想过看一眼歌词，更没想到自己根深蒂固的习惯是错的。

原来她一直深深信任着的这份习惯，是错的。

宁霁盯着纸上的“我不开”三个字，脑海里忽然浮现出一个画面。

好像在很久以前，曾有个小男孩试图纠正她。

“你唱错了。”他是这样说的。

可待宁霁追问后，他只是望着洞口纷飞的暴雪，改了口，低声道：“挺好的，就这样。”

宁霁看着歌词发呆，思绪飘到很远，路清美伸手在她眼前摆了几下都没把她唤醒。

直到有只手一把夺过她手里的歌词，宁霁才如梦初醒。

“这什么？”晏淮举着纸，让灯光照在黑字上，“小兔子乖乖？你要加入？”

他嘴角翘起，目光转到宁霁脸上。

在朦胧路灯的折射下，他面庞的线条柔和了许多，脸上挂着如夜色般清朗的笑，眼睛里仿佛也盛着一轮明月，映照出难得温柔的光。

宁霁有些看愣了：“对啊，我要加入。”

晏淮笑了笑，主动将蛋黄牵了过来。

操场上运动的学生陆续回了宿舍，单板队的其他成员也笑闹着走在前面，晏淮逆着人流，蹲下身猛搓蛋黄的狗头。

他在等她。

宁霁恍惚地向他走去，好像走向一片明媚的光源。

“我送你回宿舍吧。”晏淮笑着站起来，一手牵着狗绳，一手插兜，慢悠悠地走在路灯下。

宁霁心跳加速，鬼使神差地问了句：“明天还能来看你晚训吗？”

“你的话，当然可以。”晏淮伸出那只空闲的手，在她头顶飞快地揉了揉。

夜风不冷，月光悠长，两人一狗，这是宁霁向往的平凡生活。

她心里忽然冒出一个念头，也许，她真的可以拥有正常的人生。

宁霁不正常的人生大约可以追溯到十几岁，再往前的事情她就不太愿意回忆了。总之，十几岁时经过一场灾难，她从鬼门关绕了一圈，好歹拖了半条命回来，这就算是“重生”了。

只不过，她“重生”得并不太好。并非是生活困难，恰恰相反，宁妈妈投入了百分百的爱给她，虽然是单亲家庭，但她过得不比任何人差。

困难的是她的心境，她好像永远也走不出那场茫茫暴雪。

可是现在，晏淮那个懒洋洋的身影，仿佛是雪天里忽然破开的一道光，告诉她：没什么大不了。

有时候宁霁真想扒开他的脑子看一看，这人到底是怎么在大众的谴责和质疑之中，还能如此漫不经心地活着。

宁霁一边想着，一边放慢脚步，从斜后方看着晏淮把蛋黄举起来，高高抛起再稳稳接住。

“儿子啊，你有点瘦。”晏淮认真地对蛋黄说，“等爸爸赢了比赛，给你买一箱最贵的狗粮。”

“嗯？你叫它什么？”

晏淮面不改色：“儿子。我刚刚决定当它的爹。”

宁霁嘴角抽了抽：“你知道我叫它什么吗？”

“不知道。”晏淮耳后根有点红，没敢看宁霁，假装随意地说，“难道你是它妈？”

“不。”宁霁甜甜一笑，“我叫它孙子。”

“……”

合唱排练和训练一样，按部就班地进行着，很快就到了校园歌手大赛的那天。

单板队没有定做统一的服装，路清美要求每个人都穿白上衣和黑裤子，颜色上统一就可以了。

这就导致了晏淮穿着白衬衫出现在礼堂的时候，所有人都没反应过来。

平日里见到他都是运动休闲的打扮，很少见他穿得这么正式，尤其他还是穿衣显瘦的身材，这样打扮笔挺得像个模特，一路走在后台收获了无数女孩惊叹的目光。

宁霁却不是第一次见。

在游乐园鬼屋的时候，晏淮身上那件衬衫还带着复古华丽的欧式荷叶边，相比现在这件普通白衬衫，当时的他更有懒散却禁欲的气质。

晏淮本人对大家的目光毫无察觉，他脸上的每一个部件都在表达着不耐烦。

他们抽到的序号在后面，也就是说，在轮到他们之前，必须要在后台原地待命。这个时间本来应该在训练馆……

后台吵吵嚷嚷，时不时传来个人组或高亢或雄浑的几句美声，晏淮浑身发痒，想做几个平板支撑打发时间，可满地都是道具服，根本没有足够他施展的空间。

晏淮目光正烦躁地飘忽着，忽然有人坐到他身旁，自来熟地问：“兄弟，你是对唱组的吗？”

晏淮收回视线，“嗯？”了一声。

男生没听清，以为是肯定语气，指了指旁边说：“跟你女朋友一起来的吧，你可真是好福气。”

顺着他指的方向，晏淮看到宁霁毫无察觉地靠在窗边，低头刷着手机。

他嘴角微不可察地翘了翘，忽然对这句突如其来的搭话并不反感。

“这里这么多人，你为什么就觉得是她？”

“啊？不是吗？”男生有些意外，也有些欣喜，“你们俩穿着情侣装，我还以为她是你女朋友呢。”

“我们是合唱组的。”说着，晏淮又抬起眸。

宁霁按照路清美的要求，今天也穿了黑白配。只不过她的衣服都是略微修身的板型，裤子是高腰的，勾勒出纤细的腰身和笔直修长的腿。她今天还化了妆，打理了头发，就算只是随意地靠在窗户边上，整个人的线条依旧婀娜得不像话。

宁霁不知刷到了什么有趣的段子，忽然笑了一下，杏眼弯成月牙，清甜得像是吞下了一大口鲜嫩多汁的水蜜桃。

晏淮微微眯起眼。

T 大美女如云，宁霁百里挑一。

身旁的男生已经有些坐不住了，跃跃欲试地搓着手："原来不是情侣啊，哈哈。那你们认识吗？"

晏淮淡淡地说："认识啊。"

男生眼睛里发光，再不掩饰自己的目的："她、她哪个学院的？叫什么名字？我可以请你吃饭！"

晏淮冷笑了一下，信心十足地说："你不如去问她本人？"

按照他的推断，宁霁会义正词严地告诉对方自己队医的身份。队医虽然不是老师，但好歹也算是学校的工作人员，跟学生之间还是有着一道鸿沟的。

晏淮于是抱着看戏的态度，看着这位哥们儿屁颠屁颠地跑到宁霁旁边，红着脸、打着结巴索要微信号。

然而男生话刚说完，宁霁就退出微博，点开屏幕上一个绿色的方块："哦，微信是吧。你扫我？"

晏淮的脸瞬间黑了，一个箭步冲了过去，带起一阵劲风，把宁霁吓了一跳。

"你怎么了？"宁霁狐疑地看着晏淮，"实在难以忍耐训练的冲动了？"

"不。"晏淮咬牙切齿地说，"我现在满脑子都是比赛的旋律，不如我们去练歌吧？"

难得他这么有干劲，宁霁感动地说：“没问题。等我跟这哥们儿加完微……”

“加我的！”晏淮心一横，截下话头。他充分体会到了什么叫自作孽不可活，都怪他刚才怂恿这哥们儿过来。

男生已经蒙了，看了看他，又看了看宁霁。

晏淮飞快地报出一串号码：“兄弟，先加我，回头我把她推给你。”才怪。

晏淮把宁霁强行拖出后台，冷风灌过来时，他才稍微清醒一点。余光瞥了眼宁霁，飞快地把外套披在她身上。

“谢谢。”宁霁裹紧外套，有些好笑地说，“没想到，你原来是个对校友这么热情的人啊。”

“热情个……”晏淮忍了忍，叹了口气，“你为什么要给他微信？”

“嗯？”

“你认识他吗？你知道他的底细吗？如果他是变态呢？女孩子要有点安危意识，别这么随意给人联系方式。”

宁霁眨了眨眼，总算明白他在别扭什么了。

“其实我就是，”宁霁摊手，“想给他分享一下队医办的养生小推文，如果我没目测错，那位同学正在遭受脱发的困扰，我们最近在做这个专题。”

“……”

脱发？

晏淮嘴角抽了抽，那哥们儿的毛发好像的确有点稀疏了……然后，他下意识地摸了下自己的头。

宁霁会意，直截了当地说：“别担心，你目前没这个危险，如果拿犬科类动物比喻的话，你的发量跟长毛狗似的，就算要秃，也不会立刻秃。”

所以，他应该高兴吗？但是这个比喻完全让人高兴不起来呢。

既然说他是狗，晏淮便耐心地问：“你还记得我们今晚要唱什么歌吗？”

“《小兔子乖乖》呀。”

晏淮抿嘴一笑，大手在她头上拍了拍，意味深长地说：“对，小兔子乖乖。”

宁霁愣了愣，这是把她比喻成兔子了？

她刚准备露个獠牙给晏淮看看，路清美就把他俩叫了回去，宁霁只能遗憾作罢。

单板滑雪队第一次参加校园歌手大赛，以微妙的姿态结尾。

《小兔子乖乖》的伴奏响起时，礼堂里的人都沉默了，随即观众席里爆发出剧烈的欢笑声。

奈何几位当事人丝毫不受影响，仍然笔挺地站在灯光下，严肃得像展览馆里的蜡像。

等他们开口唱第一句的时候，全场又陷入了凌乱的沉默。

“这个……怎么说呢……”评委们开始交头接耳。

“人家运动员们百忙之中过来支持咱们的活动……”

“是啊……就凭人家这个参与的精神，咱也不能给太低分吧？”

“而且，三个男孩都挺帅的……”

这是重点。四个评委，三个是女性，不得不承认，这一组虽然唱得难听，但确是最养眼的，全员俊男美女。

观众席似乎也发现了，嘲笑声渐渐被尖叫声代替。

于是，就在这种微妙奇异的氛围里，单板队的演唱轰轰烈烈落下帷幕，捡漏了个“最佳现场效果奖”，奖金虽然不多，但也足够买一套装备了。

Chapter.6
– 向光而行 –

“你这个女人真是狼心狗肺，始乱终弃。”

歌手大赛上，单板滑雪队虽然出了洋相，但也由此一曲成名。“T 大冰雪模特队”的称号不胫而走。

除了本身就已经很出名的晏淮，大家惊讶地发现，另外两个男队员也是各有特色。

夏将辉个头很高，肌肉匀称，虽然看着很凶，但唱儿歌时意外地有种反差萌，被他圈粉的女生不计其数。

还有那个平时跟在晏淮身边的眼镜男，比赛前他就稍微打理了一下自己的外表，站在聚光灯下仔细一看，居然也是个身高超过一米八的斯文清秀款小哥哥。

盛飞扬在日益疯涨的呼声中快飘上天了，从此以后开始注意个人形象，换了一副更适合自己的眼镜和发型，并且每次出门必洗头，有几次连路清美看到他都惊了一下。

晏淮却顾不上这些。

大学生单板滑雪比赛开战在即，他整个人都绷得很紧，训练时一直锁着眉，连带着整个队的气压都很低。

所有人都躲得远远的，压根儿不想往枪口上撞，休息间隙，大家趁晏淮上厕所的间隙悄悄讨论了起来。

其实这次比赛对晏淮来说很轻松，但可能是上次失误的阴影，他好像有心理负担，卸不下。

王教练认为晏淮目前需要开导，可他今天晚上还有应酬，这段时间的应酬把他的啤酒肚都吹起来了，酒喝得太多，人都感觉老了好几岁。

考虑再三，将晏淮这项艰巨的任务就由宁霁接手了。

于是，晚间训练后，宁霁果断拉上晏淮去吃宵夜。

宁霁想吃关东煮，她就近选了家便利店，就在 T 大小吃街路口。

晏淮作息严格，没有吃宵夜的习惯，他买了瓶矿泉水，兴致缺缺地坐在窗边，沉默地看着小吃街上熙熙攘攘的人群。

即便都晚上九点多了，吃饭的地方还依旧闹腾腾的，学生多的地方就是有活力。

宁霁坐到旁边的椅子上，沉浸在这种喧嚣的氛围里，毫不顾忌形象地拿起鱼排一口吞。

晏淮余光瞄了她一眼，淡淡地说：“吃胖了别让我陪你减肥。”

宁霁瞪他：“晏狗同学，我奉劝你别在女孩子吃东西的时候说这么扫兴的话。”

晏淮挑了挑眉：“女孩子？”

宁霁噎了噎，刚要辩解，就听到他懒散地补道：“女孩子吃东西不要说话，小心呛着了。”

宁霁哼哼了几声，不服气地低下头。

两个人都不再说话，各怀鬼胎地沉默了许久，宁霁才恋恋不舍地看着杯子里剩下的最后一串鹌鹑蛋，开口道：“又要比赛了。你紧张吗？”

“有什么好紧张的？”

“是是是，小淮爷盖世英姿，这种比赛不在话下。”宁霁小心翼翼地吃掉鹌鹑蛋，心满意足地舔舔嘴角，慢悠悠地说，“我一直很好奇，像你这种有天赋还努力的选手——可以说是天才选手了吧，究竟还会为什么而发愁？”

宁霁并不是恭维他。她最初知道“小魔王”这个称号时只是觉得好笑，然而经过一段时间的接触，她发现这个称号没有夸大，晏淮真的是有天赋的选手。

往往这类选手凭借天赋就能走很远，可偏偏他还是网上说的那种“比你优秀的人还比你努力”型，训练刻苦程度让人惊叹。

这样的选手，他到底在担心什么？

宁霁没有刨根问底，按照晏淮的性子，怎么问都是徒劳，他不会说的。

果不其然，晏淮懒懒散散地回答她：“我怕我拿了冠军以后，你会无法自拔地崇拜上我，天天找我要签名。”

宁霁翻了个白眼，懒得理他。

晏淮拧开矿泉水瓶盖，仰头猛灌了几口，水顺着嘴角流下来，一直流到喉结边。眼看着就要顺流进领口，强迫症患者宁霁下意识地伸出手，轻轻擦掉他脖子上的水珠。

微凉的触感酥酥麻麻游遍全身，晏淮瞬间打了个激灵，水从瓶口反呛出来。

他涨红着脸一边咳嗽，一边从牙缝里挤出字来：“你、你……”

宁霁知道自己做错事了，手握成拳头，愧疚地说：“对不起！我看那颗水珠要流进衣服里了，我就……”

“你就动手动脚、占我便宜？”晏淮桃花眼周围变得很红，仿佛沾着艳丽的血腥气。他仿佛突然想起了什么，嘴角一耷拉，略带委屈地说，“对了，这还不是你第一次占我便宜。”

宁霁慌忙摆手：“你别胡说！”

晏淮幽怨道：“以前，在那个阴暗狭小的队医办，你摸过我的腰，还摸了腹肌……”

“我没……”

“你敢否认？”晏淮咬了咬下唇，目光戏谑，“你这个女人真是狼心狗肺，始乱终弃。”

……

始、乱、终、弃？

你确定要挺着一副快一米九的身躯演被抛弃的小怨妇戏码吗？

宁霁强行让自己镇定下来，扯开话题：“晏同学，请你注意用词，队医办坐北朝南，光线通透，是不可多得的好户型。”

晏淮听后没有回答，舌尖舔了舔嘴角，眼里划过一丝似笑非笑的趣味。

宁霁心里警铃大作，不知道他又要什么花样。

晏淮看着她，眼眸湿漉漉的，却带着极强的侵略性：“宁霁，我没有谈过恋爱。”

“咦？”宁霁皱了皱鼻子，“你那个初恋？”

“那只是我单方面的暗恋，而且是很久以前了。”

没等宁霁继续追问，晏淮的声音就低了下去，唇齿间燥热的暖流扑到她耳边，仿佛在分享某种隐秘，缓缓地说：“我还是个纯情小……”

宁霁顿时觉得鸡皮疙瘩都起来了。

这种用流氓的口吻嘚瑟自己纯情的人设是怎么回事啊，小老弟！

宁霁下意识地捏皱关东煮纸杯，脸颊燥热，假装平静地说：“提醒一下，这样可以算性骚扰了。”

“那你就不是了吗？”晏淮手掌覆在脖子上，低声笑着，“而且怎么看都是我更吃亏，我遭到的骚扰可都是肉体上的。”

宁霁深吸一口气：“所以呢？”

“所以，你得对我负责。”晏淮眨了下眼，活像个事后求名分的小姑娘。

宁霁眼角抽了抽：“你想我怎么负责？”

晏淮笑嘻嘻地凑到她脸旁，语气里带着一点点宠溺，声音又低又沉：“我长得帅，个子高，你不开心了可以做你的人肉沙包，你被欺负了可以帮你撑腰，因为常年运动身体发热，冬天可以让你取暖，拿到的奖牌奖金都归你，蛋黄的屎我来清理。哦对了，最重要的是，”晏淮意犹未尽地点着下巴，笑着看她，“我体力很好，尤其是腰腹，很有力。”

“咔嚓”一声，宁霁将纸杯直接捏成硬纸球，关东煮剩下的汁液顺着缝隙流出来。

“你这是……表白吗？”她的声音异常平稳，甚至比刚才还要冷静。

晏淮怔了一下，没有说话。

不知过了多久，宁霁抬起头，神色已经不再慌张，反而颇有些无奈：“你说了这么多，我也没明白什么意思。”

刚才，她承认，她是有一瞬间悸动的。晏淮这样优秀的男孩子，摆出那样的攻势，很难不悸动。

但是少年话语里那一丝丝似有若无的戏谑，让她清醒过来，清晰地看到了自己与他之间的晨昏线。

宁霁把纸杯扔向垃圾桶，纸杯在空中划出一道抛物线。

“你这个年纪的男孩子有些躁动，有些好奇，我能理解。但感情不是能随便拿来开玩笑的东西。”宁霁走到门口，迎面而来的冷风让她更加冷静，“你会遇见你真正喜欢的女孩子，这些话，还是留到那时候再说吧。”

她回过头来，像个宽容的大人一样，伸手揉了揉晏淮柔软的发顶。

晏淮一直沉默着，裤管侧面的食指却微微蜷起，彰显着他内心的波动。

他应该再说点什么吧？他应该把话讲明白吧？

他应该告诉她，不是的，那些话就是只想对你说的。

可是宁霁此刻平静至极的眼神让他什么都说不出口。如果就此打住，他们还能继续维持以前的关系；但如果和盘托出，他害怕宁霁从此以后不再靠近他……

这个女人既然能无所顾忌地申请一次调换队医，那么就能申请第二次。

晏淮垂下眼眸，漆黑的瞳孔里翻滚着复杂的情绪。良久，他轻轻吐出一口气，抬起头，懒散地笑了笑，说："你说得对。"

宁霁针对比赛的事，又开导了晏淮几句，眼看时间不早，两人准备回学校。

还没走到 T 大后门，宁霁就看到前方石墩子旁趴着一个熟悉的身影，黑正装外套解开，啤酒肚快要从白衬衫里溢出来。

"王教练？"

宁霁和晏淮惊讶地对视一眼，赶快跑过去，把王教练从石墩子上扶起来，一股冲天的酒气扑面而来。

王教练醉得几乎不省人事，眼睛强行眯出一条缝，看清来人后，立刻笑道："晏淮啊，今天这个投资商挺喜欢你的，说不定我们队有救了……"

晏淮手臂一僵，随后才将教练架住。

王教练就住在学校旁的这个小区，晏淮和宁霁决定把他送回家。

"教练，我们拿到歌手大赛的奖金了，暂时装备上是没有问题了。您别老去喝酒。"

"那哪够？"王同光脚步踉跄，"以后啊，要经常带你们上雪场、请更专业的教练，这点钱哪够啊……"

他落寞的尾音消散在风中，宁霁听出了萧瑟无奈的意味。

"你们好好训练，我没事的，不就喝几场酒吗？怕啥？"王同光手臂乱挥，"他们能把我喝死不？喝不死我怕啥？"

晏淮不停地安抚他的情绪，宁霁飞快地去小店里买了点水和纸。

王同光胃里一阵难受，一把推开晏淮，扶着路灯杆吐了出来。

“唉，今天喝得真的有点多。”他擦了擦嘴，稍微清醒了一点，在晏淮的搀扶下继续蹒跚着往前走。

到了家门口，王同光却停下了脚步，说：“我先不上去了。我儿子还没睡，等他睡了，我再回家，不能让他看到爸爸这副狼狈的样子……”

他一边喃喃自语，一边踱到台阶上坐下。

小区这个点没什么人，只有昏黄的路灯，中年男人谨小慎微地抱着自己的包，孤独而沧桑。

“你们回去吧。”王同光挥了挥手，笑着说，“赶紧回去，一会儿宿舍关门了，你俩就别担心我了。”

晏淮没吭声，却直接一屁股在他旁边坐下。

宁霁也心照不宣地在另一边坐下。两个人把王教练夹在中间，像是在默默守护着他。

深秋的夜风裹挟着萧瑟，安静地吹过三人，王同光又想起了今晚的饭局，有些开心道：“我觉得今天能成，投资方看上去挺满意的呢……”

晏淮余光看了他一眼，忽然问：“饭钱和酒钱，都是您自掏腰包吧？”

“咳，什么自掏腰包，都是为了我们队。我一个大男人平时没别的什么开销，你个小屁孩就别想那么多了。”

“小伟的补课费……”晏淮欲言又止。

他之前听王教练提起过，因为一直拖欠儿子的补课费，小伟差点被赶出补习班，妻子也跟他吵了很多次架。

王同光像被戳穿似的挠挠头，憨憨笑道：“没事，没事，我跟老师说说，下个月一定交上。”

晏淮抿着唇，垂下目光，沉默良久后，没头没脑地说了句：“都是因为我。”

宁霁茫然，侧头看他。

此时的晏淮全然没了白天在学校里那股子桀骜，沉静得宛如一潭深渊，紧紧收敛着自己所有的负面情绪。

他平静地开口：“因为我的失误，以及各种商业活动的不配合，害得我们队总也拉不到赞助，教练您……”他顿了顿，微不可察地叹了口气，半天后才低声说，“其实我很煎熬，我总是在想，为什么自己这么不争气？”

宁霁吃了一惊。

她甚至怀疑自己的耳朵，刚才的话，真的是从不可一世的晏淮嘴里说出来的吗?

晏淮仍然很平静，仿佛跟教练聊的只是家长里短。

“冬季极限赛那天，我看到雪，胃就不停抽搐，想吐，我前所未有地讨厌这样纯白的东西。后来我就在想，我究竟是为了什么而滑雪、滑雪又给我带来了什么……”晏淮眼神渐渐迷茫，平视着前方待开发的荒芜旷地，“当初把我引上雪道的人早就不在了，在那个人死后的第十年，我竟然不知道自己在做什么。”

宁霁偏了偏头，心里的震惊已经无法用语言描述。

今天真是吃了一个大瓜！想不到晏淮竟是如此有故事的男同学。

不知道为什么，宁霁条件反射般想起了雪场那日晏淮提到的自己已经死去的初恋，她莫名觉得是同一个人。

没等她理清这些关系，晏淮又开口了，呼吸有些急促道：“您和队友们都在为经费奔波，我却时常陷入自责和无奈，是我拖累了您和队友……每当看到其他滑雪队在雪场训练，我就……”

晏淮把头埋下去，双手紧紧握成拳头，用宁霁从未听过的焦躁语气，反复地说：“我不甘心，我不甘心，我真的很不甘心啊……”

宁霁呼吸一窒。

路灯把晏淮的身影拉得很长很瘦，仿佛风一吹就飘散进夜空里了。

原来，这个少年，并不像外表看上去那么懒散。他其实很细腻，很敏感，心里装了很多事，那些他瞥都未瞥过一眼的事，其实都被他妥帖地放在心底。

这世界上哪有什么一帆风顺？多的是像晏淮这样天赋和努力兼备以后，还独自走着夜路的人。

王同光沉默地听完他这些剖心自白，醉意渐渐散去，眼神不再像刚才那般浑浊，真心道："晏淮，你是我最骄傲的学生。"

晏淮动了动，看了教练一眼。

"我从来不否认这件事，即便在你失误后，我也依然为你是我的学生而自豪。竞技体育输赢固然重要，可是在你身上，那种永不服输的竞技精神，让我觉得分外珍贵。"

王同光接着说："你的性子其实不适合做队长，但我还是选了你，就是希望你能把这股拧劲儿传递给其他成员。"他摩挲着粗糙的手掌，心平气和，"经费的事，本来就轮不到你一个学生来操心。如果真那么不甘，就在下次比赛中好好发挥，这是你目前唯一能做的事。"

晏淮想要回答什么，张了张嘴，却没有发出声音。

"至于滑雪的意义，"王同光忽然转头问他，"那个把你引上雪道的人如果还在，会怎么说呢？"

晏淮愣住了。

"迷茫的时候，不如想一想，如果她还活着，面对这样的事会说什么。我虽然不知道她是谁，但我想，她就是你领路人一样的存在吧？"

晏淮放在膝盖上的手紧紧握成拳头，痛苦地闭上眼睛，脑海里浮现出那个天才单板少女的背影。

她总是不停地走在前面，十年来只留给晏淮一个背影，他伸手想够，却什么也抓不到。

晏淮抿了抿唇，声音沙哑：“她才是天才，跟她相比，我什么都不是……”

王同光不置可否，也不安慰他，反倒慢悠悠地说：“人之所以觉得夜路难走，就是因为见过了光啊。”

晏淮睁开眼睛，痴痴地看着教练。

王同光却直接起身，拍了拍屁股上的灰，果决地说：“我儿子应该已经睡了，我要回家了。”

宁霁忙不迭地要扶着他，却被他摆摆手推开。王同光脚步还不是很稳，有些蹒跚地独自向楼道里走去。

走到一半，他忽然停住，转过身来，又看着自己的得意门生，叫了一声：“晏淮。”

晏淮回过神来，听话地走到他跟前。

王同光拍了拍他的肩，慢慢地说：“你如果见过日出东方，并臣服于它的光，那接下来的日子里，你势必会向着这束光前进。即便你身处黑暗，它也会悬在你心里，帮你照亮前行的路。”

晏淮怔了怔，像是紧闭的那扇窗终于打开了，一直紧握的拳头慢慢松开。他垂下眼眸，温和地笑了：“教练，谢谢您。”

晏淮和宁霁回到宿舍的时候已经很晚了。教职工宿舍没有门禁，但晏淮所住的宿舍楼已经关门了。

宁霁摆出队医的身份跟宿管大爷好说歹说，胡编乱造了一大堆理由，大爷才黑着脸放晏淮上楼。

宁霁回到自己宿舍后，总觉得有些不好意思，本来开导晏淮的工作是她负责的，到头来还是王教练出马。

宁霁打算明天找王教练当面请罪，然后点开微信列表里那只狂放的小狼狗头像，发了条消息："我的工作被教练抢先完成了，你只能赶紧睡觉做个好梦弥补我。"

晏淮："？"

晏淮："宁霁你病得不轻吧？我为什么要弥补你？"

看到他恢复了这样欠揍的语气，宁霁松了口气，应该是自我调节过了。

宁霁："因为你什么都不说，我才没能完成这项艰巨的工作啊（摊手）。说到底，同为你训练道路上的重要导师，你居然区别对待，我在考虑要不要生气 / 发怒 .jpg。"

晏淮："你今天拒绝了我，彼此彼此。呵呵！"

能不能不要提那件事！

宁霁回想起晚上他在便利店里的那番措辞，脸颊上又升起一片灼热。

宁霁："不说了！洗洗睡吧！晚安！别回了！"

另一边的男生宿舍楼里，晏淮看到这条消息，嘴角忍不住泛起笑。

他把手机扣在桌面上，打开自己的衣柜，看着内壁贴着的照片。

照片上的少女穿着滑雪服，雪镜挂在脖子上，双手高高托举起奖杯，圆圆的脸上挂着像阳光一样灿烂耀眼的笑容。

晏淮手指轻轻摩挲过照片，用只有自己才能听见的极低声音说："世羽嘉，你会怎么说呢……"

夏将辉的孤僻独立，一直让宁霁惴惴不安，总觉得他像一颗定时炸弹，说不准什么时候就炸了。

宁霁的感觉是对的。

今天，这颗定时炸弹的倒计时跳到了"00"。

起因是今天单板队约好了一起检查板子，他们绝大部分人都是第一次拥有自己的雪板和装备，兴奋得不得了。

没过多久，路清美注意到坐在一旁默默喝水的夏将辉，疑惑地问：“夏将辉，你的板子呢？拿来让晏淮帮你检查一下。”

夏将辉个头很高，沉默的时候像一座小山丘。他喉结动了动，心虚地挪开视线，闷声说：“我……我没买。”

“啊？”路清美没明白，“那天大家不是帮你都选好了吗？直接付款就可以了啊，钱也是够的。”

夏将辉垂下眼睛，嘴唇抿了抿，矿泉水瓶子被他捏出一声尖锐的噪音，在体育馆里异常明显。

单板队所有人都停下手里的动作，转头看他。

“我没买。”他重复了一遍。

“为什么不买？”

他一声不吭。

盛飞扬突然有不好的预感，猛地起身，严肃地问：“那钱呢？我们参加歌手大赛拿的那笔奖金，你既然没买，钱应该还在吧？”

夏将辉扭开头，不愿与大家对视。他这个反应勾起了所有人心里不好的预感。

他最终嗫嚅了良久，吐出三个字：“钱，没了。”

“你……”盛飞扬一把将外套扔在地上，压着怒火上前，“那是我们辛辛苦苦攒出来的钱！你知不知道路清美为了帮你筹这笔钱费了多少劲？我们每天排练自己不擅长的东西，然后站在全校人面前丢脸，你现在跟我说什么钱没了？你有种再说一次？”

路清美和翟小颜怕他们打起来，拼命把盛飞扬拖住。盛飞扬现在就像一头快要发疯的野兽，脖子上的青筋暴露无遗。

“到底怎么回事？”路清美着急问夏将辉，“你跟我们好好说说，实在不行我们再想其他办法……”

“想什么！你还看不出来吗？这家伙的神情已经说明了，钱被他私用了啊！”

盛飞扬还要扑过去，肩膀忽然被一只手按住，一股低沉的气压从背后席卷过来，让盛飞扬迅速冷静下来。

完了，晏淮要发飙了。

可出乎他意料的是，晏淮没有。他只是一步一步地走过来，异常冷静，平视着夏将辉，问：“为什么不买雪板？”

“我有其他要紧事。”

“什么事？”

夏将辉目光沉了沉，面对晏淮，他的抵触情绪又泛上来了，态度也逐渐变得恶劣：“我没兴趣告诉你。”

晏淮不怒反笑，语气却带着刺骨的寒意：“你以为我想知道？”

路清美犹豫了一下，尽量让自己看上去温和些：“夏将辉，没事的，如果有什么困难，告诉我们，我们都是一个队的，一起想办法嘛。”

夏将辉凉凉地看了她一眼。

路清美顿时起了一身鸡皮疙瘩，突然想起之前某天晚上她跟宁霁在操场的聊天，他绝对都听到了！

晏淮问：“你是不是不想参加训练？”他眯起眼，毫无情绪地盯着夏将辉，“对你来说比不比赛都无所谓吧？你就是来混日子的，偶尔讹一下大家的同情心。也是，连雪板都没有，也好意思称自己是滑雪运动员？”

夏将辉被戳到痛处，额角青筋暴起，手攥成拳头，一拳挥了出去。

“滚！什么狗屁同情心！老子不需要！”

两个女孩吓了一跳，盛飞扬阻拦不及，硬邦邦的拳头落在晏淮脸上。

晏淮吃痛地捂着脸，眼睛里染上血腥的气息，毫不犹豫地反打了回去，怒吼道：“你现在知道自尊了？教练为了我们去陪人喝酒的时候，你在哪儿？啊？”

夏将辉被他打得向后踉跄几步，眼里含着恨意。

为了不让他俩扭打在一起，其他队员拼命把他们分别架开。

盛飞扬本以为今天要被人劝，没想到他最终还是劝架的那个。

“你懂什么……你懂什么……”夏将辉捂着脸，身体止不住抽动，“听说你爸爸是建筑师，妈妈是翻译，两个都是成功人士啊……”

晏淮不明白他突然说这个的意义，狰狞地看着他。

“所以像你这样养尊处优的富家公子，根本不懂，什么都不懂！”夏将辉发狂着又要冲上来，忽然脑门上挨了一记栗暴。

宁霁横在两人中间，皱眉看着他们脸上的挂彩：“什么情况？”

翟小颜松了口气，推了下眼镜：“你总算是来了。”

宁霁立刻严肃起来，赛前打架，这可不是什么好事。好在现在体育馆里人不多，应该没被拍到。

又是赶在王教练不在的时候，这帮小兔崽子。

她压低声音，充满警告意味地说：“不想被禁赛的话，现在、立刻，去我办公室，一个都不准跑！”

宁霁毕竟大了他们几岁，又是队医的身份，晏淮和夏将辉不得不服，气鼓鼓地跟在她身后，谁也不让谁，就差没走出六亲不认的步伐了。

一路上，从翟小颜那儿听说了事情的全部经过，宁霁头疼地揉着眉心。

晏淮不忍心看到大家和王教练的努力白费，才会发如此大的脾气，她是可以理解的。而从夏将辉的言语中能听出，他应该也是有难言之隐。

这两位都是自尊心极强的少年，火气旺得很，还不懂得怎样与人沟通，所以铸成了今天的闹剧。

队医办内，宁霁开始给他们两个处理伤口，紧皱的眉头稍微松了些。

“还好都打在了脸上，不会影响后面的训练和比赛。”

棉球在伤口处轻轻擦拭，晏淮痛得“嘶”了一声。

“疼？忍着，打架的时候怎么没见你喊疼？”宁霁瞪他一眼，虽然这么说，但还是放轻了手上的动作。

把两人的伤处理完，宁霁直接将晏淮一众打发走，唯独留下了夏将辉。

她从抽屉里摸出一块巧克力扔过去，夏将辉不明就里地接住。

“据说心情不爽的时候，吃甜食可以治愈。”

夏将辉低着头，沉默地看着巧克力，半天后才慢慢撕开包装，含进嘴里。

宁霁坐到他旁边，尽量温和地引导他：“不介意的话，和我聊聊吧。”

夏将辉试图抚平包装纸，但上面始终都会有密封的折痕。

他张了张嘴，闷声道：“钱我的确私用了。”

宁霁一点都不惊讶，还是平静地看着他。

“我知道你跟晏淮关系亲密，但接下来的事情，还是请你不要告诉他。”

“不是……你可能误会了。”宁霁稍微有些窘迫，却莫名觉得无力辩解，只好无奈地说，“你放心吧，我不告诉他。”

夏将辉抬了抬眸，表情不再像平日里那样凶神恶煞，缓缓道：“我奶奶生病了，欠了好多医药费，我所有的钱都拿去补那个窟窿了。”

在夏将辉断断续续的描述中，宁霁总算明白了他的故事。

夏将辉的弟弟出生时，正是他们村子计划生育管控最严的时候。亲生父母本来想把弟弟送走，可临时找算命先生卜了一卦，说弟弟才是能活的那个，哥哥短命。

于是，最后被送走的变成了夏将辉。

一个好心肠的奶奶领养了他。奶奶没有家人，就一直将他视作自己的亲孙子，家里虽然不富裕，但生活也算安稳。他的爱好和选择奶奶总是无条件地支持，包括成为运动员，也是奶奶在背后一直替他加油。

可是时光无情，还没等到他拼出一番成就，奶奶就病倒了。家里唯一的经济来源就是奶奶的退休金，夏将辉花光了所有积蓄，压根儿补不齐医疗费用的天坑。

歌手大赛的奖金拿到时，他是计划要买一块自己憧憬已久的雪板的，可是临付账前，又接到了催款电话。奶奶是他唯一的亲人，他纠结了一番后，下面的事，不用说宁霁也能猜得到。

夏将辉说完，便陷入漫长的沉默。

宁霁在心里叹了口气。这是一个很不幸的故事，但也很平凡，平凡地在这个世界上无数不起眼的角落里上演着。

晏淮的境遇和他恰恰相反。一路顺风顺水，家庭和睦美满，似乎什么都不缺，什么都不用愁，他过的是夏将辉羡慕的生活，偏偏晏淮又那么有天赋……

可耻的不甘暗暗滋生，对方越是发光发热，就越衬托出他的渺小和无能，夏将辉心里弥漫着挥之不去的敌意，才会在晏淮质问时忍不住打出那一拳。

夏将辉低着头，忽然道："我这样，很可笑吧？"

宁霁没有回答他这个问题，反而抛出新的疑问："为什么不愿意告诉大家真相？就因为不好意思，觉得很没面子吗？"

夏将辉自嘲地笑了一下："这还不够吗？"

"其实我不太明白，这有什么丢面子的？"宁霁温和而严肃地说，"你不偷不抢，没有做对不起任何人的事，有什么值得畏惧的？"

夏将辉怔了一下，没有说话。

"贫困还是富有，不过都是身外之物，你作为运动员，只有在无法取得成绩时才需感到自责。"宁霁晃了晃脑袋，笑着说，"试问，如果班上有个条件不好的同学，你会笑话他吗？"

夏将辉摇头：“肯定不会。”

“那么，你为什么觉得你的队友会嘲笑你？他们和你一样，都是有成熟思想的大人，不是小学生。我要是你，我一定会试着多信任他们一点。”

“……”

夏将辉最后是半梦半醒地离开的。

临出门前，宁霁跟他说：“你的事我不会告诉大家，但我希望你自己去跟他们谈谈，想怎么说都可以，想通了再去。”

夏将辉还在犹豫，没有摇头也没有点头。

宁霁并不强求，路漫漫其修远兮，哪有那么容易改变。

接连几天，单板队训练时气氛都有些诡异。

王教练后来从宁霁那儿知道了全部经过，已经单独找晏淮和夏将辉都谈过了，但是夏将辉似乎还没有走出心里那道坎，两人的关系就此僵冷着。

戴初夏还是偶尔训练时露个脸，她想修复和大家的关系，但并没有人买账。

就在这种别扭的氛围里，全国大学生单板滑雪赛在 T 市拉开帷幕。

他们这支队伍刚成立，只有晏淮拿到了进入决赛的资格，成了名副其实的“全队的希望”。

他这次只报了一个项目：U 型场地技巧——就是在冬季极限赛上，他犯下重大失误的项目。

U 型场地技巧比赛前，国内很多冰雪运动媒体都将目光对准了 T 市，没有人看好晏淮，甚至已经有专家在感慨这位天才像流星般短暂的职业生涯。

对于外界那些风评，宁霁并不知情，她平时不太关注体育报道，以至于 U 型场地技巧比赛前的那晚，晏淮到她宿舍楼底下来找她贴创可贴时，她以为是这个人脑子坏了。

“就一点瘀青了，不需要贴创可贴啊。”宁霁捧着他的脸，对着路灯仔细检查了一下他嘴角的伤口。

晏淮一本正经地胡扯：“不行，我不能让我的粉丝看到我受伤的样子，我怕她们伤心。”

“朋友，你比赛时不戴面罩吗？”

“那最后领奖的时候也会被看到吧。”晏淮说得理所当然。

宁霁简直被他盲目的自信折服了，无言以对，只能掏出口袋里的创可贴，无奈地说：“我宿舍里只有这种哦，可能不太适合你。”

她的创可贴非常少女心，印满粉红色的小心心，嫩得冒泡。

“你看，还是什么都不贴比较好吧？”

晏淮嘴角勾了勾，眼珠清亮：“那不然，你亲一下吧。”

宁霁惊得直接后退了一步：“这位同学，请你清醒一点！”

“电视里都是这么演的。”晏淮指了指自己的嘴角，将脸凑上来，“心地善良的美人亲一下勇士的伤口，勇士就会立刻好起来。”

宁霁一把推开他的大脸：“奉劝你少看点荼毒未成年人的电视剧。”她的手掌按在晏淮脸上，掌心碰到他的嘴唇，莫名一阵灼热，宁霁飞快地将手缩了回来。

晏淮像没事人似的，摸了摸嘴角的伤口：“既然亲不了，那就还是替我贴创可贴吧。”

“拿回去自己贴不行吗？”宁霁飞快地把创可贴扔他怀里，转身要走。

“不行。”晏淮忽然拽住她的手腕，脸上带着厚颜无耻的笑，“我不会。”

“不会就去网上搜视频，照着学。”

晏淮凑到她耳边，小声说：“我明天就比赛了，我希望你亲手帮我贴上它。”

少年呼出的气流萦绕在宁霁耳郭旁，又痒又热。宁霁心里有些慌乱，随口问：“为什么？”

“你贴的话，就能带来好运。”晏淮桃花眼弯了弯。

“幼稚。”

宁霁虽然不情愿，但还是撕开了创可贴。晏淮立刻弯下腰，把脸降低到她能够到的地方。

宁霁怕弄疼他，动作很轻，手悬在他嘴巴和鼻子上方。

一阵微风吹来，他又嗅到了淡淡的水蜜桃味儿，甜得他骨头都酥了，心里的戾气也瞬间被抚平了。

晏淮眯了眯眼，忽然出声叫她：“宁霁。”

“嗯？”

“等我拿块金牌给你。”

宁霁愣了一下，耳后根很烫，勉强维持平静，小声说：“是为了全队和教练……你要加油。”

两个人都没有注意到，不远处的大树下，戴初夏挎着包，一直冷冷地看着这边。

Chapter.7
— 他的秘密 —

“正在追，成功了我会发微博的。”

U 型场地技巧赛当天，天气很好，赛场旁的观众席座无虚席。

T 大单板队的成员们坐在一起，路清美旁边留了个空座，放了件外套占座。

戴初夏进场后直奔那个座位，把路清美的外套扔回她腿上，笑眯眯道：“这儿没人吧？我坐这儿了。”

路清美愣了一下，完全没想到她会来，毕竟戴初夏之前表现出对一切赛事都不感兴趣的样子。

“这里我给……”路清美刚开口，翟小颜就掐了她一下，示意她闭嘴。

“你想让这位姑奶奶更加讨厌宁队医吗？”翟小颜小声说。

路清美咽了咽口水，没有继续说下去。

宁霁也非常聪明，进来以后看到这个景象，立刻识趣地在后排找了个空座坐下，从背包里摸出一盒鱼皮花生，咂了咂嘴。

可惜，还是不能喝啤酒。

宁霁吃了两颗花生，忽然感觉身旁的人一个劲往她身边凑。这位男士看着不到三十岁，有些眼熟，但她就是想不起来在哪儿见过了。

男人突然冲她笑了一下：“好巧，又见面了。”

宁霁眨眨眼，礼貌地问：“我们……见过？”

男人的笑容僵了僵，说：“之前在雪场我们见过面，我是极地俱乐部的。”

宁霁想起来了。就是那个当时被她骂脱发快的……她眼神下意识地往上一瞟。

果然，发量略显稀疏，她当时没说错。

男人感应到她的视线，笑容更难堪了，强忍着不爽说：“上次没跟你好好介绍，我叫沈波，目前极地俱乐部的全部事务都是我在打理。”

宁霁心里强忍住笑，点了点头，客气地回应：“嗯，你好。”

对方并没有说自己是该俱乐部的成员，而是“打理俱乐部事务”，言外之意是：我就是这个俱乐部的老板。

宁霁简直想为他高歌一曲《演员》。

沈波等了半天，见她没有继续说话的意思，便饶有趣味地问：“还不知道美女怎么称呼？”

“宁霁。”

“名字真好听。取这个名字，是想记得什么美好的事情呢？”

宁霁无力地看他一眼：“大雪初霁的霁。”

沈波愣了。他上学时很混，学的东西都还给老师了，并不记得“大雪初霁”是什么。他尴尬的时候习惯捋捋额前刘海儿——尽管在宁霁看来，根本没剩几根。

“美女的名字真有文化。上回看到你和T大单板滑雪队一块，你也是T大的？”

“嗯。”那边第一位运动员已经上场了，宁霁无暇跟他闲聊，随口道，“我是队医。”

沈波拍了一下大腿，兴奋道：“居然是队医，这么厉害？巧了，我们俱乐部之前那位队医刚离职，最近这个岗位正缺人。”

“那你们倒是招人啊。”跟我说干吗？

“我老爸已经把工资提到八千块一个月了，还准备继续往上提，但一直没招到合适的。”

宁霁这才将视线移到他身上，郑重地看了他一眼。

宁霁是真的漂亮，被她这样看一眼，沈波心里小鼓乱敲，正准备对她发出邀请，就听到她不疾不徐地说：“可是，我既不开招聘网站，也没做过猎头啊。”

沈波噎了噎，不确定这姑娘是认真的还是在逗他，干脆直接提出来：“我觉得你就挺合适的，我们这儿待遇肯定比 T 大高，考虑一下不？”

宁霁已经收回视线，看向 U 型池里的比赛：“谢谢。但我还是喜欢待在学校里，氛围比较好。”

出师未捷的沈波挫败了一下，但没有放弃，眼珠子转了转，忽然笑道：“没事，你可以再考虑考虑。要不这样吧，我们加一下微信，如果你哪天想跳槽，可以随时联系我。”

宁霁抬了抬手，刚要去摸口袋里的手机，忽然想起校园歌手大赛那晚，晏淮严肃地交代她，不要随便给别人留联系方式。

她在沈波期待的目光中，把手放回了膝盖上，说：“抱歉，我一个……朋友，不喜欢我加陌生人微信。”

沈波讶异地说：“什么朋友啊？这也管，男朋友吧？”

“不是的，就普通朋友……”宁霁话刚说完，来自T大的晏淮就出场了。

宁霁立刻握紧拳头，站了起来，目不转睛地看着赛道。

沈波眯起眼，看了看她，又看了看雪道顶端的晏淮。

晏淮今天状态不错，所有转体都很轻松地做完了，跟冬季极限赛上的状态截然不同，让一部分想拍他出丑的媒体扑了个空。

U 型池比赛会根据选手完成动作的难度、高度、技巧以及回转等，由评委综合打分。晏淮毫无悬念地占据分数榜榜首，几乎是碾压式的胜利。

虽然这对晏淮来说是一场小比赛，他已经保留了一部分实力，但在场的其他选手和观众仍然感受到了他带来的压迫感。

只要不出现之前那样离奇的失误，晏淮在年轻运动员里还是制霸的。

他自己明白这个道理，教练也明白。

所以王同光并没有因为这个第一名而感到太开心，晏淮的舞台本来就不在这里。他很清楚地发现，晏淮今天状态很好，不知道是不是那天开导成功了，这小子回去跟自己和解了。

但，长久以来的困惑，真的会这么轻松解开吗?

经过这一战，晏淮或多或少都会重新收获外界的关注，那么下一次，全国锦标赛的时候、世界锦标赛的时候、Air & style 的时候，甚至是……北京冬奥会的时候，他还能维持这样的状态吗?

和王教练心里想的恰恰相反，晏淮今天心情真的很不错，却绝不是因为比赛。

对他来说，赢下比赛的目的并不是为了拿这个第一，而是重新站在世人的目光中，唯有这样，才能吸引赞助商们的注意。

因此，今天破天荒地，他拉下面罩，露出嘴角上粉到眩晕的创可贴，在记者面前多停留了一会儿。不管记者提什么问题，他都扯到 T 大单板滑雪队身上，仿佛要向世人宣告，T 大现在有了这么一支年轻的新队伍。

终于有记者忍不住，问了一个跟比赛毫不相关的问题：“晏淮，你嘴角受伤了，这个创可贴是你本人买的吗？”

晏淮摸了摸嘴角，笑了下：“当然不是，这一看就是女孩喜欢的风格。”

记者们惊叹了一声，仿佛抓到了什么新闻，立刻七嘴八舌地问起来：“是女朋友买的吗？”

“还不是。”他露出洁白的牙齿，对着镜头郑重宣布，“正在追，成功了我会发微博的。”

宁霁并没有看到这段采访。

确认晏淮总分第一后，她就回宿舍收拾东西去了。单板队接下来的周末不用集中训练，她可以抽空回家一趟。她家就在T市旁边，坐车两个小时就到。

她把蛋黄临时托付给了隔壁宿舍的女老师。收拾行李间隙，她还不忘给晏淮发条消息，祝贺他取得第一，然后就把手机放在包里，一直没有拿出来。

直到上了大巴车，宁霁终于得空看眼手机，上面有三个未接电话，七条未读消息，全部来自同一个人。

晏淮：“你现在在哪儿？到后台来吗？我在这儿等你。”

“晏淮撤回一条消息”。

晏淮：“教练说你这周回家，昨天怎么不告诉我？”

晏淮：“什么时候走？晚上聚餐来不来？”

晏淮：“人呢？？？”

晏淮：“再不出现金牌就不送给你了！”

晏淮：“好，你厉害！微笑狼狗.jpg。”

从最后那个又狰狞又蠢的小狼狗表情包上，宁霁仿佛清晰地看到了晏淮精彩的神情变幻。

她忍不住笑了出来，回复道：“抱歉，刚刚赶车没看手机。就回个家而已，不是什么重要的事，就没刻意说。我已经上车了，你们好好吃哟！摸狗头.jpg。”

她又点开单板队的群聊，果然几个女孩子就晚上到底吃什么这个问题已经聊了 99+ 了。戴初夏也不再做透明人，全程参与讨论。

宁霁觉得还好她要回家，避免了一场尴尬。

她又返回到跟晏淮的私聊界面上，无比在意地问：“你之前撤回了什么？”

晏淮：“没什么。”

晏淮：“注意安全。到了告诉我一声。”

另一边，晏淮撑着头，神情复杂地按熄屏幕，把手机扣在桌子上。

就刚才采访的内容，盛飞扬已经嘲笑他半个小时了。

他本来在聊天里提醒宁霁去看一下赛后采访，但是盛飞扬毫不留情地打击他：“你确定人家喜欢这种高调的表白方式吗？”

然后盛飞扬立刻叫来路清美，问：“你觉得你学姐是个高调的人吗？”

路清美摇头：“怎么可能。”

然后晏淮就把那条消息撤回了。

希望她永远也不要看到。

王教练毕竟是过来人，心里多少猜到些什么，但他并不是那种打压学生正常交往欲望的教练，况且晏淮的为人他很了解，所以只是温和地交代了一句“不许影响成绩”就算了。

当下单板队的情绪很高涨。

虽然不是第一次看竞技比赛，却是他们第一次有亲身参与的感觉，晏淮获胜的气氛感染到了每一个人，就连夏将辉，虽然跟大家交流还是不太多，但聚餐却没有缺席。

他们一边吃烤肉，一边喝了点啤酒。席间，王教练接到了几个赞助商主动打来的电话，晏淮也跟着高兴起来。

盛飞扬有些喝多了，忍不住抖晏淮的料：“你们知道吗，别看狗爷这么道貌岸然，他骨子里就是个禽兽啊。他其实会画画的，经常在本子上画一个小女孩……”

“禽兽你说谁？”晏淮立刻骂了回去。

戴初夏睁大眼睛，惊讶道：“天，晏淮你还会画画？传说中的全能？”

晏淮心情好，不打算和这小丫头计较之前的事，随口道：“就是随便画画。”

“错了，重点错了！”盛飞扬拍了拍桌子，“重点是那个小女孩，看上去也就十几岁吧，狗爷居然说那是他梦……”

“中情人”三个字还没说出口，晏淮一把捏住他的腮帮子，嫌弃地说：“吃都堵不住你的嘴。”

三个女生明显对八卦更感兴趣，兴奋地问：“是什么，是什么？”

盛飞扬刚要说话，晏淮就主动截下话头道：“是我最喜欢的单板运动员，也是把我领上这条路的人。”

“我知道是谁了！”戴初夏说，“你跟我说过的，就是那个……世羽嘉，对吧？”

晏淮点了点头。

王教练意外地看了他一眼。

其他人却纳闷了，世羽嘉是谁？他们只知道“飞翔的番茄”肖恩·怀特，知道国内超酷的女子单板运动员蔡雪桐、刘佳宇，知道在平昌冬奥上跨界单双板都获得奖牌的莱德茨卡……但是，却从没听说过世羽嘉。

“世羽嘉曾是我国青少年单板滑雪选手中最受期待的一个，小小年纪就展现出了极高的天赋，获得过我国单板项目未来‘荣光’的美誉。”王教练解释道，“她虽然年纪小，但滑雪时沉着冷静，是个极佳的苗子。当时可以说，整个单板滑雪届都在等她长到十五岁，能刷新我们国家在奥运会上的成绩。”

晏淮说：“我小的时候，就是在电视上看到了她的比赛，才执意要学单板的。”

“这么厉害！”盛飞扬忍不住发出感叹，并拍了拍晏淮的肩，“你的领路人居然这么有排面，可为啥我的领路人是你啊，狗爷？我不服。”

晏淮白了他一眼：“不服憋着。”

“不憋，我要退队，然后让世羽嘉领着我重新进队！”

“那恐怕是没机会了。”戴初夏摊了摊手，“你查一下百科，这位选手在十年前就死了。”

嬉闹的气氛突然僵住了，所有人都沉默了一瞬。

翟小颜问：“她去世的时候多大？”

“十三岁。”王教练惋惜地开口，“很可惜，看不到她站在奥运赛场上大放荣光的样子了。”

席间又陷入安静。

现在他们或多或少都有些身为运动员的自觉了，能够体会到这种遗憾的情绪。

晏淮把玻璃杯里最后一滴酒喝干净，眼角红红的。在酒精的熏陶下，心口压着的那块石头，他第一次有了想推开它的欲望。

他忽然想倾诉，想找人分担。

如果宁霁在的话，她是第一人选，可惜她不在，那么这张桌子上，王教练、盛飞扬、路清美，哪怕是夏将辉，都可以。

他想发泄。

晏淮吐出一口气，语调平静得出奇：“你们不是都好奇我在冬季极限赛上失误的原因吗？我现在就告诉你们吧。”

所有人的目光都转向他。

“当时，世羽嘉生前最后的样子在我脑子里挥之不去，滑下雪道时，我又看到了她。”晏淮晃着已经空掉的玻璃杯，眼神失焦，“世人只知道她死了，却不知道——她的死，都是因为我。”

故事要追溯到十年前。

十岁的晏淮受到世羽嘉影响，迷恋上单板滑雪这项运动，寒假时，他求着爸妈给他在市青少年单板滑雪训练中心报了个名。

他听说，世羽嘉偶尔会去那里训练。

在为期两个月的训练中，他一直翘首以盼，每一次都是带着失望回家的。终于在最后一次上雪训练时，他如愿以偿见到了自己的偶像。

小小的晏淮当时站在队伍里，看着那个被誉为“荣光”的少女抱着雪板，从他面前经过。后来很长一段时间，他都忘不掉第一次见到偶像的情景。

晏淮从小就是胆大的孩子，不知道“害羞”两个字儿咋写。训练一结束，他什么也顾不上，直直地冲向世羽嘉所在的地方。

那时候世羽嘉十三岁，比他高了一头，但也不过是个小孩子。孩子之间没有那么多客套，交流几句后，世羽嘉已经把小晏淮收为小弟了。

两个人在雪上玩得不亦乐乎，打起雪仗来谁也不让谁，渐渐进入了野雪范围，身边的人越来越少。

世羽嘉意识到时，便要带晏淮回去，可是两人都找不到回去的路了，那时候小孩子身上也没有手机，因此和外界失去联系。

晏淮小男子汉气概作祟，凭感觉指了个方向，并十分笃定地说：“就是这儿。我会认路，你相信我！”

世羽嘉千错万错就错在信了他的鬼话。

两人沿着他指的方向越走越远，不一会儿便下起了雪，并且越下越大。

两人不知自己走到了哪里，晴天已经变成了暴雪，风大到他们步履艰难。晏淮快哭了：“我们是不是走错路了？”

世羽嘉主动牵起晏淮的手，明明自己也害怕得发抖，却仍然安慰他：“弟弟不怕，肯定会有人顺着脚印发现我们的。”

雪越下越大，他们刚踩出来的脚印不一会儿就被盖住了，世羽嘉找了个山洞暂时躲进去。

小晏淮又冷又怕，抱着膝盖瑟瑟发抖，世羽嘉一边安抚他，一边看着洞外的天气情况。

“这样大的雪，什么时候才能停啊？”世羽嘉喃喃了一句，然后转过头来，温柔地帮他系好围巾，“你别哭，一定会有救援队发现我们的。”

她强压住自己心底的恐惧，尽力扯出一个笑，然后从口袋里摸出一块巧克力：“给你。吃点甜食，心情会好一些。”

小晏淮哭哭啼啼地接过巧克力，小心翼翼地咬下一半，另一半又还了回去。

山洞里其实也很冷，两个孩子瑟瑟发抖地抱在一起，小晏淮体力更差一点，脸上几乎已经看不见血色的生机了。

世羽嘉怕他撑不住，便说：“弟弟挺住。要不我给你唱首歌吧？但我唱歌不怎么样，你别嫌弃啊。”

她清了清嗓子，小声地唱道：“小兔子乖乖，把门儿开开，快点儿开开，我要进来，不开不开就不开，妈妈没回来，不开不开就不开，妈妈没回来……”

果然不怎么样。

错词，走调，一样没落下。

秉着替她纠正的原则，晏淮慢慢又恢复了神志：“你唱错了。”

“啊？哪儿唱错了？”

他看向洞外的暴雪，改口道：“挺好的，就这样。”

不知道在山洞里熬了多久，世羽嘉终于在茫茫雪雾尽头看到了一点点光。

“有人来了！有人来了！”她激动地把晏淮拍醒。

晏淮顺着她指的方向望过去，却什么也没看到。

他突然升起另一种恐惧，世羽嘉是不是……出现幻觉了？

世羽嘉却全然没有察觉，拉着他就往洞外走：“我们去跟他们会合。”

小晏淮一步也走不动了，摇晃着身体要站起来，却又摔了回去，连带着世羽嘉也摔了一跤，山洞岩壁蹭到她的一只耳朵。

因为温度太低，她耳郭上直接被蹭掉了米粒大小的一块，她却浑然未觉。

冻得连痛感都丧失了……

小晏淮觉得自己现在没资格评判别人，因为他的视线已经开始模糊，连世羽嘉的样子都看不清了。

情急之下，世羽嘉做了一个决定，晏淮留在这里保存体力，她去把救援队的人带到这里。

就是这个决定，让他们就此参商永隔。

肉在铁板上烤糊了，发出一阵焦味，单板队所有人都没察觉，屏住呼吸听晏淮诉说。

服务员跑过来把煳肉和铁板换掉，疑惑地看着这七位仿佛灵魂出窍的客人。

“然后呢？然后就……”戴初夏迫不及待地问。

“然后救援队发现了我，我成功获救。他们说，并没有看到其他人。”

几个女孩不约而同倒吸了口凉气。

“那……那最后……”

“最后，在一个山崖下发现了世羽嘉。山崖其实不高，不会摔死人，但她本来就已经到极限了，跌下去就再也没起来。”

戴初夏想到了她浏览过的报道，呢喃着说：“抢救无效……”

“当时我家里找了些关系，媒体的报道没有提到我，所以大家以为世羽嘉就是死于雪难，其实……都是因为我。”晏淮垂下眸，像是做了一场十年的噩梦，很累很疲惫，“我滑雪，起初是因为喜欢，后来是想完成她未竟的事业。毕竟……死去的应该是我。”

他戴着这个枷锁负重前行，不敢有半点懈怠。

十年如一梦，久到他长大成人，久到世人都已经忘记曾有过世羽嘉这么一位选手，现在他仍不知是醒着还是梦着。

夜幕降临，华灯初上，晏淮平静地望着窗外行色匆匆的行人。他坐在喧闹的中心，却仿佛不属于这里的任何一个角落。

孤寂得，像是在茫茫大雪深处孑然而行。

宁霁的母亲在医院工作，是个雷厉风行的主治大夫，平时热爱生活热爱植物，一百平方米的屋子里被她摆满了各种花花草草。

对于这件事，宁霁已经抗议过很多回了。因为宁母连她的卧室也没放过，偏偏她又是容易招蚊虫叮咬的体质，每次推开卧室门满眼绿油油，她就头皮发麻。

在宝贝女儿和盆栽之间，宁母毫不犹豫地选择了盆栽，这让宁霁伤心了好久。

母女俩的小打小闹从宁霁上大学开始，就越来越少。

这次她回家两天，订了周日傍晚返回 T 市的车票。午饭后，她主动帮着妈妈把家里的植物整理了一遍。

两人有一搭没一搭地聊着天。

宁母说：“你这回走了，我又得自己一个人守着这个房子。”

宁霁心里一酸，还没说话，就听宁母悠悠地补充道："我可以再抱一盆花回来了。"

好的，您狠。

宁霁不甘示弱："妈，您也别总在家里守着这些玩意儿，不如多出去走走，社交一下，多认识点朋友。"

宁母扁了扁嘴："认识朋友干吗？跟我一起养花？"

宁霁点头："您要是有遇到合适的人，可以考虑一下。"

宁母惊异地望了她一眼。她听得懂宁霁话里的意思，这孩子长大以后老是撺掇她再找个老伴。

她目光回到叶子上，慢条斯理地说："算了，没意思。"

"您都没试过，怎么知道呢？"宁霁嘟囔，"又不是所有人都像我爸那样……"

她话说一半就顿住了，咽了回去，母女俩心有灵犀地都仿佛没听见。

"反正啊，"宁霁继续喋喋不休，"我强烈建议您再找一个人，可以互相照顾。别回头我都有对象了，您还是孤寡老人一个。"

宁母停下手里的活儿，仿佛听到了什么不得了的话，简直不敢相信自己耳朵："宁霁你刚才说什么？再说一遍。"

宁霁吐了吐舌头，扭开头："我什么也没说。"

"你要找男朋友了？"

"我没。"

"你就是这么说的。"

"您听错了吧。"宁霁心虚地避开视线。

知女莫若母，宁母将她笨拙的回避尽收眼底，一切都不言而喻。宁母深深吸了一口气，让自己消化这件事。

她闺女，一定是有喜欢的男孩子了。

这个丫头倔得很，明明模样很讨喜，以前却不怎么跟异性来往，还总说这辈子都不要结婚，要一直守在她身边，弄得她一直哭笑不得。

今天是二十三年来，宁母第一次听她主动提起关于“找对象”的话题。

虽然看样子，应该还只是停留在有好感的阶段，但这已经让宁母无比欣慰了。

宁母还想再多打听一些，但宁霁嘴巴严得很，坚决否认，多一个字都不说，宁母只好作罢，转而聊起她的工作。

“你现在在 T 大，是随队的那种队医吗？”

“是。”

“给你分配好队伍没？”宁母随口问道。

宁霁犹豫了一下。她当初刚找到这份工作时，跟母亲撒了个谎，说学校还没有给她安排好队伍，她就是缺哪儿上哪儿，到处跑跑。

现在妈妈又提起，她该怎么说合适？

思虑再三，宁霁最终决定实话实说：“我现在跟的是单板滑雪队。”

宁母愣住了。

她提着喷壶的手僵硬地顿住，倒出来的水都洒在了地上，她也没有注意到。

宁霁抿了抿唇，收回视线，故作轻松地解释：“是我高中学妹邀请我去的，路清美您还记得吗？我还去人家家里吃过饭。”她又露出勉为其难的神情，“这个队命途多舛，就因为没队医差点解散，我看她都快哭了，真的没法拒绝这个人情。哦，还有，人家学校相当于管吃管住了，我没必要跟钱过不去呀。”

宁母渐渐回过神来，点点头，说话声音很低，像是在安慰自己：“对，对，也没什么大不了的。”

宁霁悄悄叹了口气。

其实，母亲比她还放不下过去，亦是她迟迟走不出噩梦的原因之一。

宁霁不想再纠结这个话题了，她扫完地上最后一片碎叶，转身去抽屉里找户口本，说："我打算把户口迁到T市去，方便以后在T市买房。到时候您也可以跟我一起迁过去。我户口本在哪儿？"

宁母也恢复了常态："衣柜最下面，把你自己那页抽出来就行，别一整本都带去。"

"知道啦。"宁霁跑去翻衣柜。

她余光瞥见手机屏幕上弹出好几条消息，于是腾出一只手点开，发现是单板队的群聊，不知道为什么有多次@全体成员。

她随手刷了上去，发现盛飞扬发了一个新闻链接，标题刺眼——劲爆！晏淮竟与前单板运动员世羽嘉之死难逃干系！

宁霁完全愣住了。

妈妈在旁边又说了什么，她一个字都没有听见，眼球就像是被扎了一般，目光怎么也挪不开。

她拇指剧烈地颤抖，点开这个新闻链接，飞快地扫了一眼。

新闻里的每一个字都是刀子，一下下戳在她脑子里和眼睛上。心口的伤疤仿佛化成了血，跟着晏淮的模样一起流进心底。

微信群里气氛非常糟糕。

盛飞扬的愤怒仿佛要冲破屏幕。

盛飞扬："谁干的？？？@全体成员。"

盛飞扬："周五聚餐时，他才说出来的秘密，为什么这就被媒体知道了啊？"

盛飞扬："哪个智障泄露出去的？藏在背后爽吗？滚出来！！！@全体成员。"

盛飞扬："我不知道是哪个干的。托你的福，狗爷现在又在圈子里被推上风口浪尖。哥们儿，你是巴不得他去死吗？？？”

他接连发了好几条，脏字都飙出来了。

宁霁愣愣地看着，直到宁母凑过来拍了她一下：“看什么呢，叫你半天了。”

宁霁慌张地按掉屏幕，反扣手机，紧张到有些结巴：“没，没什么。”

宁母以为她是在跟喜欢的男生发消息才会这么紧张，一副看好戏的样子“哦哟”了几声，才提醒她：“户口本找着了吗？”

“啊，在这儿，我已经看到了。”

宁霁抽出红棕色皮面的小本子，悄悄背过身去，尽量不让母亲看到她颤抖的手。

拇指狠狠按在页面最上头，仿佛经历了一番凶险的心理斗争，她慢慢挪开手指。

上面赫然印着两行小字——

姓名：宁霁。

曾用名：世羽嘉。

宁霁是典型的女大十八变。

小时候身体壮实，脸圆，婴儿肥得厉害，眼睛也没长开，只能依稀看见小杏眼的雏形。

她的五官到成年以后才陆续长开，下巴变尖，脸颊变瘦，眼睛又圆又大，几乎完全褪去了那个肉乎乎的小姑娘的壳子。

晏淮也差不多。谁能想到那个虎头虎脑胖成球一样的小家伙，长大以后竟然帅到惊天动地。

更重要的是，宁霁当年一直忘记询问他的姓名，导致他们互相没有认出彼此。

还好没认出，不然晏淮可能会以为是诈尸。

从群聊里盛飞扬的意思看来，晏淮在聚餐时跟大家说了十年前的事，然后有人泄露给了媒体，被《冰雪时报》报道出来。

并且，这个报道的影响力，远远超出他们的想象。

世羽嘉早已经被人遗忘，晏淮却正炙手可热，当红“明星”无论在哪个领域，一举一动都会被圈内的人放大。

这篇报道在冰雪运动的圈子里被疯狂转发和分享，各路评论接踵而至，甚至已经有一点出圈的趋势。

大家根本没想到，光鲜亮丽的晏淮背后，居然隐藏着这么龌龊不堪的过往。

“太可怕了，间接害死一条人命啊。”

“这件事告诉我们，不要随便跟熊孩子玩。”

“小时候不懂事，难免会犯错误，都过去这么久了，扒出来还有什么意思？”

“楼上脑残粉闭嘴吧，一条人命被你说得这么轻松？”

“重点难道不是在于，当年他家找了关系，故意抹去了跟他有关的报道？凭什么他这么心安理得地过这十年？”

……

一百条评论里，至少有九十条都在控诉。

晏淮的公信力变得岌岌可危。

宁霁是在返程的大巴车上看到的这些评论，她始终揪着一颗心，难以安生。

即便处境这么凶险，晏淮依然像什么都没发生那样。五分钟前还发来微信问她吃没吃晚饭，要不要去接她等等。

宁霁捧着手机，呆呆地看着小狼狗的头像，迟迟没有回复。

大概是太久没有等到她的回复，晏淮直接一个电话打了过来。

电话刚一接通，对方就劈头盖脸地问：“怎么不回消息？”

“我……我没看见。”宁霁心虚地撒了个谎。

晏淮稍微松了一口气：“我以为你把自己弄丢了。”

“怎么会……”宁霁嘟囔了一声，听到听筒里传来风声，问，“你在外面？”

“对，我刚刚出来跑步。”

“你意志可真坚定。”宁霁漫不经心地回了一句。

双方都不约而同地没有在此时提到新闻报道的事。

晏淮轻轻笑了一下，像是跑去了一个人少的地方，背景音安静下来：“几点到 T 市？吃过饭了吗？”

“八点到。”宁霁看着窗外的夕阳，决定再撒一个谎，“吃过了，在家里吃了点饺子才出来的。”

晏淮打趣地问：“晚上不吃宵夜了吗？”

“就……不吃了吧。”

似乎听出了她的异样，晏淮立刻问：“感觉你很没精神，感冒了吗？”

宁霁提起神：“没有。车里开暖气了，有点困。”

“困就睡一会儿，把包抱在怀里，你旁边坐的男人女人？自己小心一点。”晏淮贴心地交代了几句，忽然顿住了，电话两头同时陷入沉默。

这种突如其来的沉默让宁霁浑身不自在，她刚想说点什么，晏淮就开口了：“不用担心我。”

他轻轻松松地说出这五个字，仿佛现在被绑在耻辱柱上受千夫所指的人不是他一样。

如果在一两个月前，宁霁会相信他说的这五个字。可是现在她知道，晏淮不是没心没肺，他只是把心埋在了别人都看不到的最深处。

他不是魔王，他也会受伤。

这十年来，他们都不太好过。

宁霁眼眶有点泛酸，忍不住吸了吸鼻子。

晏淮敏锐地问：“怎么了？流鼻涕了？”

“晏淮，你在学校等我，我有事跟你说。”

“什么事？”晏淮低声笑起来，声音里带着讨好的意味，“还要再等几个小时？现在就告诉我吧，我等不了了。”

“撒娇也没用。”宁霁咬了咬牙，义正词严地拒绝，“是必须要当面说才行的事，你别瞎猜。”

晏淮最后心不甘情不愿地挂了电话。

宁霁握着手机的指节发白，脑子里一遍遍演练着一会儿要说的话。

她要告诉晏淮真相：世羽嘉没有死，从鬼门关里转了一圈，有幸重返人间，现在全须全尾地站在他面前。

不对，应该说，世羽嘉确实死了——她从长久的昏迷中醒来的第一件事，就是改名换姓，以另一个身份重新活着。

她还要告诉晏淮，不要自责，不要愧疚，那是一场天灾，不是人祸，世羽嘉其实从来没有怪过他。

她不曾怪罪过任何人。

宁霁深深地闭上眼睛，那场暴雪还在她身边无休止地下着，她要把雪雾后所有的事都告诉他。

然而，出乎意料的是，宁霁当天以及接下来的几天，都没有机会与晏淮面谈。

这篇新闻报道导致晏淮处境艰难，刚挂了宁霁电话没多久，他就被教练叫去约谈。后面连着好几天，他成了学校里最忙的人，下了训练就去跟校方商谈公关对策，宁霁每周惯例的心理辅导暂时取消。

并且，因为这篇报道，单板滑雪队内部矛盾再一次升级。

在确定消息是被席间某位内部人员泄露出去后，“那个人是谁”变得尤为重要，像是悬在大家喉咙间的一柄匕首，你无法忽视它的存在，一日不拔除便会一直坐立难安。

大家其实心照不宣地怀疑着同一个人，可是没有证据，谁都无法出声。

终于在某一天的训练后，盛飞扬在地上捡到一个本子，摊开的页面上正好手抄了一个手机号码，下面的备注是“《冰雪时报》狄记者”。

盛飞扬下意识握紧拳头，举着本子问：“这是谁的？”

寂静两秒后，夏将辉平静地走了出来：“我的。”

Chapter.8

- 雪后初霁 -

“我好像有点喜欢你。”

晏淮从教练办公室里出来，直奔训练馆。

他进来以后就觉得气氛不太对劲，单板队没人在训练，大家都站在那里，表情古怪，气氛说不出的微妙。

“怎么了？”他没换训练服，直接走了过去。

盛飞扬望着夏将辉道：“你自己说。”

夏将辉梗着脖子，冷淡地道：“没什么可说的。”

盛飞扬直接被气笑了。他摊开本子，扔到晏淮那里：“这是夏将辉的本子，刚才他也承认了，这个号码是他亲手抄上去的。”

“那又怎样？”夏将辉喘着粗气，脸有点急红了，看上去黑红黑红的，“我再说一次，不是我告的密，我不会做这么恶劣的事！”

他的尾音苍白无力地消失在场馆内，没人相信他的话，就连路清美和翟小颜看他的眼神都有些恐惧。

晏淮低头看着本子，像是从上面能参透什么哲理似的，迟迟没有说话。

盛飞扬怎么都气不过，夏将辉连着两次惹事，让他心里一直窝着一团火：“我们单板队是有多对不起大爷您，您不买板子就算了，还这样整我们？我寻思着晏淮也没怎么得罪大爷您吧？”

夏将辉咬了咬牙，沉默着扭开头。

宁霁劝他跟大家伙儿说清楚，他却迟迟没有开口，导致那件事又被拎了出来，现在临时解释也不合适了。

盛飞扬继续道：“上次你和晏淮互相给了对方一拳，还不够吗？非要把他往死里坑是不是？兄弟，麻烦你，拿出手机，看看现在的舆论风向吧，是你要的结果吗？”

他话刚说完，晏淮突然“啪”的一声合上本子，平静地还给夏将辉，并没头没脑地问了句：“你刚才说什么？”

夏将辉愣了愣，不明所以。

“就你刚才说的话，可以再说一遍吗？”晏淮态度意外恳切。

夏将辉犹犹豫豫地重复道：“我再说一次，不是我告的密，我不会做这么恶劣的事。”

晏淮点点头，轻松地说：“好，我相信你。”

夏将辉彻底怔住了，其他人也是，有些吃惊地看着晏淮，突然看不懂平时张扬的队长现在唱的是哪一出。

晏淮露出一个懒洋洋的笑容，像平时一样散漫地说：“上次那件事后，宁队医让我不要怪罪你。她虽然没说为什么，但我想她能理解你，你必然是有难言之隐。你不愿意说，那我就不问。今天这个，吸取了上次的教训，我想也不能凭一串号码就彻底否定你。”

夏将辉难以置信地看着仿佛没有受到任何谩骂攻击的晏淮。虽然还是一如既往的懒散，但晏淮的眼神却告诉他，是认真的，没有开玩笑。

——他这次是真的愿意相信自己。

“你会知道的。”夏将辉回馈以同样的认真，“你没有信错。”

纵然当事人选择了信任，其他人却没有放下戒心。毕竟，纸上的笔记是白纸黑字，比起苍白的辩白，那个明显更有说服力。

但现在不是在意这个的时候，教练和校方已经商量出了接下来的对策，很简单，就是让晏淮亲自道歉。

无论外界言论如何发酵，都改变不了已经过去十年的事实，当务之急是尽量抚平看客的情绪，确保晏淮接下来的比赛不会受到影响。

晏淮临时叫停了单板队的训练，把大家凑在一起，就是想让队员们帮他急中生智一下，避免他一贯的初中生式作文体出现在道歉信里。

盛飞扬以前最头疼的也是写作，因此帮不上什么忙，偶尔冒出一两句，扯得让路清美只想揍他。

翟小颜本身就是个学霸，一切都在她的正常操作内。倒是路清美，有点出乎意料，文学素养比他们想象的高得多。

盛飞扬斗胆调侃了她几句："想不到我们队除了翟小颜，还有个文化人。"

翟小颜凉凉地看他一眼："废话，路清美成绩可以上 A 大……"

话没说完，路清美就拍了她一下，似乎不希望翟小颜提及这件事。

A 大是国内首屈一指的高校，跟 T 大专注培养体育生不一样，那是一所理科类院校，出了好多一流科学家。

盛飞扬震惊地推了推眼镜，从科学家到运动员，这俩行业大概跨了有一个太平洋的距离吧？

"看来你是真爱体育啊！"盛飞扬最终得出了这么个结论。

路清美低下头，没有说话。

在这几位大神声情并茂的指导下，晏淮终于完成了自己的道歉信，他马不停蹄地交给王教练，由校方斟酌修改一下，最后再发布出去。

是以，晏淮和宁霁约上见面的时候，已经是周三的晚上了。

宁霁这三天脑子就没休息，一直在思考自己的措辞和对方可能出现的反应。

晏淮会生气吗？

他以为自己是导致世羽嘉死亡的间接凶手，为此愧疚了十年，甚至现在还被人追着骂。一旦知道世羽嘉还活着，他会愤怒还是无奈？

宁霁想不出，她现在只想尽可能降低对方的怒火，毕竟晏淮生起气来应该也是蛮可怕的。

他们约了在操场上见面。

大老远的，宁霁一眼就看到了人群中的晏淮。

他太出众了，没有办法忽略他。十年前，他明明是个胖胖的小朋友呀。

晏淮戴着耳机站在路灯下，低着头换了手机里的歌曲，夜色将他眉眼间的傲气隐去，只剩下明朗与清澈。

少年视线从手机上抬起，懒散地在人群里扫了一圈，忽然与她对视，眼角便开始浮现出笑意，迈着两条长腿主动向着她的方向走了过来。

“我这两天一直有事，‘鸽’到现在才来见你。”晏淮眼底有疲惫之色，“对不起。”

宁霁打量他一番，说：“过分，你抢先道了歉，那我说什么？”

晏淮有点意外：“你要跟我道歉吗？”

“我……”宁霁突然语塞，准备好的措辞突然不知从何说起，给自己做了三天的心理建设现在也仿佛并不存在。

对上晏淮直勾勾的视线，宁霁心虚地摸着左耳耳垂，视线在四周来回游移：“我想问问你赢了比赛的感想。”

“嗯？”晏淮的视线忽然变得犀利，“你没看赛后采访？”

宁霁瞬间有点窘迫：“没……抱歉，还没来得及看，我之后回去补！”

晏淮却摆了摆手：“没关系，不用补。”说着手伸进口袋里，变戏法似的摸出一块金灿灿的奖牌。

晏淮动作很轻，有些笨拙地把牌子挂在她脖子上，笑着说：“证书被学校收走了，只留了奖牌给你，别介意。”

宁霁惊讶地触碰奖牌上凹凸不平的刻字，歪了歪头：“真要给我？”

“对，赛前答应你的。”他指了指嘴角已经淡掉的瘀青，“作为创可贴的回报。”

“这个回报也太重了……”

晏淮挠了挠头，小声嘀咕：“这还不算重。”

他想把自己回报给她，但用脚指头想也知道，宁霁肯定会一爪子将他推开，搞不好还会翻脸不认人。

盛飞扬说，这事急不得，要慢慢来。所以他甘愿收起嘴里的獠牙，摇着尾巴乖巧地站在她身边。

让晏淮有些意外的是，宁霁对奖牌非常感兴趣，似乎到了爱不释手的地步，一直拿在手里观察和把玩。

“你如果喜欢，我还可以再多赢几块给你。”

“这怎么行？你辛辛苦苦赢了比赛，总要留点纪念给自己。我有这块就足够了。”

晏淮望着她心满意足的神情，忽然说了个毫不相干的话题：“我今天发了道歉信。”

宁霁手上的动作和神情都是一滞：“什么道歉信？”

“针对世羽嘉那件事的道歉信。”

“为什么要道歉？”宁霁的声音里有一丝不易察觉的颤抖，“网友虽然指责你，但你并不欠他们什么。”

晏淮没有立刻回答。他反手抓住单杠，轻轻松松就把自己举了起来，坐在单杠上。

“不是对他们道歉。我想了几天，觉得自己确实欠世羽嘉一个道歉。如果不是因为我乱指路，我们就不会离雪场越来越远；她要出去找救援队的时候，我应该阻止她，或者跟她一起去；最重要的是，这声对不起要说给她家人。”晏淮上半身倒挂下来，眼睛坠成了丹凤眼，“其实光发道歉信是不够的，我委托学校这边想寻找她的家人，亲自跟人家道个歉。”

宁霁再也克制不住身体的剧烈颤抖。

晏淮因为倒挂，脸转向了另一边，并没有看到她的异常。

“你不需要道歉。”宁霁出声，“也许世羽嘉根本……从来都没有怪罪过你！”

她语调激烈，令晏淮诧异地坐直身体。

明明已经是深秋，宁霁也没做运动，额头上却冒出了汗珠。

他不明所以地看着她。

宁霁上前一步，仰着头，直直地与他对望："晏淮，你听我说，我接下来的话可能会颠覆你的想象，你做好心理准备。其实……"

宁霁刚说到这里，手机铃声忽然响了，显示是妈妈打来的电话。

宁霁本来想先挂断，说完再回过去，可她想起晏淮刚才的话，心里莫名有种不安的感觉。

“你先接电话吧。”晏淮主动说，“我在这儿等你，你打完跟我说。”

宁霁点头。

她走到一旁，深吸一口气，让自己平静下来，才接通了电话。

“晏淮。”母亲张口就说出了这个名字，宁霁心脏猛地一跳。

“晏淮，是你队伍里的运动员吧？”

“是。”宁霁手心上都是汗，捏着手机都有点不稳，“怎么突然问这个？”

“新闻报道我都看到了。”母亲的声音异常平静，像是暴风雨来临前的那种平静，“十年前你没问名字的小男孩，就是他？”

“应该是他。”宁霁搓着衣角，“我最开始没有认出来，大家的模样变化都比较大。”

“那么，他说是他指错了路，并且在事发后抹去了自己的信息，这个你知情吗？”

宁霁沉吟片刻，道：“我看过报道了。”

电话两头陷入长久的沉默。

宁霁明白，母亲现在很崩溃，心情很复杂。

余光瞥到一旁正在做引体向上的晏淮，少年脸上神情专注，眼睛里不掺一丝杂质，她叹了口气，道：“他那个时候才十岁，认错路也没什么。事发后他父母帮他抹掉个人信息，我也可以理解，毕竟是个孩子，更何况，我也采取了同样的手段，对不对？”

母亲一直没有说话，也没有挂断电话。

不知道过了多久，宁霁断断续续听到母亲抽泣的声音。

宁霁有些恍惚。她以为母亲的泪水早在十年前就流干了。

“你小的时候，特别喜欢滑雪，我永远都记得，你眼睛里闪着光，跟我说要让全世界人正视中国的单板滑雪项目。”母亲哭着说，“那个男孩，他可以去做自己想做的事，有无限可能的人生。可是，你呢？”

宁霁喉头一阵酸涩，默默蹲下来，凝视着在跑道夹缝里虚弱生长的杂草。

“当年医生说你再也不能从事体育运动的时候，我比你还难受啊！”压抑的抽泣终于忍不住，变成了放声大哭。

十年前，被人从山崖下捡回来后，她其实是抢救成功了。

但是身体里有多处永久性损伤，不能剧烈运动，更不能从事任何体育项目。她梦想着作为运动员的生涯，提前而匆忙地画上了句号。

世人终究没能等到她十五岁，站在冬奥赛场上的样子。

赞助商纷纷撤资，高额医疗费需要全部由个人承担，她的奖牌奖杯全部变卖也堵不住这个大窟窿。父亲因为不堪重负，抛下病床上的女儿和妻子跑路了。

只剩下宁母一个人。为了救女儿，她低下头，四处借钱，甚至跪在别人家门口，一笔一笔求来女儿的治疗费。

那段时间里，宁母听到的最多的感慨就是“可惜了”“被誉为‘荣光’的天才陨落了”“只能就此沉寂了吧”。

说着这些话的人也许没有恶意，但每一个字都像刀子一样割在母亲心上。

祸不单行的是，宁霁身体还未养好，心理就患病了。

十三岁的天才运动员，还不知道怎样去接受自己已经“废掉”的事实。

那个时候，宁霁每天目光呆滞，睡醒了就要看单板滑雪的比赛视频，然后什么都不说就突然开始哭。

宁母看在眼里，心跟被人蹂烂了一般疼，咬牙做出一个决定，给女儿改名，跟自己姓，并取了个单字“霁”。

——希望她能迎来天光熹微，大雪初霁。

世羽嘉“死”在了那场雪难里，宁霁要开启全新的人生。

为了不让宁霁未来的成长道路上，总被“荣光陨落”这样的字眼围绕，宁母悄悄地隐瞒了改名换姓的事。

幸而宁霁治疗的医院就是宁母工作的单位，主治团队愿意替她们保守秘密，阴错阳差之下，有媒体为博眼球未经证实就报道了世羽嘉死于雪难的新闻。宁母犹豫了很久，最终选择不澄清。

这样也好。宁霁可以抛弃过去的一切，自由自在地成长。

然而那个时候，她们都没意识到，做起来总会比想象的要难。

宁霁虽然后来治好了身体和心理上的疾病，但只要她不失忆，过去的“荣光”就会放大成阴影，永远笼罩在她身上。

她这样，母亲亦是。

“其实你说的我都明白，他也只是个孩子，根本无法控制什么，我也不该怪罪他。可是……”母亲哽咽了，“看到他站在领奖台上的照片，我就总是想起你，我、我控制不住啊……”

“那孩子今天还发了道歉信。”电话那头，母亲快要声嘶力竭，“我不知道该怎么面对他……”

说到最后，宁母的声音因为嘶哑都成了气音，消散在电波里。

宁霁沉重地叹了口气，眼眶发酸。她使劲眨了眨，把眼泪憋了回去。

要是在这里哭出来，也太丢人了。

她用尽量平静的语气说道：“说到底，妈妈您也没从过去走出来，是吗？”

母亲顿住了，没有接话。

“希望迎来天光熹微，大雪初霁，这句话也是对您自己的劝慰，对吧？”宁霁的声音很温柔，温柔地安抚着母亲心底的创伤，“您虽然从来都不说，但我其实一直都知道。”

她顿了顿，抬头看着孤零零的月牙，缓缓道：“您一直在自责，或许那天不送我去雪场，或者干脆不让我练滑雪，这一切就不会来临。”

恐惧、震惊、意外、自责、愧疚和后悔……各种负面消极的情绪都捆绑在母亲心底，挣扎成了心魔，以她的心头血滋养十年。如果晏淮始终不出现，心魔就不会苏醒。可晏淮如今出现了，还在单板滑雪圈内大放异彩，终于导致宁母现下的崩溃。

说到底，晏淮父母当初选择抹掉他的个人信息，和宁霁的妈妈悄悄替宁霁改名换姓，这两种行为在本质上是一样的，出发点都是源于父母对孩子的疼惜。

世人总会将亲情神化，但殊不知，这世间任何一种感情都不是完美的。

父母的爱，爱到极致，亦是自私。

——那种我要把全世界都只给你一个人的自私。

又是一段漫长的沉默，宁母的情绪稍微稳定了些，涩然开口，带着明显的自嘲："那孩子，要是不出现该多好。"

宁霁无奈地笑了一下，望了一眼晏淮："是啊。"

"宁霁，妈妈想求你一件事。"

"嗯？"

宁母长长地叹了口气："求求你不要告诉他真相。"

宁霁愣了："为什么？"

"当初替你改名字，就是不希望你被那些同情和质疑的眼神缠绕。如果说出去了，你作为'宁霁'认认真真过的这十年，就等于全都白过了，而且……"

妈妈欲言又止，宁霁却听得很明白。

现在她去认领世羽嘉的帽子，不仅要重新面对"陨落"的议论，还要承受其他质疑，就跟现在的晏淮一样。

可是，她也是真的想帮晏淮一把。

宁霁如鲠在喉，迟迟没有说话。

似乎察觉到她的犹豫，母亲突然转了话锋："如果你真的要告诉他，我也还有一个请求。"

宁霁竖起耳朵，直觉告诉她，后面才是母亲真正想说的话。

"就说，一切都是因我而起，让他这么多年心怀愧疚、让大家蒙在鼓里，都是我的责任。"宁母要把所有责任都揽到自己身上，这是她力所能及对女儿最终的保护，"算我求你了，宁霁。妈妈从来没求过你什么，就这件事，你一定要听我的。"

挂了电话后，宁霁心乱如麻，计划被打乱了。

本来她觉得，说出来也无所谓，她不畏惧舆论。但是现在她才意识到，想得太简单了。

她是无所谓，然而母亲强大到可以承受那些了吗？

她想走到灯光下，把晏淮从沼泽里拉出来，可是这样，就会把母亲推下沼泽。

该怎么办？

宁霁迈着沉重的步伐回到晏淮那边。晏淮看着她低沉的表情，忽然伸出手揉了揉她的脑袋：“怎么了，接了个电话回来脸色这么难看？”

“没什么。”宁霁把手机放进兜里，脸上勉强挤出笑容，“时间不早了，你得回宿舍了吧？这两天也够忙的。”

她慢吞吞地往操场出口走，走了好几步，忽然感觉到后面的人没跟上。

她回过头，晏淮已经从单杠上跳下来了，深情地看着她。

宁霁心虚地避开视线：“走吧。”转脸就不再看他。

晏淮一个大步迈了上来，一把拉住她的手腕，强行将她拉到自己面前，两个人靠得很近很近。

他们刚好站在观众席下面的阴影里，不容易被看到的角落。

“你还有话没跟我说吧？”

宁霁低下头，咬了咬嘴唇。

晏淮微微眯起眼：“让我做好心理准备，会颠覆想象的，究竟是什么事？”

他呼出的气流萦绕在她额头上，那一块皮肤就像被灼烧了一般滚烫。

宁霁心一横，道：“我现在不想说了。”

晏淮的表情又好气又好笑，把她往墙边又逼近一步：“宁霁，你在逗我吗？”不等宁霁再说话，他忽然叹了口气，满是无奈地说，“你接完电话眼眶很红，我不知道发生了什么事，如果心里不痛快，我现在站在这里，可以临时充当沙包让你揍。”

宁霁愣了愣。

“可是，不开心归不开心，今天不说出个能颠覆我想象的事来，你就别想走。”晏淮严肃了大概两秒钟，忽然又松懈下来，“我本来是想这么说的，但后来放弃了。”

他忽然抬起手，拇指轻轻蹭在她的眼眶上：“你这样可怜巴巴的，我实在不忍心。”

宁霁呼吸窒了一瞬。他太温柔了，仿若云端迟迟未落下的飘雪，连身后的月光都失了色，是跟平时的散漫桀骜完全不同的温柔。

是只有她才见过的温柔。

他就是怀着这样温柔的内心，默默背负了十年的枷锁吗？

宁霁张了张嘴，想说话，却发不出声音。

“勾起了我的好奇心，最后却又不告诉我，你不觉得自己很过分吗？之前也是，在游乐园玩得好好的，突然就要回家，把我一个人晾在那里。”晏淮掰着手指头清点她的“罪行”，最后挑眉笑道，“你这么过分，只能惩罚你快点开心起来，晚上还能做个好梦。”

宁霁再也忍不住，豆大的眼泪冒了出来。

晏淮一下子惊了。

他今天没太毒舌吧？应该说，察觉到自己的心意后，面对宁霁，他都舍不得毒舌了。这姑娘怎么哭了？

他手忙脚乱地擦掉她脸上的泪水，一阵用手指一阵用手背，意外地有些笨拙。宁霁脸上又软又嫩的触感让他动作越来越轻，并且开始深刻反省自己的错误。

果然不该假装凶她吗……原来宁霁是这么脆弱的生物啊，都怪他以前没有察觉。

晏淮不停道着歉，宁霁嘴巴一撇，忽然说：“我觉得我这个人，特别讨厌。”

晏淮如临大敌。

姑娘由于太过委屈开始自我怀疑了，怎么办?

“你一点都不讨厌。”晏淮努力安慰她，“不仅不讨厌，还很可爱，也很漂亮，性格也很好。”

晏淮现在很后悔过去二十年没掌握点儿花式夸姑娘的技巧，一身本事都浪费在毒舌上了，关键时刻派不上用场。

同时他也发现，睁眼说瞎话没问题，但真要真心地去夸奖一个喜欢的女孩子，会词穷。

偏偏对方现在泪眼蒙眬地看着自己，可怜得不行，把他脑子里剩下的最后一点点词汇都榨光了。

宁霁带着哭腔，口齿不清地说：“求你别过来了。你为什么要对我这么好？你要是对我差一点，我还可以正大光明地讨厌你。”

“嗯？”晏淮搞不清楚她现在的逻辑，无奈地摊了摊手说，“没关系，你要是想讨厌我，就算我对你好，你也可以讨厌我。这两者之间没有关联，你开心就好了。”

宁霁的抽泣梗在嗓子眼里，半晌后小声道：“白痴。”

差不多把眼泪擦干，晏淮送她回宿舍，一路抓着她的手腕，不厌其烦地讲着笑话逗她开心。

这一幕似曾相识。

就像是十年前，世羽嘉拉着晏淮的手走在茫茫白雪上。

宁霁眼泪又不争气地涌了出来。没想到到头来，居然是他反过来安慰自己。

明明自己才是年长几岁的那个，明明自己才是想拉他出沼泽的那个，最后却是他亲手擦掉了自己脸上的眼泪。

十年前还需要她来安慰的小男孩，如今已经成了能安慰她的大人。

宁霁心里升起莫名酸麻的情绪，心脏仿佛肿胀起来。

到了她宿舍楼下，晏淮才松开手。

“上去吧，好好洗把脸，睡个好觉。”

宁霁低着头，没有说话，也没有动。

晏淮陪着她站了一会儿，忽然跑去旁边树上折下一枝桂花，递到她面前。

“那棵树上的最后一枝，送给不开心小姐，希望她明天一觉醒来就变得很开心很开心。”

大概是被他这种老土的送花举动感染到了，宁霁终于“扑哧”一声笑了出来。

随着她这一声笑，晏淮紧绷的神经也松弛下来，眼睛弯了弯，说：“你还是笑起来最好看。”

宁霁抬眼看着他，他立刻改口：“你怎样都好看。”

虽然校园里的桂花已经败得差不多了，但香气还残存，宁霁手上这一枝尤为浓郁。一阵夜风吹来，馥郁的桂香飘到鼻子下，宁霁忽然有点沉醉，还有点上头。

“你想知道那件能颠覆你想象的事是什么吗？”她忽然问。

晏淮点了点头。

宁霁望着手中的桂花，鬼使神差地说：“我好像有点喜欢你。”

情绪不稳定的时候，能别说话就别说话。

这是宁霁的信条之一。

现在她捂着脸不堪回首，蛋黄叼着空空的饭盆在旁边蹦跶来蹦跶去，她都没看见。

她都说了些什么啊！

时光机和挖地洞是不可能了，现在辞职消失还来得及吗？

“啊啊啊！”宁霁发出土拨鼠一样的叫声。

蛋黄吓了一跳，也不蹦了，惊悚地望着主人。

宁霁一头蒙进被子里，喃喃道：“我真的是有病。”

半个小时前，她说完那句话后，晏淮和她都不约而同地愣住了。

紧接着，她就以平生最快的速度逃命似的冲进宿舍楼，再也不敢回头。

晏淮根本没反应过来，就眼睁睁地看着她逃走，所以她也不知道晏淮反应过来以后会是什么样的神色和表情。

至少现在，她的手机还很安静。

稍微冷静了一点，宁霁慢吞吞地从被窝里爬了出来，给蛋黄加了点狗粮，然后偷偷凑到窗边，往下张望。

见鬼了！晏淮居然还在！

宁霁像是犯了错误被抓现行似的，心虚地躲到窗帘后面。

晏淮已经看到她了，嘴角提起温柔的笑，笑意一直蜿蜒到眼底，带着勾人却清澈的味道。

这是这么多天以来，他笑得最开心、最纯粹的一次。

宁霁压根儿没脸见他，一把拉上窗帘，又把头埋进被子里。

两分钟后，果然收到了晏淮发来的消息。

晏淮：“别害羞，我回去了。”

宁霁差点把手机摔了出去……谁害羞了？我不是，我没有！

纵然心里一万遍否认，却依然挡不住脸颊上的滚烫。宁霁冲进卫生间用冷水洗了把脸，让自己清醒一下。

她决定要跟晏淮说清楚，喜欢是喜欢，但她并没有其他想法。

以她现在的状况，她和晏淮的对立关系，实在不适合谈情说爱。

想清楚这些以后，宁霁重新拿起手机。她不敢直接打电话，发发消息还是可以的。

宁霁："你别误会。"

宁霁："我刚才说的是'有点'，可能不是你想的那样……"

晏淮几乎是秒回："嗯，好。"

宁霁对他的回复感到意外，这么容易说服？

果不其然，他很快又发来："虽然我有点想问问你，我想的是哪样？毕竟我什么也没想。"

宁霁："……"

她差点就要被这条狗绕进去了。刚准备再发一条消息过去，晏淮忽然又主动发了过来，简单直白的五个字："那么，交往吗？"

宁霁眼前有点眩晕。如果她现在回复了"好"，他们两个的关系就此会有个翻天大扭转。

她想这么回，她很想任性这一回，但是还有好多事情没处理好，妈妈那边甚至对晏淮仍然抱有敌意。

宁霁在屏幕上打了又删，反复修改了好久，最终回复了一句话："不行，暂时还不行，再等一等，抱歉。"

晏淮："好，都听你的。"

几乎形成了一种默契，她不再回绝得那么彻底，他也不再追问要等什么。

宁霁把手机放到一旁，呆坐了几分钟，忽然又听到了振动声。

晏淮："其实你今天本来想说的，不是这句话吧？"

晏淮："不知道为什么突然改成了告白，很匆忙，很意外。"

晏淮："但我真的很开心。谢谢你，晚安。"

宁霁握着手机，长久地看着。对于晏淮，她终于能够得出自己的评

价——

这个少年，他配得上这世间一切美好。

盛飞扬有些诧异。

晏淮继发布了道歉信以后，情绪变得很高涨，心情似乎也很好，今天跑步的时候也一直在似有若无地发呆和傻笑。

明明舆论风向并没有发生改变，看不惯他的人还在大义凛然地指责着他，究竟有什么值得开心的事？

在晏淮第二十八次忽然傻笑之后，盛飞扬终于忍不住跑到他旁边，担心地问：“狗爷，你还好吗？”

晏淮微微笑着，又礼貌又温和道：“我很好。”

盛飞扬鸡皮疙瘩都炸起来了：“有话您好好说，please，求您了，别鬼畜行吗？”

晏淮凉凉地说：“淮爷今天心情好，懒得跟你计较。”

盛飞扬立刻凑了上去：“遇到什么事了，说出来大家一起快乐快乐。”

晏淮挑了挑眉，懒洋洋地说：“你觉得我会告诉你吗？”

盛飞扬“呸”了一声：“太不仗义了，真是条狗。”

晏淮不仅不生气，反而欣然点点头，补充道：“是条狼狗。”

盛飞扬彻底惊呆了，怔怔道：“你是不是被人骂傻了？连自己的品种都确定了？”说着，不怕死地摸摸他后脑勺，故作哀怨，“这条狗狗太可怜了，不如拖去做绝育吧。”

晏淮这才翻了个白眼，露出危险的表情：“盛飞扬，我警告你，别拿你摸完手办的手来碰我。”

听完这话，盛飞扬反而更加使劲地在他头上一顿乱搓。晏淮架着他的胳膊，眼看两人很快就要扭打在一起，路清美飞快地在他们俩后背各捶一拳：“好好跑步，别整这些没用的！信不信我马上就给你俩报个相扑比赛！”

两人讪讪地缩回手，回到自己的跑道。

路清美今天气压很低，边跑步边念叨：“这个队伍越来越不像样子了。戴初夏经常不参加训练就算了，怎么夏将辉今天也不来？被说了几句，就连训练都不参加了吗？”

说罢，她冲晏淮两人飞来一记眼刀：“你们俩宿舍不就在他旁边吗？好好劝劝他啊，再怎么生气，训练也不能缺席吧？”

盛飞扬立刻点头，无比赞同的语气道：“是是是，路经理说得特别对，我一会儿回去就堵他去。”

“堵什么堵？”路清美无奈地说，“你们好好跟他说说，心平气和一点。我们队好不容易凑够五个人了，不能因为突然不达标被取缔了啊。”

盛飞扬还在跟路清美扯皮，翟小颜无事一身轻，戴着耳机不紧不慢地跟在后面。操场上以队伍为单位的训练团队中，就数他们人最少。

晏淮环顾了一圈，忽然眯眼望着斜前方：“说曹操曹操就到。”

夏将辉和戴初夏在围栏外面的树荫底下。

最诡异的是，这两人正面对面站着。

单板队四人心里产生了同样的疑惑，他俩关系有这么好吗？平时在队伍里八竿子打不到一起的人啊。

他们俩似乎在说着什么，戴初夏情绪有些激动，脖子都红了，夏将辉却岿然不动。

气氛看上去有点紧张。

盛飞扬秉着看热闹不嫌事大的原则，硬拉着其余三人从后面绕过去，想偷听两人的谈话。然而他们刚穿过围栏，戴初夏一眼就看到了他们。

戴初夏脸色立刻煞白，呆了好几秒，质问夏将辉：“你让他们来的？”

“我没有。”

“撒谎！明明就是你……”

夏将辉有些烦躁地揉揉眉心：“现在是操场跑圈的时间，你入队有一个月了吧？怎么还记不得训练时间表？”

戴初夏咬着下唇，委屈得眼眶发红：“我不记得是我的错，但你把地点选在这里，可见居心不良。”

夏将辉叹了口气，无奈道：“大姐，这里是你选的。”

当了太久女神，这是第一次在学校里被人喊作“大姐”，戴初夏仿佛被雷劈中了一般，愣了老半天，随后眨了眨眼，又要哭出来。

从单板队其他队员的视角看过去，像是夏将辉在欺负她似的。

尽管很不想管这两个人的事，但碍于队伍经理的身份，路清美只能硬着头皮拽上晏淮一起去调停：“发生什么了？不来训练，却在这里吵架？”

晏淮双手插在兜里，一副事不关己的模样，一句话也不说。

夏将辉没回答，只是沉默地看着戴初夏。

戴初夏始终低着头，没有跟任何一个人对视，努力降低自己的存在感……然后失败了。

路清美直接点到她：“戴初夏你说吧。”

“嗯？嗯？”她迷茫地抬起头，“没事呀，我们就是偶遇了，唠唠……”

“偶遇？”夏将辉眼神陡然变得很冷漠，“你是女孩子，我不想逼你，但如果你始终这样，那就我来帮你说。”

戴初夏脸色变得很难看。她愤恨地跺跺脚，摆出破罐子破摔的架势，咬牙道：“是的！我承认好吧？我对不起晏淮，他的那些事是我透露的！”

Chapter.9

– 似曾相识 –

“宁队医，你会滑雪吗？”

树荫下很安静，跟仅有一围栏之隔的操场内形成鲜明的反差。

单板队所有队员都在这儿，却没有一个人说话。

戴初夏很害怕，下意识后退了一步。这个气氛不对劲，都过了这么些天了，他们还没消气吗？

她咬了咬唇，声带颤抖：“我不是故意的……”

她的确不是故意的。

戴初夏家就在T市本地，聚餐结束后的那个双休日，她照常回了家。

周六晚上，表姐一家突然来串门。

表姐狄红比她大了十几岁，是戴初夏成长道路上的一个巨大阴霾，应该说，戴初夏如今性格里的虚荣，跟她表姐有密不可分的关系。

狄红出身于暴发户家庭，条件比戴初夏家好得多。戴初夏还是个小孩子的时候，狄红就时常给她灌输利益至上的观点。

表姐心里是瞧不起她的，戴初夏一直都知道。

长大以后，伴随自我意识的觉醒，戴初夏对表姐产生强烈的不满和愤恨，但碍于亲戚关系，她一直不表现出来，只是一门心思钻研，如何才能过得比表姐好。

如今表姐已经三十三岁了，还没有结婚，所有的狂热都投入了事业里。

这次她来戴初夏家，也是别有目的，但戴初夏并未察觉。

狄红跟长辈们打了几圈太极，话里明着暗着惋惜戴初夏没用，参加了个半吊子运动队，到现在连雪板都需要人扶着才能站上去。

戴初夏气不过，不甘心地说："可是我跟队员关系都很好，尤其是我们队长，他刚刚拿下大学生单板滑雪锦标赛U型池冠军。"

狄红怜爱地摸摸她的头，叹道："我看到赛后花絮了，人家跟队员们都击了掌，唯独没跟你击掌，可能没有把你当成好朋友吧，心疼我妹妹。"

"胡说八道！"戴初夏脱口道，"晏淮把他的心事都告诉我们了，当时我也在场！"

狄红眸光闪了闪，看似不经意道："什么心事不心事的，精力旺盛的矫情和牢骚罢了。"

戴初夏气炸了，飞快地把晏淮说的事情叙述了一遍。

"哦，这样啊。"狄红听完以后也没什么表示，平静地转过脸，和其他长辈唠嗑去了。

直到第二天新闻出来时，戴初夏才想起来，表姐是《冰雪时报》的主任。

她第一时间去找狄红理论，然而狄红脸上却挂着冷漠的笑意，一脸无辜地说："还原事实真相本来就是我该干的事。我又没胡编乱造，你说了什么我就写了什么。又不是我求着你说的，是你自己主动告诉我的呀。"

戴初夏冲上脑子的血瞬间冷凝了。

狄红一直都是这样的人，自己早该明白的，为什么还中了她的套路？

狄红冷漠的眼睛映出戴初夏的身影。在她眼中，自己这个表妹就是个刚成年还什么都不懂的大一新生罢了。

还原事实真相？笑话。

当年世羽嘉死于雪难的新闻就是她第一个报道出来的，凭借这条新闻，她获得了在《冰雪时报》顺利转正的机会。没想到十年后，又是这个人的新闻，让自己巩固了在报社的地位。

不同的是，现在根本没几个人记得世羽嘉，这一次，她利用的是晏淮的流量。

而这一切，戴初夏根本想不到。

戴初夏本来想赶紧跟晏淮承认错误，可是盛飞扬在群聊里的怒吼把她吓了一跳，让她意识到，这件事的后果比她想的还要严重。

舆论在领域内发酵，戴初夏越是害怕，就越不敢面对大家。她不敢参加日常训练，在学校里远远见了队友也绕着走。

她想等事情平息后，再去跟晏淮道个歉，可是半路突然杀出了个夏将辉。

夏将辉不知从哪儿搞到了狄红的电话，并确信她们之间肯定有联系。

戴初夏起先是一口否认，可当夏将辉调出了她的号码时，戴初夏再也说不出话来了。

——他们一大家子办了同款亲情账号，她跟狄红的号码就差了末尾两个数字。

真相昭然若揭。

陈述完这一切，戴初夏嗓子发干，涩然道：“对不起，我没想到会变成这样……”

晏淮没有说话。

晏淮越是沉默，她就越害怕，她求饶地看着其他队员，希冀他们能帮她说句话。

可大家都不是当事人，没人有资格代替晏淮说没关系。

戴初夏性格里极端的部分开始隐隐发作。

她是心有愧疚，可面对当下这个自尊心严重受挫的局面，她突然不想一味地低头，于是想替自己再辩解一句：“其实……就是正常报道而已吧，也没有夸大……”

另外几道目光瞬间扎在她身上。

原本他们脸上只是无奈和不解的神情，现在全部变成了难以置信和厌恶，让戴初夏想起了她吃减肥药被发现的那次。

“为什么这样看我！”她也回以一个厌烦的神色，“要想人不知，除非己莫为！难道我说错了吗？一个个都站在道德制高点来数落我，以为自己是运动员了不起吗？我告诉你们，我一点都不喜欢单板滑雪，我根本不喜欢入这个队！”

连珠炮似的发泄完，她立刻有些懊悔，说得太重了，可是发泄出来真的酣畅淋漓。

也许，连她自己都没发现，她正在无形中将自己对狄红的怒火转移到其他人身上。

晏淮终于露出了一个笑，是他见到戴初夏以后的第一个笑容。

他点了点头，淡漠地道：“你说得对。”

戴初夏愣住了。像是一拳打在了棉花上，你气势汹汹地说了一大通，结果人家根本没想和你理论。

晏淮说完这四个字后，转脸看着夏将辉：“谢谢。一起吃个饭吧？南门新开了一家串串店，要不要去尝尝？”

他始终没再理会戴初夏，仿佛压根儿没见到这个人。

当他从戴初夏身边走过时，戴初夏终于明白，自己彻头彻尾就是个笑话。

戴初夏退队了。

对于这个结果，大家一点也不意外，甚至有种松了口气的感觉。

夏将辉和晏淮也握手言和，在某次队内一起吃饭的时候，他开诚布公地向大家道歉，并解释了校园歌手大赛奖金的去向。

单板队的队友们不仅没有怪罪夏将辉擅自用钱，反而对他奶奶的病情很关心，约好了有空一起去医院看望老人家，晏淮还带来了自己暂时不用的雪板，让夏将辉先用着。

晚饭后，盛飞扬等人去上选修课，晏淮和夏将辉围着校园慢跑。

两个人第一次敞开心扉聊天，意外地发现虽然成长过程不同，但对于竞技精神的追求如出一辙，对于单板滑雪的热爱也不分伯仲。

晏淮自认作为队长不够尽责，于是虚心向他请教了很多团体训练的问题。

夏将辉虽然外表看上去像个社会大哥，但内心其实很细腻，他记得晏淮容易着急、盛飞扬耐力不够好，甚至还记得两个女生不能剧烈运动的特点。

晏淮自愧不如，打心眼里尊敬这个队友兼对手。

聊着聊着，夏将辉忽然提起了宁霁。

他一向直接，这次也直截了当地问："你喜欢宁队医吧？"

"嗯。"晏淮也很爽快地承认了。

没什么好隐瞒的，盛飞扬都看出来了，夏将辉肯定也早就猜到了。

"宁队医是个很好的人。"夏将辉由衷地点点头，"如果你们在一起了，你一定要好好待她。"

晏淮挑眉笑了笑："你这语气，跟她娘家人似的。"

"倒也不是。只是想帮你一把。"夏将辉想了想，"宁队医开导我的时候，让我觉得她也是有心事的人，但我不方便过问。"

晏淮也有这样的感觉。宁霁心里好像总是藏着什么，若即若离，放不下、猜不透。

"但是，"夏将辉忽然话锋一转，"提起你的时候，她会变得不太一样，所以我觉得，她应该也是喜欢你的，不用担心。

晏淮嘴角忍不住翘上天："真的吗？"

"真的啊。"夏将辉说，"你对她来说应该是特别的。"

啥也不说了，晏淮郑重地拍拍夏将辉的肩，单方面宣布："从今天起，你就是我兄弟了。"

"……"

同一时间，宁霁在队医办楼下打了个喷嚏。

感冒了吗？她浑浑噩噩地想着，注意力强行集中在对面的男子身上。

第三次见面，宁霁总算记住了这个人："沈先生，您找我？"

沈波今天戴了副眼镜，穿着一身笔挺西装，发型精心打理过，人模人样的，走在学校里收获了不少女孩的视线。

他嘴角噙笑，礼貌地说："总算找到你了，没有联系方式真不方便。"

宁霁自动忽略他后半句话："您有什么事，直说吧。"

"今晚市剧院有芭蕾舞演出，想约宁小姐一起去看。"沈波看似不经意地偏了偏身子，露出身后停着的豪车，"宁小姐，不知可否赏个光？"

可惜宁霁是个对车一窍不通的人，她麻木地瞟了眼时间，心里暗暗"嘶"了一声，距她追的剧更新还有一个小时，她饭还没吃呢。

"不好意思，今晚我有事，去不了。"

沈波脸上露出惋惜的神色："那是俄罗斯的顶级芭蕾舞团，难得来一次，如果错过就太可惜了。"

宁霁报以同样的礼貌说："我追的剧就今晚刚更新是免费的，明天就是 VIP 专享了。"

"哦？我偶尔也会看看电视剧，我比较喜欢英剧，不带翻译字幕的，自己理解起来更接近编剧的本意。不知道宁小姐追的是什么剧呢？"

宁霁面无表情："言情剧，《霸道总裁爱上小保姆》。"

沈波的笑容裂了。

他缓了半天，才道："既然今晚不行，那周五晚上或者周六、周日？这个芭蕾舞团在T市演最后一周，这几天都还有机会的。"

人家把话说到这个份上了，宁霁不好直接拒绝，皱眉思考着怎样委婉拒绝才不伤情面。

她还没说话，旁边就有人冷冷地替她答："没空，没空，没空，她一直都没空。"

宁霁惊讶地看着不知从哪儿突然冒出来的晏淮，以及他旁边的夏将辉。

他们大概是刚刚训练完，外套搭在肩膀上，额头上还挂着晶莹的汗珠，像是两个男模并肩走了过来。

沈波见到晏淮，眼睛里立刻流露出麻烦的神色。

真是冤家路窄。

他始终记得锦标赛那天，宁霁望着赛道上晏淮的那个眼神，希冀而炽热，让他心里很不是滋味。

如果说，那天和宁霁搭话只是见色起意，那么宁霁的那个眼神，让他真真正正地想攻下这个女人。

他一直想从晏淮手里夺点什么出来，宁霁让他找到了目标，热血沸腾。

沈波不去看晏淮，直直盯着宁霁，说："宁小姐，你看吧，哪天有空都可以，我随时等你。"

晏淮手搭在宁霁肩上，抢答道："沈大公子找错人了，我们宁队医很忙的，没空陪你玩富家公子的游戏。"

沈波收起笑容，眼神里闪烁刀光，冷冷道："大人说话，小孩子插什么嘴？"

"啧。"晏淮毫无温度地笑了起来，"社会上的大人都是你这样的吗？没眼力，还这么油腻。"

沈波怒极反笑："现在的孩子说话可真难听，太没素质了。"

晏淮垂下眸，手指随意地绕着宁霁的发丝：“宁队医明显不想去，你却毫无察觉，还不如一个孩子呢。”

沈波额角青筋一跳，刚要发怒，忽然想起近来的新闻，又笑了：“晏淮，你跟宁小姐不会是在谈恋爱吧？”他表情夸张，惊奇道，“就你这样，自己一身丑闻，祸害全队就算了，还祸害宁小姐，合适吗？”

夏将辉憎恶地盯着沈波，沉默着握紧拳头。

沈波注意到夏将辉的视线，故意道：“这位是？这么凶，是晏淮雇的打手吗？”

晏淮的原则一直是，你骂我可以，怎么骂都行，但如果波及身边的人，势必要发飙。

这会儿他还来不及发飙，宁霁忽然往前走了一步，仰着脸，好奇地问：“丑闻？什么丑闻？”

沈波温情脉脉地看着她：“你不知道吗，晏淮他……”

“他在一件不需要他负责的事情上主动道了歉？”宁霁抢答，“还是被一些看热闹不嫌事大的人指责好几天也忍着没发作？”

沈波愣了愣，这姑娘的切入点怎么跟大家不一样？

“现在还有多少人记得世羽嘉？当年她死的时候也没见你们情绪这么激烈。”宁霁摊了摊手，神情颇有些无奈。

晏淮深深地看她一眼。

宁霁没注意到他的目光，继续说：“因为现在晏淮有名了，这件事才会爆出来，不然大家可能连看都懒得看一眼，我说得没错吧？”

沈波不知该如何回答。

他竟然觉得无法反驳。

“所以啊，”宁霁怜爱地看了晏淮一眼，“我们队员脾气好、温顺，有时候就比较吃亏。”

“哈？”沈波再难维持今天的精英形象了，难以置信地看了看宁霁，又看了看晏淮，“脾气好？温顺？”

“对呀。”宁霁慢慢地抬起手，晏淮便十分配合地弯下腰，将脑袋凑到她手下，“你看，多温顺。”

这个画面……怎么这么像摸小狗……

本来还有点暴躁的夏将辉现在憋着笑，默默扭开头，不忍看到自家队长这么蠢的一幕。

沈波眼角直抽，他觉得自己被看扁了。

他在极地滑雪俱乐部一向都是横着走，何曾受过这样的委屈？一个两个三个联合在一起耍他玩呢？

他发狠地看着宁霁露出来的一截修长白皙的脖颈，咽了咽口水，突然说：“晏淮，我们俱乐部如果向你们发起挑战，你敢不敢接？”

晏淮耸了耸肩：“有什么不敢接的？”

“好。”沈波狰狞地笑了起来，“那我现在就在这里正式通知你，T市极地滑雪俱乐部向T大单板滑雪队发起挑战，挑战项目待定。”

晏淮表情严肃起来，静静看着他。

“如果我们输了，以后我再也不会出现在晏淮面前，同时给贵队提供五万元赞助费。但如果你们输了……”沈波目光飘到宁霁身上。

宁霁后背发毛，这人不会说出什么“你就和我交往”这种狗血至极的话吧？

沈波尖厉地笑道：“如果你们输了，宁霁就要来我们俱乐部当队医，同时晏淮退出T大单板滑雪队。”

“宁霁的赌注我不答应，去哪里是她的自由，你我无权左右。”晏淮抬起下巴，高高地看着沈波，“去掉她那条赌注。为防你不甘心，我这边可以配合你改一下：如果我们输了，我晏淮，就三年不碰单板滑雪。”

夏将辉和宁霁神色一凛。

不行！绝对不行！这赌注根本不公平！五万块对极地俱乐部来说应该只是皮毛开支，而晏淮……他居然把自己接下来的职业生涯赌上去了？

沈波却求之不得，立刻答应下来，并且放下狠话：“好！哪怕打平局，也算你们赢。不过，你输定了。”

T 大单板队现在能拿得出手的队员没几个，跟极地这样正规的大俱乐部比，根本毫无胜算。

然而晏淮似乎并不这么觉得，他的好胜欲被勾起来了。

他宛如野兽一般舔着牙尖，眼尾发红，眼眸里都是狂妄的战意，就像是站在修罗场尽头的魔王。

夏将辉和宁霁都被他的神情惊到了，竟然半天忘记说话。

极地俱乐部向 T 大单板滑雪队挑战的事，很快就传了出去，几乎所有人都知道晏淮赌上了未来三年的职业生涯。

尽管单板滑雪相较于体操这类项目来说，对年龄的要求没有那么严格，年过三十还拼搏在赛道上的大有人在，但晏淮这么年轻，势头又猛，他赌的可以说是自己的黄金三年了。

极地俱乐部借着晏淮的名气，让自己也火了一把。

为了不让大家看出自己在欺负人，极地俱乐部刻意简化了挑战项目，采取五轮平行大回转的比赛方式，率先拿到三胜的那一方赢。

然而，只有了解情况的人才知道，这个看上去并不复杂的挑战，其实是对 T 大单板滑雪队最大的考验。因为他们整个队伍加在一起也只有五个队员，五轮不可以上同一名选手，意味着所有人都要上阵。

可是，翟小颜前几天训练不小心崴了脚，根本不能参加比赛。五轮里注定有一轮已经输了，剩下四轮里只能再输一把……除了晏淮，其他人压力都很大。

因此，路清美在得知这件事后，差点没忍住用拳头把晏淮招呼一顿。

路清美试图用田忌赛马的方式排出一个比赛序列，但无奈根本不知道对方会派出怎样的选手，赛前战术也无法制定。

T 大单板滑雪队躲过了队员审核，躲过了队医审核，没想到会迎来这样一个史无前例的危险期。

“并且，都是白痴队长‘作’出来的。”路清美愤恨地咬着笔杆，对宁霁如此这般地吐槽着，“逞什么强，还赌上未来三年，他是不是脑子有点问题，学姐你要不撬开看一下？”

“咳！”宁霁正在帮翟小颜换药，心虚地回应着。

晏淮是为了收回关于她的那条赌注才下了这样的注，当时在场的他们仨都心照不宣地没有提到这个。

路清美面前的纸上已经画满了比赛的可能结果，无论怎么算，他们的胜算都很小。

宁霁也忧心忡忡，问：“王教练知道了吗？他怎么说？”

“他老人家根本没当回事。他觉得这就是场普通的切磋，没人会把这种赌注当真，就算输了，晏淮也不必听他们的。”路清美头疼地叹口气，“他还觉得我们特幼稚。”

宁霁心里默念：是挺幼稚的。

但也就是年少意气风发的时候，才会干出这么幼稚的事。

王教练话糙理不糙，极地俱乐部又不是冰雪运动协会，其实他们根本没资格插手晏淮的职业生涯。

可是，晏淮下的赌注似乎在告诉所有人，他是认认真真接受了这个挑战，绝无半点糊弄之心。

“傻狍子太较真了也不好啊。”宁霁喃喃道。

翟小颜捧着一本书坐在一旁，伸腿方便宁霁上药，虽然没有参与这个话题，但书也一直没有翻页，目光空落落的。

宁霁将她的神情细细看在眼里。

这个姑娘虽然少言寡语，平时看着不怎么跟大家闹在一起，却非常有集体荣誉感，这次她不能出战，心里多少有些难过愧疚吧。

在路清美小声的碎碎念中，翟小颜发了会儿呆，直到宁霁提醒她换好药了，她才如梦初醒。

路清美扶着她准备回宿舍。临出门前，翟小颜忽然停下脚步，转过身来，问："宁队医，你会滑雪吗？"

宁霁有些迟疑，答道："会一点吧……怎么了？"

翟小颜仿佛看到了希望："能不能拜托你代替我上场？"

宁霁吃了一惊："我？不是，你等等……"

"对哦！"路清美捶了下掌心，"我们以前一起去过雪场，我记得学姐单板滑得还可以。"

"拜托你了！"翟小颜直接弯腰鞠了个九十度躬，惊得宁霁连连后退好几步。

"我不行的，我又不专业，以前都是滑着玩……"

"没关系，输了也不碍事。"翟小颜咬了咬嘴唇，认真地说，"其实我就算上了也一样是输，可输和直接放弃是两码事，我就是不甘心那一轮拱手相送……"

翟小颜难得一口气说这么多话，还有这么丰富的表情，看得出来，她真的想让宁霁代替她上场，哪怕输了也无所谓。

不知道从什么时候开始，这些半道拉来充数的队员一个个也变得这么认真，虽然技术还谈不上多专业，但竞技精神一点都不输给专业运动员。

两个少女眼含星星地看着她，宁霁实在无法拒绝，心一软，便说："让我……考虑考虑吧。”

备受瞩目的周六很快来临。

极地俱乐部财大气粗，直接派了辆车到T大，接上单板队一伙人，送他们到俱乐部常年合作的某家室内滑雪场。

这个滑雪场今天气氛格外热烈，吃瓜和看好戏的围观群众早早就到了，自发地将平行大回转场地围起来，占据了一切视野好的位置。

极地俱乐部的人已经到了，路清美粗略地扫了一圈，目光最后定格在一个穿着深蓝色雪服的人身上，浑身突然紧绷，拳头也握了起来。

对方恰恰也看了过来，熟络地笑了一下。路清美飞快地挪开视线，后槽牙紧紧咬在一起。

这组互动太过细微，除了盛飞扬，没人注意到。

盛飞扬转了转眼珠，路清美脸色发白，神情很不自然，是他从没见过的模样。

沈波照例客套了几句，比赛便正式开始。

第一轮夏将辉上，对面派出了一个看着年龄不太大的小子，经验也不足，夏将辉赢得很轻松。

迅速拿下第一局，单板队并没有很开心。

赛前他们做过功课，极地俱乐部最喜欢营造出“让一追四”和“让二追三”的局面，在他们确定自己的实力能获胜时，有时候第一局都是故意输。

晏淮以为，和自己所在的队伍对上，他们不该这么自信。没想到，对方还是压根儿没把他们放在眼里。

这同时也意味着，接下来四轮，对手都会派出强敌。

第二轮路清美上，论实力，胜算应该有百分之七十。

对面也派了一个女选手出战，当她们两人同时在雪道顶端做准备工作的时候，单板队的队员才忽然察觉有些不对劲。

路清美始终抿着嘴唇，抓着固定器的手好几次都抓脱了。

“她怎么了？”第一个反应过来的夏将辉如是问道。

“来的时候还好好的。”翟小颜推了推眼镜，有些担忧，“应该只是紧张吧。”

盛飞扬始终没有说话，目光落在对面深蓝色雪服的少年身上。

路清美不在状态，起始就晚了零点三秒，对手的身影一直压在她斜前方，像一块大石头堵在她心里，她越是着急，节奏就越乱，到最后也没能成功反超。

路清美输了。

比分变成1比1。

极地俱乐部迎来第一场胜利，成员们互相击掌庆贺。

路清美垂着头，默默地走回单板队的休息区，突然有人在她身后说了一句：“老姐，你练了那么久，怎么还是这样啊。”

说话声音不大不小，却刚好能让场内的选手们都听见。所有人都停了下来，好奇地看过去。

极地那位深蓝色雪服的少年走了出来，和路清美极为相似的脸上挂着淡淡的笑意。

路清美攥紧拳头，没有回头看他。

“我早就说了呀，姐姐你不是这块料，还是趁早放弃比较好哦。毕业以后找个好人家嫁了不就行了嘛。”少年摊了摊手，一副“真拿你没办法”的神情。

路清美僵硬地转过身，问：“路言，你为什么在T市？”

“沈老板邀请，我就请假来的啊。你不知道，A大其实很自由的，一点都不限制学生发展特长，怪不得是顶尖高校。”被唤作路言的少年顿了顿，继续笑着道，“不过T大也不错了，姐姐念完以后拿个文凭，方便嫁个好人家。”

路清美垂下头，没有接话，似乎早已经习惯了这样的相处方式。

就在她低下头的瞬间，身旁忽然有个高高的人影走了过去。

“小弟弟，短短三句话，你就说了两次‘嫁个好人家’。”盛飞扬一步一步走了过去，堪堪挡在路清美前面，“都21世纪了，你怎么活得这么老土？”

路言有些吃惊，上上下下将来人打量了一遍，最后盯着他T恤上的二次元萌妹轻蔑地笑道：“眼镜宅男。”

盛飞扬毫不在意：“宅男又怎样？起码我还知道尊重女性。”

路言嗤笑出来：“那是我姐，我们姐弟俩说话，关你什么事？”他似乎想到了什么，笑得更开心了，“我姐姐脾气差，还暴力，长得也难看，就是一男人婆，现在居然也有跟班了。”

“唔，脾气是不太好，暴力也有点，不过，”盛飞扬抬了抬下巴，干脆利落地说，“长得难看这点我无法认同。小弟弟你是不是眼睛不太好？我觉得你姐长得太好看了。”

路清美耳根发烫，羞恼地从后面拍了他一下：“别乱说。”

“我没有乱说。”盛飞扬神情格外认真，“我说的是实话，我觉得路清美超级无敌好看。”

路言都愣住了，他没想到对面会有一个自家姐姐的脑残粉，喃喃道：“T大的人，脑子都有病吧。”

沈波对除了自己以外的琐事毫无兴趣，不耐烦地催促：“可以开始下一轮了吗？路言就你上。”

路言耸了耸肩，转身准备去了。

T大这边，盛飞扬主动请缨，晏淮看到他眼里不服输的气焰，二话没说就同意了。

两人在雪道顶端检查装备时，路言忽然悠悠地问："你是不是喜欢我姐？"

盛飞扬动作顿了一下，坦然地说："嗯。"

"嘁！"路言不屑地戴上雪镜，"眼光真差。"

盛飞扬没理他。

他这几天一直在跟着晏淮集训，他很聪明，领悟力超强，学得很快，这一周内进步飞速。

他摘掉近视眼镜，露出眸光中的坚定，心里一遍遍复习着晏淮教给他的经验，然后长长吐出一口气，忽然自言自语道："无论是成为海贼王还是当上火影，都要先赢下眼前这一局。"

路言：？？？

怎么回事，T 大的人好像真的不正常？

第三轮挑战赛在倒计时结束后开始。

盛飞扬敏锐地冲了出去，而路言因为轻敌，比他慢了一点点。

盛飞扬始终保持着一点点的优势，丝毫不敢怠慢。从他的视线角度，看不到路言的行动，但他知道，路言是劲敌，绝不能掉以轻心。

盛飞扬绷紧神经，让自己的注意力保持高度集中。

然而，他们之间的差距太小了。路言在第六个旗门位置突然加速，很快就反超了上来。

情况被扭转，路言现在抢先一步，他稍微松了一口气。

但路言没有想到，盛飞扬根本还没发力。大概是跟晏淮混在一起的时间久了，这拨人的竞技观念都受到他的影响，不到最后一刻绝对不放弃对胜利的渴望。

盛飞扬凝神屏息，迅速在拐弯点调整角度，加快速度，缩短和路言之间的差距。

眼看两人间的差距越来越小，路言也在持续加速。从休息区那里，突然传来路清美的一声呼喊："盛飞扬加油！"

她的声音仿佛划破雪道，逆着风冲了上来。

盛飞扬嘴角扬了扬，忽然信心大振，身形也越来越灵活。而隔壁赛道的路言，却因为不甘心而乱了阵脚。

在最后一个旗门位置上，盛飞扬最后一次加速，拼尽全力冲向终点。

一直到最后，他们俩依旧是胶着的状态，看不出究竟是谁率先冲过终点线。

场内围观群众议论纷纷，等待裁判给出最终结果。

最后，裁判判定这局平手，因为两人的用时精确到毫秒，都一模一样。

比分僵持在1比1。

路言懊恼地踢了脚雪板，看着不远处的盛飞扬，讥笑道："赛前那么多话，我以为你多厉害呢。"

盛飞扬拉下面罩，平静地说："单板滑雪，我只学了不到两个月。"

路言脸色立刻黑了。

若以学习时间来看，路言完败。

盛飞扬向自家休息区走去，几步后忽然停下来，又对着路言道："忘记跟你说了，我觉得路清美做什么都是对的。"他仰着脸，眼睛里带笑，是那种谈论起喜欢的人时的笑意，"因为她做自己喜欢的事的时候，最耀眼了。"

路言愣住了，呆呆地看着盛飞扬的背影。

虽然这局打成了平手，晏淮对盛飞扬的成绩还算满意，不枉费他这周的集训。只不过接下来两场的压力就比较大了。

一直坐在凳子上观战的宁霁慢慢站起来，说："下一轮我来吧。"

晏淮有些惊讶地看着她。

宁霁不好意思地扭开头："我就是代替小颜，总不能真的让他们躺赢一把。"

晏淮露出关切的神色："你行吗？别逞强，平行大回转弄不好会扭伤腰啊腿啊什么的。"

宁霁摆了摆手："我心里有数。"

她做了几个热身动作，抱着雪板去了雪道顶端。

沈波看到是她上场，也立刻兴致盎然地坐直了身体。

宁霁居高临下，俯视着雪道和一排排色彩夺目的旗门。

她没想到，自己有朝一日还能以这样的身份，站在赛道上。上一次滑平行大回转，还是在某个雪场人走光后，她自己悄悄滑着玩的。

对方派来的也是一名女将，宁霁没有多少信心能赢下比赛，但至少不会让对方赢得那么轻松。

说到底，她还是有点紧张。

这么多年过去了，她能以宁霁的身份相安无事地生活着，可只要一站上赛道，哪怕只是路过，她都有种自己仍是世羽嘉的错觉。

但理智告诉她，雪已经下了千万场，人也早已不是那个人。

宁霁凭着几乎成为本能的肌肉记忆，轻车熟路地踩上雪板、检查固定器、戴上雪镜，然后低头看着自己的右手。

她以前一紧张就喜欢看右手，算是一种个人的小癖好。

她垂眸看了很久，忽然长长地吐出一口气，抬平右臂，将拳头利落地向右挥了出去，在半空停顿了两秒，再收回。

围观群众表示不解："这人在干吗？"

"不懂。莫名其妙的。"

大家都不明白，也不在意，只有晏淮在她挥拳的那一刻皱紧了眉头，眸光漆黑幽暗，牙关紧紧咬着……

这是世羽嘉每次出赛前都会做的小动作。

宁霁为什么……

来不及让他细想，倒计时结束，第四轮开始了。

被两边成员都视为门外汉的宁霁像飞箭一般冲了出去，身手敏捷地拐过第一道旗门。

她的动作行云流水，一气呵成，一丝一毫的拖沓犹豫都没有，哪怕是现场的那么多专业人士都忍不住感叹，虽然速度不算非常快，但其动作技巧让人自愧不如。

单板队的队员们都呆掉了。

临时替补上去的队医，居然还挺专业?

然而，很快就出现了差距。宁霁实在是太久没经历专业训练了，动作虽然规范，但身体已经不能像专业运动员那样压下去，产生的惯性较大，速度远远比不上对手。

滑过最后一个旗门就是终点，宁霁最终以微弱的差距慢于对手。

但这样已经足够了。虽然失掉了一个赛点，可对方成员怀疑人生的表情实在大快人心。

宁霁回到自家休息区，得到大家的热情迎接。

路清美惊叹：“找学姐帮忙真是找对人了。”

盛飞扬也一脸兴奋：“宁队医你太神奇了，我感觉你滑得比我还好！”

还没等宁霁回答，晏淮爪子直接扒开盛飞扬的脑袋凑了上来，上下观察了她一下，问：“没受伤吧？”

“当然没有。”宁霁开心地蹦了几下，“怎么可能那么容易受伤，好着呢！”

晏淮把她拽到椅子旁，给她倒了杯热水。

在宁霁喝水的时候，他细致地将她的五官又看了一遍。

脸小，下巴瘦瘦的，眼睛又圆又大，跟记忆里的那个女孩完全不一样。

“你刚才为什么要做那个动作？”晏淮突然问。

宁霁蒙了一下：“什么动作？”

“世羽嘉每次赛前都会做的动作。”晏淮向右挥出拳头，“就是这个。”

宁霁呼吸一窒，握着杯子的手下意识使劲。

Chapter.10

— 甜甜的吻 —

“宁霁，我很想你。”

“原来如此，我说怎么这么熟悉。”

宁霁抬起头，面色如水，平静地说：“以前妈妈经常拉着我看她的比赛，可能那时候就记住了。”

“这样啊。”晏淮沉沉地看着她，没再追问。

场上已经开始呼唤最后一轮比赛了。目前比分是 1 比 2，T 大单板滑雪队落后一分，接下来的第五局就是决胜局，如果极地滑雪俱乐部再赢一场，晏淮就要三年不能出赛。

围观群众很激动。这样的比赛比单方面压制赛好看得多，更何况，这一把各自都要派出自家的王牌。

晏淮合上雪服外套的拉链，对宁霁说：“我去了。”

“一定要赢。”宁霁看了他一眼，“我单方面宣布，坚决不同意你退赛三年。”

晏淮忍不住笑了，伸手揉了下她的脑袋，声音里带着宠溺：“知道了。”

沈波把这两人的互动看在眼里，血液里不甘心的因子又在狂跳。

然而他考虑再三，决定不亲自出战最后这局——跟晏淮对上，他毫无胜算。

沈波派出的王牌叫凯尔，挪威人，金发碧眼嘴有点歪，嚼着口香糖上了场。

晏淮对不感兴趣的人脸盲，但是这个凯尔，他有印象。之前在某一年的“沸雪”赛上见过这张面孔，是单板滑雪大跳台项目的一把好手。

从来不知道凯尔加入了极地俱乐部，晏淮眸光从他和沈波的身上淡淡扫过。极地俱乐部的作风很出名，怎么商业怎么来，怎么赚钱怎么搞，晏淮当初就是受不了他们的过度商业化，才拒绝加盟极地。

对于这样的对手，晏淮懒得废话，但也不敢掉以轻心。毕竟是大跳台的选手，平行大回转实力如何，他尚不清楚。

赛道顶端，凯尔一边嚼着口香糖，一边跟晏淮搭话，试图聊晏淮冬季极限赛上那次莫名其妙的失误，但发现对方兴致缺缺不愿理他，于是不爽地竖了个中指。

晏淮看都懒得看一眼，他检查好固定器和雪板，调整雪镜，静静看着前方的倒计时。

尽管现在看不到面孔，可在场所有人都能感觉到，晏淮就像换了个人，平时的散漫被收了起来，现在的他，浑身都散发出强大的压迫感。

想都不用想，他眼尾肯定又发红了，眼神里也能沁出血意，凛冽得如同悬崖上的万兽之王。

当初，“小魔王”的称号可就是这么来的啊。

倒计时读秒完毕，两支箭羽飞快地飞射出去。

晏淮以远高于对手的稳定性和速度，抢下了开场的优势。凯尔骂了句“shit”，加快了速度。

这也是一场胶着战，差距始终拉得不是特别大，凯尔随时都有反超的可能。

但是晏淮太稳了。

他似乎完全沉浸在雪板、旗门和赛道上，无论周围怎样欢呼和唏嘘，他都丝毫不受影响。似乎在他眼里，这场比赛的目的根本不是为了战胜对手，而是要超越自己。

他越是这样稳，身后的凯尔就越着急，终于在只剩下三分之一旗门时，凯尔急于加速，用力过猛，一下子摔了出去。

场上爆发出巨浪般的惊叹声。

T 大单板滑雪队提前锁定胜利。

然而很快，大家就发现，晏淮并没有结束比赛。

他应该已经得知凯尔出局的状况，接下来只需要稳定匀速到达终点便可，但他仍旧保持着高速竞技的状态，仿佛仍然有个对手在赛道后面追逐着他。

最终，他以全速冲过终点，摘下雪镜后第一件事就是看自己的计时。

盛飞扬兴高采烈地跑过来，伸出手：“可以啊狗爷，又快了！”

“室内没有风的阻力，实际速度应该再慢一点。”虽然这样说着，晏淮还是跟他击了个掌。

“已经很好了，你现在又不是专攻平行大回转的滑手。”盛飞扬话锋一转，瞪大眼睛，“难道你打算攻全能了？”

晏淮眯眼又看了眼时间：“我先把 U 型池和坡面障碍技巧这两项稳定一下，如果可以的话，我不介意全能发展。”

“全能滑手，恭喜你不用退役三年了。”路清美过来补刀，剜了他一眼，“以后再不许接这样的赌局了！”

“抱歉。”晏淮讪讪地摸摸鼻子，“其实我就是想借用他们的场地让大家认真训练一次……”

还好沈波不在附近，要是听到这话估计会暴走。

晏淮转过身，看着一脸懊恼的凯尔说：“极地是一个商业俱乐部，可能不太适合运动员发展，你的身手比两年前“沸雪”赛上迟缓了很多。”

凯尔低下头去，没有反驳。

沈波已经走了，连个招呼都没打，走之前据说还气急败坏地凶了记者和路人。晏淮找到他秘书，留下了银行账号，懒洋洋地说："五万，别忘了。"

极地打钱倒是很及时，收到转账后，晏淮跟王教练和路清美商量了一下，留下两万作为队伍的活动资金，剩下三万送给夏将辉的奶奶。

当面给他，他肯定不要，于是大家决定，在去看望老人家的时候偷偷留下这笔钱。

原定要去看夏将辉奶奶的计划，因为极地的挑战赛拖延了一周。

又到周六，单板滑雪队四个少年组团向医院进发。

夏将辉奶奶原本在家里躺着，但因为最近病情有些恶化，又被送进了医院。

他们赶到病房时，夏将辉正在喂他奶奶吃饭。

夏将辉向她介绍的时候说："这些是我在学校里认识的朋友。"

老人家浑浊的眼睛里熠熠生光，露出了孩童般高兴的笑容："太好了，小辉交到朋友了。"

奶奶很喜欢晏淮他们，一直拉着他们的手聊天，虽然她已经无法非常连贯地说话。

聊起学校里的事情，老人家最关心的还是孙子的情况。

路清美主动告诉她，夏将辉在学校里表现很出色，不仅训练刻苦，平时跟大家相处也很融洽。

奶奶深知自己孙子的臭脾气，担心地问："他没跟你们打架吧？"

"没有没有！"盛飞扬使劲摇头，"我们都是好兄弟，穿一条裤子的那种，奶奶您放心吧。夏将辉要是跟别人打架，我们也会把他拉回来的。"

奶奶笑了，脸上的皱纹聚成了一朵花，她不停地交代夏将辉："你一定要好好跟人家相处，好不容易交上了朋友，要真心待人家，知道了吗？"

“放心吧，奶奶。”夏将辉拿湿毛巾细细地给老人家擦着手。

暖洋洋的阳光从窗口投射进来，照在他们祖孙二人身上，温馨又和谐。这是大家第一次见到这么温柔的夏将辉，跟学校里凶神恶煞的他不一样。现在的他低着头，一边陪老人家说话，一边把她照顾得并无微不至。

时间如果能就此停下该多好。

——在溢满难闻的消毒水味道的医院里，仿佛只有这里，是一片温暖的自留地。

“小辉，扶我去窗口坐坐吧。”奶奶说。

如果身体允许，她肯定是要去外面坐一会儿的，但是现在，能在窗口坐一会儿就已经很满足了。

病房在一楼，可以看到临街的那个公园。

奶奶坐在轮椅上，歪着头，眯眼瞧着一群小朋友在空地上做游戏。

他们欢笑的声音一阵阵地传了过来，奶奶跟着他们的笑声一块儿笑了起来。

“我小时候，那儿还没建公园，就是一片空地。”奶奶慢慢说，“一到冬天，我就喜欢去那里打雪仗，把雪搓成球，互相砸。跟他们现在很像，特别快乐。”

她只是在说一段无关紧要的小回忆，少年们却仿佛听到了一个人一生中最美好的时光。

“虽然我现在不能打雪仗了，但是看小孩子们玩耍，我也觉得很幸福。”

老人家嘴角噙着笑，好像回到了年轻的时候。

她一边回忆，一边慢慢地睡着了，呼吸清浅平静，夏将辉轻柔地替她盖好被子。

再抬起头来，大家发现这个快一米九的大男孩眼睛里湿湿的。

夏将辉把他们送出病房，低声说：“早上医生跟我说，奶奶情况不太好。”

众人低下头，不知道该怎么安慰他。

晏淮长长叹了口气，拍拍他的肩膀：“好好陪陪奶奶，最近训练可以放一放，等老人家身体好转了，我再陪你训练，补回来。”

夏将辉点点头，说：“谢谢你们。”

单板队走之前，以队伍的名义在夏好芝老人的账户上存了三万块。

翟小颜还有其他事情，就没和他们一起回学校。

返程公交车上，晏淮戴着耳麦独自坐在最后一排，他一直闭着眼睛，不知道是睡着了，还是在想事情。

盛飞扬和路清美并排坐在前面。

路清美一直看着窗外，没有说话。

彼此沉默了十分钟，盛飞扬才开口：“人生很长也很短，要珍惜有限的时光，不要留下遗憾。”

“嗯。”路清美心不在焉地应着。

盛飞扬推了推眼镜，扫视一圈，四下无人，于是深吸一口气，平静地说：“路清美，我喜欢你。”

路清美没有扭头，也没有看他。她一动不动，好像没听见似的。

盛飞扬顾不上那么多，他现在只想把心里话说出来：“我这样对你表白，是不是很不自量力？你应该会觉得很可笑吧。没关系，你笑吧，我就是想告诉你，‘我喜欢你’这件事。”顿了顿，他道，“我知道你本来可以去A大的，但为了确保弟弟能被录取，你改报了T大……对不起，我很自私，在知道这件事的时候，我竟然有些开心——还好你来了T大，我才能遇见这么好的你。”

一口气说了这么多，盛飞扬心里那点害羞总算被勇气冲散，他扬起脸，看着旧旧的公交车车顶，平静道：“但是，如果高三我就认识你，我一定会把你弟弟还有你家人揍一顿，不惜一切代价让你去A大。在我心里，你就应该去做你喜欢的事，你值得这些最好的东西。”

他接着说：“你不喜欢我这种类型的，我知道。我说了这么多废话，其实就是想让你知道，你尽管放手一搏，去做你想做的事，我会永远支持你。别听你家人乱说，什么嫁个好人家，这都2017年了。”

盛飞扬最后嘟囔：“我说完了。”

路清美还维持着原来的姿势，一点动静都没有。盛飞扬也不意外，他本来就没奢望得到什么回应。

就在他准备去后面一排坐着的时候，路清美突然开口：“T大很好。”

“嗯？”盛飞扬本要站起的身子又坐了回去，没听清她说了什么。

路清美却不再重复，低声说：“我困了。”然后就将头靠在了盛飞扬肩膀上。

盛飞扬愣住了。

他不敢动，良久，嘴角终于忍不住悄悄提起。

他会小心翼翼地承受着左肩膀上温暖的重量，无论是现在，还是未来。

路清美其实不困，也睡不着。

人生中第一次有人告诉她，你应该去做你想做的事，你值得。她忽然就不知道该回应什么。

她成长在一个重男轻女的家庭，明明家里经济好到可以养很多个孩子，但她仍旧是龙凤胎中什么都不配得到的那个。

一直以来，父母给她灌输的思想就是：女孩子只要嫁个好人家就行了。

她差点就信了。

要不是上学时认识了很多同学、读了很多书，她才发现，这个社会根本不是那样。女孩子也可以有自己的成就，女孩子也可以去打拼自己的事业。

她心里种下了一颗小小的种子，却一直没有让它发芽的机会。

她成绩很好，高考比路言还高了一分，A 大那一年对他们省招生名额有限，父母劝她放弃，不要给弟弟增加风险。

于是，她的第一志愿变成了 T 大。

她坐在校门口哭了好久好久。

那时候她怀疑人生，高考被誉为最公平的选拔，可即便这样，也摆脱不了家人的控制，她该怎么办才好?

就是那个时候，她喜欢上了单板滑雪，她疯狂沉迷于在雪原上自由自在不受约束的感觉。

路言看她滑得很开心，于是抢走了她的雪板。为这事，她第一次在家里大发一通脾气，最后父母不得不答应她，如果能成为正式的运动员，再给她买一块新雪板。

后来，她去了 T 大，加入了 T 大单板滑雪队，认识了翟小颜、晏淮、宁霁、夏将辉和盛飞扬。

她始终记得盛飞扬刚到单板队时的模样，笨拙地向她伸出手，有些紧张地说："你好，我是新队员，盛飞扬，盛开的盛。"然后摆了摆两只胳膊，"这个飞扬。"

傻透了。

当时在她看来，盛飞扬跟其他人也没有什么差别，可能更蠢一点吧。

可随着时间推移，这家伙不停地刷新着自己的形象。他其实很聪明，很擅长调节队内气氛，在单板上也极有天赋。

最重要的是，挡在她前面时的背影，很帅气。

T 大很好。

路清美悄悄扬起嘴角，在心里默默重复了一遍。

那颗种子好像发芽了。

十二月，T 市的冬天来了。

经历过和极地滑雪俱乐部的挑战赛，T 大单板滑雪队开始小有名气，晏淮新闻的风波也渐渐过去，终于有赞助商陆续上门，单板队如愿以偿地组织了多次、长期雪上训练，每个人都进步神速。

与此同时，王教练宣布要带大家去 A 市参加坡面障碍技巧和大跳台全国锦标赛。

这次锦标赛对全队成员都是一个极佳的锻炼机会，可以跟全国队、省队以及各路民间单板大神同台切磋，同时，这场比赛的成绩在下赛季国家队选拔时会计入参考。

晏淮和路清美分别报名了男女坡面障碍技巧赛，盛飞扬、夏将辉和翟小颜报名了大跳台。

宁霁作为队医是要随队的，出发前的周末，她抽空回了趟家，收拾点冬天的衣物。

这次回家，宁霁和妈妈心照不宣，都没有提起晏淮的事。

晏淮每天都给她发消息，时间点非常固定，就每次他下训练的休息间隙，无论宁霁回不回，他都会随便发点什么。

有时候真的没什么可问和汇报的，他就会发一个“，”过来。

几次之后，宁霁终于忍不住问：“‘，’是什么意思？”

晏淮：“表示聊天没有结束。”

晏淮：“同时提醒你，看到要回：）。”

……直男的心思还真是简单粗暴呢。

宁霁：“下午我要陪我妈去超市，你休息的时候就好好休息，别发了。”

晏淮：“知道了。”

晏淮嘴上说着知道了，下午还是照样发了消息过来。

宁霁陪妈妈在零食区逛着，手机一振动她就掏了出来。

晏淮：“A 市比较冷，你多带几件厚衣服。”

宁霁：“好的，我有关注天气预报呢。说了好好休息，不用管我啦。”

此条之后，晏淮就没有回。大概过了半个小时，宁母已经到生鲜区大采购了，宁霁手机又振了一下。

晏淮这次直接发了张自拍照。

应该是在 T 大运动员更衣室，他赤裸上身，举着手机对着镜子直接拍了一张，在中性光源下，胸肌、腹肌甚至连肌肉纹理仿佛都清晰可见。

宁霁差点爆炸。

她像是做了什么见不得人的事似的，飞快地滑出屏幕，把手机揣在兜里。眼前人头攒动，她脑子里却始终浮现出刚才那张照片。

年轻的、美好的肉体。

她心虚地平复着气息，假装不在意地回应母亲的话。再打开手机，她都要防备周围有没有人偷看。

宁霁：“？？？”

宁霁：“大兄弟你干吗？？？？？？”

宁霁：“突如其来这么骚？？？？？”

晏淮：“我怕你想我，给你发张照片解解馋。”

宁霁：“那你也不用脱这么光！”

晏淮：“不光，我还穿着裤子。”

晏淮：“何况我不确定你想我哪儿，万一想念我的肌肉呢？干脆一起拍进去了。”

宁霁：“呵呵，你怎么不干脆一起把裤子脱了：）。”

晏淮：“好的。我现在就重拍一张。”

宁霁又要爆炸。她觉得自己的脸好烫好烫。

宁霁：“我错了，小淮爷就当我放了个屁，你什么都没听见。泪流满面。”

好在，晏淮并没有真的发全裸照过来，对话框上显示对方正在输入，这个状态持续很久了。

宁霁帮妈妈推着购物车，绕到蔬菜区，妈妈问她晚上想吃什么菜，她的心思却不在这上面。

她好奇，晏淮输入了半天，究竟要跟她说什么。

结果并不是她想的那种长篇大论，只是简单两行字。

晏淮：“宁霁。”

晏淮：“我很想你。”

宁霁盯着手机，心跳漏了一拍。刚才的羞赧现在仿佛都化成了水，温温柔柔地在心里蜿蜒流淌。

宁母回头看到她，好奇地凑过来：“傻笑什么呢？”

宁霁飞快地按熄屏幕，说：“没什么。”

看她脸红彤彤的心虚样子，宁母大概猜出了一二，不外乎跟她喜欢的那个男孩有关。

“你喜欢的人，”宁母问，“大概什么样？你没经验，我先帮你相相。”

宁霁揪着衣角，想到晏淮懒散的笑容，慢慢说：“长得很帅，个子很高，身材也很好……”

宁母瞪了她一眼：“你就看上人家外表了？跟你说了多少次，长得好看的男人靠不住！想想你爸！”

宁霁悻悻地吐了吐舌头。

宁母继续苦口婆心地教育，生怕她遇人不淑。母女俩并肩走着，聊得投入，谁都没注意到身边的变化：

一个上挑眼的女人站在人群中，对着她们俩悄然按下快门。

狄红昨天晚上刚到这个城市，怀着满腔怒火。

社里在开晋升大会，她本来摩拳擦掌，跃跃欲试，但领导突然通知她到邻市出差取材。

几经打听才知道，领导的意思是，记者部主任是她能晋升的极限了，但她这人脾气太臭，怕她在晋升大会上撒泼，于是找个理由把她支开了。

狄红气得牙痒痒。什么叫晋升极限？论能力，她觉得自己不输给任何人，比起其他记者按部就班地报道每场比赛的进程，她总是能挖掘爆点，十年前的“世羽嘉死于雪难”，前段时间的晏淮新闻，她的业绩明明有目共睹，社里这是瞧不起她的能力吗？

今天一整天，狄红带着自己的小助理就在这个城市里暴走。这个小城不如T市一半发达，就是个悠闲养老的地方，没出过几个冰雪项目运动员，能挖出什么新闻？这不成心给她添堵吗？

一直暴走到下午，狄红拖着半死不活的小助理去超市买点晚餐零食。

她正在超市闲逛着，迎面走来一对母女，女儿大概二十岁出头，长得很漂亮，她多看了几眼，然后才看向女孩的母亲。

这一看就不得了。

狄红的职业本能被唤醒，她总觉得这位妇人十分面熟，仿佛在哪里见过。然而这个城市里并没有她认识的人，那么就只有一个可能——曾在新闻上见过。

她按着小助理的头，严肃地说：“看那边那人，眼熟吗？”

小助理摇头：“红姐，我没印象啊。”

“你再想想。”

小助理欲哭无泪，咬了咬牙，小声说：“我真的没印象啊……”

狄红不耐烦地放开他，拿着手机偷拍了那对母女好几张照片，各个角度。

“红姐，这样不好吧……”

未经允许的偷拍，会被舆论谴责的。

“没事，我又不发出去。”

小助理担心地撇撇嘴。红姐总是这样，说着不发不发，最后都悄悄发了。她不明白为什么自己不能去参加晋升大会，可单位里大家都明白。

她虽能挖掘爆点新闻，可职业道德一直饱受争议，好在目前还没出过什么事，报社也就没有把她怎么样。

她偷拍名人就算了，现在居然连素人母女都偷拍……小助理觉得回T市以后还是赶紧申请转岗吧。

狄红看出了小助理的不情愿，便找了个理由把对方赶回宾馆，自己悄悄跟在这对母女后面。

一路跟她们到小区，狄红看到妇人跟楼下水果店的老板打了个招呼，然后上楼了。

狄红随即进了店，随便买了几个水果，然后跟老板搭话。

“这个小区哪一年建成的呀，感觉位置挺不错。”

水果店老板很健谈：“这是老房子了，起码得有十年了！刚建成那会儿没人买，现在周边发展起来了，房价都翻番了。”

狄红佯装不经意地问：“刚才那对母女也是那时候搬进来的？”

老板狐疑地看了她一眼。

狄红赶紧解释：“我想在这儿买套房，可我常年不在家，就我儿子一个人，经常要麻烦邻居照看，所以想找个人情暖的地方。”

老板见她是个女的，也不会怎样，于是挑了些他觉得无关紧要的说：“她们好像是外地人，十年前就搬来了。那女士是医生，很忙的，女儿在外地工作，帮你照看孩子什么的就别想了。”

“医生？哪家医院的？”狄红问完赶紧又解释，“怪不得我看着眼熟，感觉在哪儿见过。”

“第一医院妇科的。”给她结完账，老板坐旁边看电视去了，并不太愿意和她继续搭话。

但狄红已经得到了想要的信息，兴高采烈地付完钱走了。

回到宾馆，她第一件事就是登录第一医院官网，在妇科门诊里迅速搜寻到了妇人的信息。

主治医师：宁媛。

“宁”这个姓，不是很多见。她究竟是在哪里见过呢？

狄红对着母女的照片思索半天，无果，只能烦躁地抓起毛巾准备去冲个澡。结果刚进浴室，她衣服都还没来得及脱，突然又冲了出来。

她想起来了！想起来了！

在她把晏淮的新闻发出去后，十年前关于世羽嘉的一些新闻录像又被网友们翻了上来，她就是在那时的录像里见过这个妇人。

澡也不洗了，狄红花了一个小时把所有相关文字和视频都看了一遍，终于锁定到了宁媛的身份——世羽嘉的母亲！

这个结果让狄红头皮发麻，神经都兴奋了起来。

世羽嘉是独生女，她死了，那今天跟在宁媛身边的人是谁？水果店老板说那是宁媛的闺女，哪来的闺女？

世羽嘉如果还活着，现在应该是二十三岁，跟那个女孩看着一样大！

除非……宁媛因为失去女儿太过心痛，领养了一个差不多岁数的小姑娘？

狄红又把今天偷拍的照片拿了出来，放大，仔细对比，立刻推翻了领养的推测。

这母女俩长得太像了！

她的想象力大胆地向深处延伸，当年世羽嘉死于雪难的新闻是她最先报道出来的，其他媒体才跟了她的风，然而只有她自己知道，其实当年，她并没有证实过世羽嘉的死亡。

她去堵过宁媛，宁媛始终保持沉默，没说救活，但也没说死了。

这十年来，世羽嘉好似人间蒸发，她便跟其他所有人一样，认定这姑娘必然是不在人世了。

狄红眼睛里闪烁出冷酷的光。

她忽然意识到另一件事。

如果有其他人抢先一步发现世羽嘉有可能还活着，或者她本人亲自出来澄清，那么，作为十年前的新闻和前段时间晏淮新闻的始作俑者，她势必会面临巨大危机。

所以，如果世羽嘉真的还活着，这个谎言，必须由她亲手揭开！

狄红兴奋得笑了出来，这就叫因祸得福啊。没想到这个小小的城市，真能给她带来惊喜。

明天，有活儿干了。

宁霁收拾好冬衣，很快便回了 T 市。

单板队进入出征前最后的训练。王教练这段时间很高兴，这支队伍虽然人少，但几乎个个都是有天赋的选手，晏淮自然不必说，盛飞扬、夏将辉也是一点就通的孩子。

女队员那边，路清美也很优秀，翟小颜之前没有运动的底子，前期稍微吃力一些，但最近也慢慢跟上队伍了。

这是一个很好的状态，精而不杂，他喜欢带这样的队伍。

他从队员们口中得知了夏将辉奶奶的状况，本来以为夏将辉会错过这次全国锦标赛，没想到出发前的那个早上，夏将辉背着包出现在了集合点。

奶奶的状况奇迹般地有所好转，医生说她这段时间有很强烈的生存欲望，可能就是想看自己孙子出现在电视上。于是，在老人家的抱怨和催促下，他被“赶着”前来参加比赛。

队员们约好，等这次比赛完了，再去看望夏奶奶。

这次坡面障碍技巧和大跳台全国锦标赛在A市一个度假村举办。

度假村建在雪山顶上，木质建筑，现在已经被白雪环绕，选手房间窗外的风景美不胜收。

但没有时间让他们欣赏风景，T大单板队一到度假村就立刻投入紧张的适应性训练中。

盛飞扬第一次来到这么大的比赛场地，望着高高的跳台，稍微有一些紧张，问夏将辉：“极地的那个凯尔会来吗？”

“不来。”

“为什么，他那么厉害？”

夏将辉无奈地看他一眼，耐着性子说：“这是全国锦标赛，他不是中国人。”

“哦……”

翟小颜咧开嘴偷笑，盛飞扬知道她一会儿肯定要把他的“蠢事”跟路清美汇报。

坡面障碍技巧那边，晏淮和路清美都没有废话，直接开始训练。

宁霁反倒成了最悠闲的那个。

她坐在茶水间的角落里，面前摊开一张信纸。

她想了很久，决定还是要跟晏淮坦白真相。但经历了几次当面说不出口后，她打算改用写信的方式，把十年来的一切都写在信里。

晏淮通过文字看到这些，也可以有一个缓冲的机会。

宁霁觉得自己就是个“计划通”，顿时文思如泉涌，落笔唰唰不断，一口气写了两三张信纸。

“你在写什么？”

晏淮的声音从头顶传来时，宁霁吓了一跳，飞快地把纸折起来，塞到口袋里，故作镇定道：“你怎么来了？”

晏淮好笑地看了眼时钟：“都到午饭点了，你怎么这么忘我？”

宁霁心虚地摸了摸鼻子：“昨晚看了本书，今天就有感而发……”

晏淮没有追问，直接拉着宁霁的手向外走：“一起去吃饭吧，大家都在等你。”

“好。”宁霁悄悄把信纸往里塞了塞。

度假村开设了一个公共食堂，专供锦标赛期间滑手们用餐。

室内开着暖气，很热，晏淮脱掉滑雪服和围脖，摘下帽子，随意地搭在座椅上。

食堂里忽然安静了几秒，随后再度嘈杂起来，他仿佛没有听见旁边的窃窃私语。

晏淮从首次站上领奖台起，就成了冰雪运动中最受瞩目的选手之一。个高，腿长，帅得可以直接出道，据说他第一场比赛下来，就已经有经纪公司打电话要挖他。

他不以为意，镜头前仍旧漫不经心，商业活动也敬谢不敏，平时非常低调，神龙见首不见尾。

偏偏就是这样，反而令他不经意露出的一丝笑，或是偶尔吐出的一两句毒舌，都变成了珍稀资源。

有粉丝狂热地追逐他，亦有人看不惯他。尤其在经历过之前的风波后，看不惯他的人越来越多。

食堂四面八方的视线混在一起，宁霁担心地看了眼晏淮。对方丝毫不为所动，反而轻轻拍了下她的肩膀：“你想吃什么？”

打饭的地方人很多，又都是运动员，难免会有肢体上的碰撞，晏淮站在宁霁身后，仍然漫不经心地跟盛飞扬扯皮，却总会时不时抬起手，默默帮她挡住攒动的人群。

恰到好处的温柔，少一分显冷，多一分就过。

吃饭的时候王教练又匆忙交代了些注意事项，选手们吃完午饭可以休息一会儿，下午再自行选择要不要训练。

适应训练总共三天，为了防止选手们训练时用力过猛，教练和队医几乎全程陪护，因此宁霁和他们待在一起的时间比在学校里还要多。

直到赛前最后一天，雪场清空，晏淮才在宾馆里休息了一日。

傍晚时分，盛飞扬急急跑回房间：“狗爷，我看到宁队医跟一个男的在说话！”

晏淮抬了抬眸：“说话而已，那是她的自由。”

“谈笑风生啊！”盛飞扬捏着下巴，回忆道，“那男的看着跟你差不多高，长得也很帅……”

话没说完，晏淮已经披上外套：“在哪儿？”

赶到顶楼时，晏淮发现盛飞扬也不算骗他。

那个男人明显比他矮了半头，也没他好看，但宁霁与他确实聊得很开心，眼睛里一直有笑意。

晏淮沉住气，不动声色地走过去，叫她：“宁队医。”

“晏淮，你来得正好，我给你介绍一下，”宁霁伸手，“这是我大学同学赵鹏，没想到他现在竟然在……”

“省队。”晏淮飞快地答道。

“啊，你认识？”

晏淮看着对方，微微笑：“不算认识，以前一起比赛过。”

感受到对方莫名的敌意，赵鹏讪笑两声，心里犯嘀咕。他好像没得罪过晏淮呀，他们两人参加的项目也不一样。

再仔细观察一下晏淮的眼神，看向宁霁的时候很不一样，赵鹏心中立刻明白了一二，颇有兴致道：“原来你赛后采访里说的那个人，就是……”

话音未落，就收到了晏淮的死亡凝视。

宁霁不明所以：“什么采访？”

“没什么。”晏淮立刻答道，“一年前我和他一起接受过采访。”

宁霁信了：“那你们还挺有缘。”

赵鹏噎了噎，原来老同学什么都不知道。他立刻识趣地跟宁霁说：“我先回房间了，下次同学聚会要来啊。”

宁霁使劲点点头：“一定去。毕业以后就没见过大家了，我还挺想你们的。”

赵鹏迅速蹿进电梯不见了人影。

宁霁愣愣道：“这个赵鹏，以前有这么高吗？感觉毕业以后又长高了不少呢……”

“也不是很高吧。”晏淮不爽道，“你在女生里算比较高的了，还是找个更高点的比较好，他肯定不够。”

宁霁这才反应过来：“我们说的根本不是同一件事！”

顶层没什么人，也没开暖气，宁霁觉得有些冷，抱着胳膊准备回去了，却被晏淮拉了回来，一路逼到墙根。

宁霁抱起胳膊，瞪他：“我警告你，你背后有监控。”

“嗯。”晏淮从鼻子里哼出音来，散漫而沙哑，头垂在她颈窝上方，

“我明天就要比赛了。”

“我知道。”

“你不想对我做点什么吗？”

宁霁浑身打了个激灵：“你好好说话。”

“上次比赛前，你给我贴了一张创可贴。”晏淮指了指自己嘴角，“我发挥得还不错。”

宁霁隐约猜到他要说什么，抢白道：“那我再给你贴一张？”

晏淮顿了顿，慢慢道：“这次比赛规模比上次大。”

“那就多贴几张。”

晏淮笑了，喷出的气流呼在她脖颈间，痒得很。

“你觉得光贴创可贴就够了吗？”晏淮语气一转，酸酸地说，“你刚刚跟那个人说话的时候，笑得好开心啊，我嫉妒。”

他太坦然地说出自己的小情绪，宁霁反而哑口无言，耐着性子哄他：“那你说怎么办？”

晏淮眸光深沉，好看的桃花眼微微上挑，点了点嘴角位置：“就这里，亲一下。”

宁霁血压升高，想也没想直接拒绝：“做梦。”

“我就是在做梦。”晏淮肯定地点点头，嘴角弯着，“做梦都希望你能亲我一口，明天我好安心比赛。”

他本就好看，现在又添了点儿勾人的意思。

宁霁深吸一口气，尽力让狂躁的心跳平复：“不行就是不行，我们还没……反正，明天我会给你加油的。”

晏淮露出失落委屈的神情，像被抛弃的小狗一样可怜。

宁霁立刻就心软了，她转头不看，强迫自己去按电梯，忽然又想起晏淮因为她而遭受的那些攻击。

写好的信打算在赛后给他。

那么……在此之前，稍微给他一点点安慰，也没什么不可以吧？

刚刚严词拒绝，现在又想打脸，宁霁踌躇了片刻，心里七上八下来回纠结，眼看电梯就要升到楼顶了，她咬咬牙，猛地转过身，一把扯住晏淮的领口，在他嘴角轻轻碰了一下。

晏淮怔了一瞬，忽然眸子里闪烁出细碎的光，一手按住宁霁后脑勺，猝不及防地吻了下来。

他的吻很强势，温热的唇覆在她嘴上，裹挟着清冽的气息，宁霁脑子里犹如炸开了烟花，四肢百骸都酥酥麻麻。

待她反应过来，避之不及地推开。

晏淮意犹未尽地舔了舔嘴唇，低声道："回礼。"

Chapter.11
- 她的名字 -

“我有一场美梦，梦里我和你并肩而行。”

晏淮吻得太突然，宁霁守了二十三年的初吻就这样没了。

跟少女时代的幻想不一样，不在春天，没有百花盛开，没有繁星皓月，却有一个从百花中来，眼如繁星、身如皓月的俊俏少年。

一个贯穿她十年人生、意义非凡的少年。

宁霁当晚花了好久去平复心情，还好她住单间，没人看到她时而呆滞时而红到滴血的脸颊。

晚上她睡不着，硬生生熬到半夜，从床上爬起来，摊开那封准备了好几天的信，斟酌许久，在最后另起一行，小心谨慎地写下此刻的心声。

写完后，她才松了一口气，妥帖地将信纸收好，安心睡去。

第二天早上，分别是男女坡面障碍技巧预赛。

坡面障碍技巧是单板滑雪项目中最受欢迎的一个，选手们要在设置了诸多障碍物的场地内展示自己的技巧和风格，评委会根据选手综合表现给出相应分数。预赛阶段，分数排名前十的滑手进入决赛。

男子预赛在女子预赛之后，所以晏淮等女子预赛快结束了才赶到会场。

他看了眼路清美的成绩，还可以，进决赛应该是没问题，于是放下心来，去后台准备热身。

一进男运动员休息室，晏淮就察觉到今天大家看他的眼神不太对劲。

多了一点吃瓜和同情的情绪。

他舒展了一下臂膀，刚要做个准备运动，盛飞扬就破门而入，喊他：“狗爷狗爷！”

晏淮微诧地看盛飞扬，大跳台男子预赛在下午，他现在来这儿干吗？

盛飞扬很着急，将他拽出休息室，拉到没人的角落里，神情异常严肃：“你看一大早的新闻了吗？”

“没啊。”晏淮漫不经心地抓了抓头发。

“我说你怎么这么悠闲！”盛飞扬快急死了，匆匆调出手机页面，欲言又止了一下，才说，“还是你自己看吧。”

又是《冰雪时报》的官微，标题很长，浓缩下来就是一句话——“世羽嘉可能还活着”。

正文里铺天盖地都是宁霁的照片，有的是偷拍，有的是不知从哪儿搜罗来的学生时代的照片。记者狄红列举很多证据，一一证明宁媛就是世羽嘉的母亲，而她没有领养孩子的记录，不由得让人怀疑，现在宁媛身边的女儿是哪儿来的？

记者又去调查了宁霁的成长历程。关于“宁霁”，只有十三岁到二十三岁这十年间的记录，过去的十三年是空白。

所有证据的矛头都指向一个结论：世羽嘉没死，宁霁就是世羽嘉。

一石激起千层浪，这条新闻发布以后，不少网友跳出来贡献自己的人脉关系，其中有网友称，她家一个亲戚就在世羽嘉当年就医的医院工作，她可以言之凿凿地说，世羽嘉绝对没死。

真相像滚雪球一样越滚越大，本来已经消停的风波，现在又蒙上一层迷雾。

晏淮盯着屏幕里宁霁的照片，眼睛像针扎一样疼。他忽然想起极地俱乐部挑战赛那天，宁霁自然而然地向右挥拳，流畅地做出世羽嘉每次赛前都会做的动作。

记忆里那些细节仿佛跟着回忆一起沁出了血，晏淮把手机甩给盛飞扬，转身去了后台。

宁霁正在后台休息室，路清美刚刚下场，她去鼓励了一下，现在中场休息，她回来接点水喝。

休息室里只有她一人。

宁霁稍做休息，门外忽然传来一阵嘈杂的声音，晏淮毫无预兆地冲了进来。

宁霁愣了愣，昨晚那个突如其来的吻之后，她还没想好怎么面对晏淮。

“你怎么在这儿？”宁霁轻声问着，“男子预赛要开始了，你都准备好了？”

明显没有，滑雪服外套都没穿。

晏淮没说话，反手把门扣上。

锁扣“咔嗒”的声音在空旷的休息室里产生余响，宁霁心弦没来由地跳乱了一拍，更加奇怪地问：“怎么了？”

晏淮一步步走近她，始终盯着她的脸细细看。宁霁被他盯得浑身发毛，往墙角站了站。

“你究竟是谁？”他问。

宁霁慌神，故作镇定道：“你怎么了，我是宁霁啊。”

“除此以外呢？”他追问。

宁霁攥紧衣角，不好的预感油然而生。

晏淮离她很近，跟他们接吻时的站位几乎一样，可是此刻的晏淮目光黯淡下来，同昨天判若两人。

“这个，”晏淮忽然举起手机，“是真的吗？”

宁霁看到新闻报道中自己的照片，瞬间呼吸一窒。

她咬着下唇，手开始控制不住地发抖。

她想过有一天真相会公之于众，但从未想过是这样，在她还没做好准备的情况下，打她个措手不及，被挖成了透明人。

“我问你，这是真的吗？”晏淮又问了一遍。

宁霁声带干涩，张了张嘴想说话，却发不出音来。

晏淮等不及了，粗暴地撩起她右边的遮耳长发，耳郭上的小小缺口赫然映入眼帘。

——世羽嘉在山洞里，因为摔跤而不小心擦掉右耳上一小粒骨肉，就是这个位置。

晏淮眸子瞬间冷下来，眼尾的红色因为失望而加深。昨天，他还以为他们的关系能更进一步……命运真是给了他一颗甜枣，再狠狠地打他一拳啊。

晏淮露出一个残酷的冷笑，是宁霁从没见过的决绝。

“为什么要骗我？”一字一顿，他的声音带血。

晏淮一只手抓着她的手腕，下意识用了劲。宁霁痛到失神，痛到眼泪流了出来，却只能弱着声音不停地说：“对不起，对不起，对不起，对不起……”

她不知道说了多少声“对不起”，她并没有期望得到原谅，可晏淮的眸光太过刺骨，她不争气地发抖。

宁霁痛苦地闭上眼睛，多希望这一切是梦。

“我已经准备要告诉你了。”宁霁艰难地从口袋里摸出信封，“对不起，还是没赶上。”

晏淮倦倦垂眼，良久，才道：“太晚了。”

信封的淡粉色现在看来充满讽刺意味，上面写着：赛后，晏淮亲启。

他把信封捏在手里，似乎觉得很可笑。紧接着，他将信封连同里面的信件一并撕碎，飘下的纸片就像十年前的那场暴雪，纷纷扬扬落下。

突然间，两人仿佛相距数千万里远，中间隔着永不停歇的大雪。

“我太失望了。”

他居高临下地看着她，嘴角微微提起，笑意淡漠残忍，丢下这句话。

直到离开，他都没有再多给她一道目光。

坡面障碍技巧女子预赛结束，路清美以预赛第七名的成绩顺利进入决赛。接下来是该项目的男子预赛。

托盛飞扬的福，队友们都看到了那则新闻，翟小颜甚至老神在在地连说好几遍造化弄人啊。

大家都很担心晏淮的状态。

果然，大屏幕一闪而过男滑手们的镜头，晏淮因为脸色阴沉而格外显眼。

预赛每位选手有两次机会，取最佳成绩排名。

晏淮本该是最有竞争力的滑手，可是第一轮，他在出发点停顿了半天。

——他又出现幻觉了。

跟之前不一样，这次幻觉来得很突然，当他站上雪道顶端，望着前面的障碍物时，世羽嘉突然站在前方。

她不停地向前走着，走向无边无际的暴雪里，晏淮艰难地闭上眼睛，试图把幻觉赶出去。

由于他迟迟未动，观众席里开始窃窃私语。

赛事工作人员在一旁提醒晏淮，他大喘着气，睁开眼，看到世羽嘉停了下来，回过头，却是宁霁的脸。

那一瞬间，他心里五味杂陈，不知道该焦虑还是安心。

就在这样浑浑噩噩的状态下，晏淮的第一轮比赛开始了。他绷紧神经，虽然没有让自己摔跤，但低迷的状态持续到这轮结束，技巧和风格都没有完全发挥出来，跟他平时赛场上的张扬桀骜完全不同。

很多晏淮的粉丝就是喜欢看他那种滑雪方式，因此对他这一轮的表现很失望，看台上发出一阵接一阵的唏嘘声。

第一轮晏淮得分不高。

夏将辉跑去选手后台，王教练正在开导晏淮，但他似乎没有听进去，目光空洞，低着头摆弄手套。

王教练也看到了早上的新闻，从那时候起他就惴惴不安，果然，晏淮又在这件事上绊倒了。

夏将辉站在晏淮旁边，问：“你现在是怎么想的？”

“还能怎么想。”晏淮自嘲地笑了笑，“记者都知道了，我还不知道。”

夏将辉直言：“你怪她对你隐瞒？”

晏淮没说话，权当是默认。

“比起这个，你应该更开心才对。”夏将辉拍了拍他肩膀，“她还活着，没有死，明明是该欢呼的事情。”

晏淮眸光动了动。

不得不承认，夏将辉说得一点都没错。这十年来他备受煎熬，希望世羽嘉没有因他而亡，如今“世羽嘉”活生生地站在自己面前，应该开心才对啊。

道理他都懂，就是做不到，因为对方是宁霁。

她几次欲言又止是要说这个事吗？她自己就是个天才滑手，却埋名隐姓潜伏在他们这个支小破队伍里，究竟打算干吗？

晏淮微微抬眸，就看到宁霁站在看台边上，担忧地看向这边。

她在担忧什么啊……这么想赢，自己参加比赛不就好了？

晏淮拿手套盖住脸，以为只要不看到她，自己就不会胡思乱想。

他的第二轮比赛开始了。

比起上一轮，晏淮稍微平静了一些，可以连贯流畅地把技巧动作做下来，但整个人仍旧死气沉沉，看起来毫无光彩。

评委们失望地摇摇头。

他这一轮得分比上一轮高一点，但就只有一点点。

最终预赛排名出来，被寄予极高期待的晏淮位列第九，堪堪进入决赛。晏淮发挥极不稳定这件事，似乎快要板上钉钉了。

赛后，他仍然不接受任何采访，脸色阴沉着离开。媒体纷纷猜测，他的状态不好与早上《冰雪时报》的新闻有必然联系。

紧接着就有人同情他，原来他也不知道世羽嘉还活着的事啊，白白背了十年枷锁。

上午坡面障碍技巧男女预赛结束，晏淮连午饭都没吃，直接把自己关进宾馆房间里，手机关机，蒙头大睡。

同天下午是大跳台男女预赛。

盛飞扬和夏将辉顺利进入决赛，翟小颜脚伤没有痊愈，未进入前十排名，与决赛失之交臂。

傍晚时分，盛飞扬回到宾馆，给晏淮带了份饭，晏淮随便吃了几口就推到一旁。

盛飞扬拧着眉头："狗爷，你明天决赛，今天不能不吃饭。"

"嗯。"晏淮呆滞地看着电视里的婆媳连续剧，敷衍回应，"忘记说了，恭喜你进决赛。"

"谢谢你啊，狗大叔。"盛飞扬无语，"你看看你现在什么样，我仿佛看到了二十年后你变成中年油腻宅男的画面。"

晏淮无所谓地笑了笑："宅男好意思说我？"

盛飞扬刚要反驳，路清美的电话来了。

他听完以后神情逐渐凝固，看了看晏淮，欲言又止。

晏淮说：“快放。”

盛飞扬纠结地挠了挠头，说：“宁队医……好像被你的粉丝堵了。”

晏淮僵了僵，目光却根本没从婆媳电视剧上挪开。

他表情淡淡的，好像不在乎。

“路清美她们在帮她解围，但情况似乎不太好。”盛飞扬披上外套，准备下楼，出门望了晏淮一眼，叹了口气，“我去看看吧。”

晏淮始终没有动，跟没听见似的。

这拨粉丝都是因为早上的新闻动了怒。

晏淮负重前行，道歉还被斥责，她们已经很心疼了，结果到头来他做的一切都毫无意义，其实世羽嘉根本没死，不仅没死，还一直在晏淮身边？

换做谁的粉丝都忍不了。

盛飞扬赶到楼下时，宁霁被粉丝堵在中间，路清美和翟小颜在一旁费力劝架。

粉丝们说了什么他没听清，就看到其中一个气势汹汹地推了宁霁一下。

宁霁根本没设防，往后踉跄几步，才勉强站稳。

她垂着头，低声下气地说着什么，粉丝不买账，七嘴八舌地质问她。

盛飞扬赶紧过去打圆场：“各位姐姐妹妹别激动，咱们有话好好说。”

晏淮的粉丝是认得盛飞扬的，但此刻大家都在气头上，管不了那么多，喊道：“怎么好好说？这女的干了什么破事自己心里清楚，这么多年躲起来安心吗？人血馒头好吃吗？”

“晏淮一比赛她就跟过来，什么意思？是不是就想骚扰我们家晏淮？”

路清美皱眉：“她是我们的队医，当然要跟队，没你们想得那么龌龊。”

“龌龊？”粉丝瞪大眼睛，“这个词还给你们家队医，谁都没她龌龊！”

路清美也是个暴脾气，跟宁霁多年交情，忍不了她这样被骂，很快就跟粉丝们吵了起来。

战况愈演愈烈，宁霁把路清美推到一边，郑重地跟粉丝们说："请你们不要骂她，有什么都冲我来，是我对不起晏淮和你们，真的对不起。"

她今天说得最多的就是这三个字。

跟晏淮，跟队员，跟教练，跟妈妈，现在跟晏淮的粉丝。

她忽然深深弯下腰，向她们鞠了一躬。

"真的对不起，对不起，对不起。"

她不停道歉，低声下气。路清美、盛飞扬他们还没见过这么卑微的宁霁，粉丝不叫她起来，她就一直弯着腰，检讨和自责。

场面不知混乱了多久，四周忽然陷入安静，宁霁感觉胳膊一沉，一只大手把她拉了起来。

"你只需要对我道歉。"晏淮沉着脸，扫视一圈，"都散了吧。"

多一个字的废话都没有，也丝毫不顾粉丝们的目光，晏淮拽着宁霁像提小鸡似的上了电梯，直接按了最顶层。

宁霁一抖："你要杀人灭口吗？"

晏淮凉凉地看她一眼，像看个智障。

她这几个小时心里也不好过吧？只一眼，晏淮便看到了她红肿的眼眶。

结合刚才她卑微的样子，仿佛有小针刺在心上，晏淮还是心疼了。

顶层房客不多，落地窗前的休闲桌椅空着，晏淮以十分大佬的坐姿坐下，语气极淡地说道："虽然已经迟了，但我再给你一个解释的机会。"

宁霁蒙了一瞬，很快反应过来，将十年前的事一五一十说个清楚。

她是如何从山崖下被救了回来，宁母是如何四处借钱治好她的病，又是如何改了名字，这些是新闻报道里没有的。

在说起被生父抛弃、身心皆得病，甚至多次企图自杀的过往时，宁霁平和得仿佛在说自己上辈子的故事。

晏淮越听，脸色越深沉。

他并没想到，所谓“隐瞒”的背后，竟然还藏着这么多事。

“医生说我不能再当运动员了，否则我以后只能参加残奥会了。”宁霁笑着耸了耸肩，“上次极地挑战赛后，我身体各处关节还疼了好几天。”

她瑟缩在椅子里，抱着膝盖，神色如水，平静道：“我妈她就是个普通的母亲，不想让我一生都活在别人的惋惜遗憾之中，所以当年没有刻意澄清那条新闻，让大家误以为世羽嘉真的死了。”

顿了顿，她话锋一转，道：“不过，也算是真的死了。”

她脸埋进膝盖里，小声说：“不能滑雪，世羽嘉就等于死了。我当时接受不了，因为我真的太太太喜欢滑雪了。而且从我有记忆起，我就是为了单板滑雪而奋斗，从没想过其他，突然告诉我，你不行了，你放弃吧，我真的不知道该怎么办。”

晏淮是明白的。

他以前看过世羽嘉的采访，她对这项运动的热爱发自内心，甚至到了狂热的地步。原来她成为宁霁后，表现出对滑雪的不闻不问，都只是为了逃避自己的内心。

“因为想不开，我的心生病了，好不容易治好，我下定决心以宁霁的身份好好活着，可是哪有那么容易。”

她忽然站起身，脱掉外套，抓起毛衣下摆，毫不犹豫地掀开。

晏淮瞳孔骤然收缩——女性曼妙纤细的腰身上，全都是狰狞恐怖的冻伤痕迹，大片大片，触目惊心，几乎找不到几块完好的皮肤。

到底是在山崖下昏迷得太久了，捡回来的也只有半条命，就算是作为宁霁活着，也无法正常地融入人群。

她不敢与人合住，不敢在同性面前换衣服，不敢去公共澡堂，不敢去沙滩和游泳池。

更不敢交男朋友。

她的身体太丑，不配拥有那些美好和快乐。

宁霁慢慢放下毛衣，慢条斯理地整理好，晏淮仍然没缓过神来，艰涩地吐出字：“你应该早点告诉我……”

“对不起，晏淮。”宁霁垂眸道，“是我不敢告诉你。”

晏淮一半脸在阴影中，眸光忽明忽灭地闪着：“为什么不敢？”

宁霁自嘲地笑了笑，轻声道：“我有一场美梦，梦里我和你并肩而行。我就想一直看着你，害怕你一旦知道，我的美梦就要醒了。”

晏淮怔怔看着她。

“我看得出来，你对滑雪也是真心热爱，所以我喜欢看你滑，从你身上，我好像看到了过去的自己。”停了停，她道，“总而言之，我没办法再当个运动员了。”

她这句话说得很轻，像是时隔十年，终于迈出了那一步，对自己下达了诊断书。

“晏淮，对不起，但是求求你，”她眼眶又红了，终于忍不住捂起脸，无声啜泣，“求求你让我继续注视着你吧。”

——因为你太闪耀了，像是我没做完的梦。

第二天，两个项目，四十名选手，角逐这次竞赛的冠军。

晏淮早早就到赛场了。

单板队成员有些诧异，虽然晏队仍旧话不多，但脸色看上去好了很多。

盛飞扬推了推眼镜，老神在在地说：“解铃还须系铃人嘛……”

众人恍然大悟。

昨天宁霁临走时，给了晏淮一沓碎纸，就是他亲手撕碎的那封信。

“本来这个是赛后要给你的，里面就是我今天跟你说过的这些话……

信是没法看了，我亲手扔掉也不合适，还是交给你来扔吧。”

晏淮于是收下了那沓碎纸。

晚上他沉思了很久，最后像发神经似的，找来一卷胶带，开始拼凑宁霁写的这封信。

跟她说的一样，内容基本上就是她说过的那些话。

但是在信的最后，有一段明显是后来加上去的文字。

晏淮凑到台灯下，细细看着。

都说人间不过三万场，却要经历世间种种。我的人生似乎比同龄人走得更难一些，除了风花雪月天地山河，我还从地狱游历一遭，最终以残缺的模样安身立命。

但老天待我不薄，终于让我看到这世间最美妙的风景。

我在此立誓，无论是宁霁还是世羽嘉，千帆过尽，唯独对晏淮情之所钟。

宁霁写下这段话的时候，大概没想到事情会闹到这个地步，字里行间都透露出一种通透的害羞。

然而——情之所钟。

晏淮的心脏像是被人攥住，温温柔柔地缠上藤蔓，连最后那点愤怒都要被冲淡了。

他长叹一口气，喃喃道：“真是败给你了。”

宁霁哭得红彤彤的眼睛仿佛还在眼前，今天的比赛，晏淮找不到任何不拼命的理由。

能进入决赛的都是全国顶尖滑手，晏淮一直练U型池比较多，在坡面障碍技巧全国锦标赛上的最好成绩是季军。各路专家媒体按照预赛的成绩推测，他今年连前五都保不住。

晏淮并不在意那些声音。

决赛时每位滑手有三次机会，晏淮第一轮以稳定为主，第二轮开始加大技巧难度。但今年滑手们势头很猛，还有好几位新秀穷追不舍，他前两轮的成绩都不能排到前面。

第三轮上雪道时，晏淮下意识往休息区望了一眼。

宁霁站在那里，抬头注视着他。

晏淮收回目光，又在赛道上看到了世羽嘉。

但这次，他一点也不慌。幻觉里，世羽嘉冲他笑了笑，忽然挥了挥手，仿佛要与他告别。

“再见啦，你好好加油，要帮我赢下这场啊。”

她仿佛这么说着，然后转身消失了。

面前还是白茫茫的雪坡和障碍物，晏淮现在却只有战胜它们的念头。

他舔了舔嘴角，眸中闪烁出必胜的信心。就在这兔起鹘落间，在场所有人似乎都感觉到了他的变化。

比赛开始，晏淮飞快地滑下雪道。

他像蝴蝶一样轻巧，又像雄鹰一样充满力量，他仿佛真的会飞，张扬地飞舞在各段障碍物之间，巧妙地转体，衔接空翻。

观众和评委都屏住呼吸，被他吸引了目光。

晏淮这一把发挥得太好了。他的表现甚至让大家觉得，滑雪对他来说不单单是比赛，他不是要征服雪，而是在享受，是一种完全超脱了比赛层面的心境，他要跟雪融为一体。

说是一场华丽的表演赛也不为过，但无论难度和技术都保持在又高又稳的水平上。

连王教练都有些吃惊。

他带了晏淮这么多年，这是晏淮状态最好、表现最佳的一次，甚至可以说是超常发挥，跟昨天判若两人。

从最后一个障碍物上空飞过，晏淮稳稳地落在地上。

全场爆发出叹为观止的掌声。

晏淮这轮综合评分压倒性排上第一，毫无争议。

那个雪场上的“小魔王”，回来了！

单板队双喜临门，晏淮顺利拿下坡面障碍技巧男子决赛第一，夏将辉也拿到了大跳台男子决赛第三名。

但其他队员就没有那么顺利了。路清美在女子坡面障碍技巧决赛中差了一点点，最终以第四名成绩与奖牌遗憾错过，她下场以后，在观众席碰到了路言。

路言不爽地哼了一声：“不过就是第四，我以为你多能耐呢。”

要是在以前，路清美听完肯定要难受了，但现在她发现自己内心毫无波澜，甚至还想笑。她摊了摊手，说：“总比连决赛都没进的要强。”

路言气恼：“这不是我的主攻项目！”

“也不是我的啊。”路清美笑了笑，牵着盛飞扬的手走了。

盛飞扬在大跳台决赛中拿了第六，对于他这样的新人来说，还算不错，王教练还表扬了他。

总体而言，单板队这次大获全胜，王教练兴奋地向学校领导和赞助商们汇报着喜讯。

颁奖典礼和闭幕式都在第三天，但从今晚开始，已经属于胜利者的狂欢夜了。

单板队准备去聚餐，路上却被赛事工作人员拦下，点名找夏将辉。

夏将辉走了出来：“是我。”

工作人员有些不忍地看了看他，说：“夏好芝是你奶奶？”

夏将辉心里突然“咯噔”一声，有种不好的预感。

“你快回去吧，她可能……”工作人员叹气，欲言又止。

突如其来的意外冲散了获胜的喜悦，夏将辉饭也不吃了，立刻回宾馆收拾东西，准备赶最近一班车回T市。

一想到老人家可能情况不妙，其他队员都放心不下，最终决定路清美、盛飞扬、翟小颜三个不需要参加颁奖典礼的队员跟夏将辉一块儿回去，帮忙照应一下。

王教练被偶遇的老同事叫去喝酒，度假村这边只剩晏淮和宁霁留守。

晏淮也不知道跑去了哪里，从刚才就没见人影，宁霁猜想，他大概是还没想好怎么面对自己吧。

宁霁自己去吃了晚饭，然后回到宾馆，翻了翻医学类的书籍。

她觉得心脏皱巴巴的，怎么都抚不平，她甚至已经想好，如果晏淮不肯原谅她，那她就离开T大，消失得远远的。

不知过了多久，忽然有人敲她的房门。宁霁看了眼手机，已经晚上十点多了。

她警觉地问了一声："谁？"

没人回答，她便凑到猫眼上，看到是晏淮。

宁霁打开门，还没来得及说话，晏淮突然向前踉跄一步，把她抱进怀里，头埋在她颈窝上。

宁霁吓了一跳，酒气扑鼻而来。

"你喝酒了？"她难以置信，"自己一个人喝的？"

晏淮闷闷地应了一声。

"快起来。"宁霁拍了拍他，"喝醉了也别指望能占我便宜。"

晏淮抬起头，嘴角弯了弯："那你占我的，我同意了。"

"……"宁霁无语地把他扶到椅子上，给他烧点开水。还好她随身带的蜂蜜还剩最后一条，可以给他冲了醒酒。

一转脸的工夫，晏淮已经擅自咬开了蜂蜜包装袋，把里面浓稠的液体直接挤到了嘴里。

“等等，泡水喝啊！”宁霁从他手里抢下蜂蜜，发现已经被他吸得一滴不剩。她无奈地看了眼水杯，“这是最后一包，你只能喝点热水，让它们在胃里泡开了。”

晏淮低下脑袋：“对不起，抢了你的蜂蜜。”

“没事，本来就是要给你醒酒的。”

“但是真的好甜。”晏淮说着，忽然站起身来，摇摇晃晃地走到宁霁身边，“你尝尝。”

宁霁根本来不及反应，晏淮的吻便铺天盖地覆了下来。

他唇齿间全是蜂蜜香甜的味道，一瞬间充满宁霁的口腔。大概是这甜味过甚，宁霁一下子忘记了挣扎，乖乖地任由晏淮撬开她的牙关，舌尖小心探入，细细吮吸。

温柔而贪婪。

不知过了多久，晏淮才意犹未尽地放开她，眸中染着迷离的水色，看了她半天，忽然道：“我还是喜欢你。”

宁霁失神。

“我没办法不喜欢你。”晏淮指腹轻轻摩挲着她的耳垂，声音低哑，“我做不到，真的，没办法。”

宁霁还没想好怎么回应，晏淮似又想起什么，若有所思地笑道：“唯独对晏淮情之所钟？”

宁霁脸上一热，无力地辩解：“那个，其实就……”

她话没说完，晏淮突然将她抱起，扔在床上，伸手就要掀她的衣服。

宁霁慌了，紧张地把手臂护在胸前。

谁知晏淮只将毛衣掀开一角，在恰巧能露出肚皮的位置便停下了。

他盯着上面的伤疤目不转睛。

宁霁下意识伸手去遮：“丑，别看了。”

“一点都不丑。”晏淮推开她的手，轻轻摸过这些伤疤，他指尖灼热的温度让宁霁微微打了个战。

“一点都不丑。”晏淮重复，“我们宁霁最好看了。”

话一说完，他便低下头，温柔地吻在了她的伤疤上。

宁霁呼吸一窒。

肚皮上的触感仿佛瞬间浸入皮肤，把酥麻的暖意传送到全身。直至头顶，这股暖意便化成了水，眼眶差点兜不住。

宁霁也不知道，为什么现在会想哭。

第一次有人告诉她，你的伤口一点也不丑，到头来居然还是这个人。

还是这个人啊。

当初把她带进风雪的是他，如今要把她拽出来的也是他。

晏淮的亲吻缓缓地在那些伤口上游走，缱绻、绵长，让宁霁丝毫没有觉得被侵犯的意思。她手背盖在眼睛上，尽量不让自己哭出来。

晏淮吻完她的伤疤，撑着床起来，弓身将她笼罩在自己手臂里，食指缠了一圈她的头发，放在手里细细绕着。

他像未曾喝过酒似的，眸光深沉清亮，瞳仁里全是她的倒影。

“宁霁。”他出声唤她，认真地说，“我们在一起吧。”

宁霁抬起眸，看着他。

“我喜欢你，很喜欢很喜欢，喜欢到发疯。”晏淮敛眸，慢慢道，“第一次对你表白，在便利店，你觉得我是跟你开玩笑，其实不是，我当时就是认真的。”

他的声音还有些沙哑，却莫名带着蛊惑。

晏淮继续道：“如果你不能滑雪了，我就带着你的那份，继续滑下去。”他慎重而恳切，“无论从前还是以后，我所有的荣光都与你共享。”

宁霁怔然。

床头暖黄的灯光揉进了少年眼中，揉成了一池潋滟。他还有话要说，于是弯了弯嘴角。

“最重要的是——”晏淮温柔地亲了一下手里的发梢，“我长大了，不会再认错路了。可不可以让我牵着你，好好地走下去？”

宁霁憋了好久的眼泪，终于在这一刻土崩瓦解。

她再也忍不住，号啕大哭。

十年前，她牵着小男孩的手，深一脚浅一脚地走在雪地里。

十年后，这个男孩真的长大了，变成了走在前面牵着她的那个人。

宁霁看到，她梦里那场一直在下的暴雪，终于要停了。

原来，她真的可以等到大雪初霁。

宁霁一边哭着，一边张了张嘴，声音低到几乎成了气音，说：“好。”

颁奖典礼当天来了很多媒体。

狄红也来了，趾高气扬地堵在通道口，准备抓住典礼后采访的第一机会。

她悄悄环视了一圈，察觉绝大部分记者跟她有同样的目的，都是为了撬晏淮的口而来。

你以为自己害死了人，辛辛苦苦道了歉，最后发现那人根本没死……大家想看晏淮那张桀骜的脸上露出的荒诞表情。

晏淮站在颁奖台的最中间，脖子上挂着金牌，手里捧着花，看上去没有多兴奋，仍旧懒洋洋的。

从颁奖台上下来，他象征性地朝观众席挥了挥手，简洁回答了几家官媒的问题，然后准备从运动员通道离开。

他远远看到了埋伏在那儿的一大票记者。

如果在以前，他早就掉头寻找别的出口了，但今天他反常地挑了挑眉，冲着记者群直奔而来。

记者们纷纷握好话筒和摄影机，严阵以待。

晏淮没有进他们围成的圈，而是偏了偏，在旁边停下，直勾勾看着前方观众席上的女子，一动不动。

记者们顺着他的视线望过去，窃窃私语。

“这是谁？好面熟啊。”

“哎呀，这不就是那个……”

“世羽嘉！”不知是谁吼了一嗓子，这名字一出来就在人群里炸开，大家立刻把焦点从晏淮一个人身上转移到了这两个人身上。

真是冤家路窄，他们会在这里当众吵开吗?

晏淮并不知道记者们在想什么，他站了一会儿，忽然嘴角带笑，向着对方走了过去。

他突然摘下脖子上的金牌，挂在宁霁的脖子上，随后把捧花也交给了她。

宁霁抬头看他。

晏淮伸手轻轻捋着她鬓角边的碎发，眼中有温柔的光，然后当着所有记者和观众的面，捧起她的脸，在她唇上落下一个吻。

“我的荣光与你共享。”

Chapter.12

– 初雪落时 –

“生日快乐，我的宁霁。”

夏将辉的奶奶去世了。

老人家风雨兼程地走完了自己这辈子，平凡，又不平凡，终于在 T 市初雪的那个晚上，含笑离开了。

夏将辉这才知道奶奶临走前给他演完的那出戏。

她日复一日看着夏将辉在自己身边虚度时光，不能训练、不能上课、不能参加比赛，她觉得很不值。

她得知全国锦标赛要开始了，于是积极配合治疗，强撑出好转的迹象，让孙子安心去参加比赛。

老一辈的人觉得上电视是特别荣耀的一件事，夏妤芝在电视上看到了夏将辉，高兴得流出泪来，转头望着窗外初雪，又想起了童年玩雪的画面。

她又想打雪仗了。

可她再也不能打雪仗了，当年和她一起打雪仗的玩伴，现在也只剩下自己。

夏妤芝早就想好了接下来的路要怎么走完。她觉得自己这辈子已经知足了，不想再成为任何人的拖累。

她支开护工，拔掉自己身上的管子，扔掉药，慢慢换上自己最喜欢的一套衣服，坐在窗边看着这场安静悠长的雪。

直到睡着。

夏将辉赶回 T 市时，夏妤芝正在进行最后的抢救，队员们也没回家，都陪在他旁边。

最后的最后，手术灯熄灭，医生走出来，冲他们摇了摇头。

仿佛早就料到了这个结局，夏将辉没有哀号，也没有痛哭。

他只是垂下眸，怔怔地看着地面，看了好久好久。

久到窗外又飘起了雪。

他临走那天，是跟以往的每一天都一样平凡的一天。

他穿好鞋，握了握奶奶的手说：“奶奶，我出发了。”

夏妤芝笑着，温柔地说：“好，小辉加油。”

原来，那就是最后一面。

夏妤芝下葬那天又下起了雪。遵循她的遗愿，葬礼一切从简。

队员们红着眼给老人家上了花，最后轮到夏将辉。

他没有拿花，而是弯下腰，从地上捧起一堆雪，在手里捏成了球，然后郑重地放在墓碑前。

雪球在花里格格不入，可接下来的每年冬天，夏妤芝的墓前都会有一只雪球，安静地陪着她。

接连下了几场雪，T 市一天比一天冷。

单板队好好调整了一下状态，准备向着更高的目标前进。

晏淮现在就要开始备战世锦赛了，其他队员在下次大赛来临之前，也有大大小小不少比赛供他们练手。

有关晏淮和宁霁的舆论风波终于渐渐消停。

在锦标赛最后，晏淮那个颇有交接宿命感的一吻后，冰雪运动圈炸了。

那些等着看晏淮和世羽嘉难堪的路人着实被打了脸。人家其实是一对的，人家根本不在乎那些挑拨离间。

挑起这场风波的记者狄红彻底成了跳梁小丑，她本来想找机会扳回这局，可是关于她职业素养欠缺的证据越来越多，很多不胜其扰的运动员出来指证她，让她一下从神坛跌入泥泞。

恰逢《冰雪时报》更换领导班子，高层在讨论过后，决定对她进行停职处罚。

说好听点叫停职，说白了就是逼你自己走，《冰雪时报》终究是抛弃了这枚棋子。

也有人提出质疑，既然这两人已经在一起了，那晏淮之前的道歉是怎么回事？演出来的吗？

于是就有网名为“你盛爸爸”的网友自诩知情人士，说他俩是后来才在一起的。

不过这些都是小插曲。

目前舆论的总体风向就是“哭”。

女孩儿们哭自己找不到晏淮这样的男朋友，又高又帅能力强，还把金牌当众戴到了女朋友身上。

男孩们哭晏淮运气怎么这么好，本人就已经很出众了，找了个女朋友居然也漂亮得不像话。

这拨哭诉也没持续太久，大家又被晏淮的身材吸引了目光。

起因是某次训练，在开足了暖气的室内训练馆，晏淮训练中途觉得太热，就把运动衫脱了。

这其实没什么，体育馆、健身房里赤裸上身的男子多了，大家都见怪不怪。

就是因为习以为常，路清美和翟小颜两人自拍时没注意，把他也拍了进去。

还发了微博。

照片中，晏淮站在后面，正垂头整理自己的护腕，阳光正好打在他身上，勾勒出线条分明的肌肉和骨骼，甚至可以看到臂膀上凸起的血管。

健壮而不油腻，荷尔蒙爆棚，还透露出性感，只一眼就让无数迷妹想尖叫。

路清美和翟小颜的微博都沦陷了，大家一面感叹晏淮是什么样的神仙，另一方面怀疑宁霁是不是上辈子拯救了全宇宙。

宁霁没太关注这些事情，只匆匆扫了眼评论。

晏淮虽然在颁奖典礼上的那一吻太过高调，但某种程度上，帮她摆平了很多麻烦。

就比如，办公室里的男队医，自那以后彻底收起了魔爪，对她终于不再有非分之想，让宁霁松了一口气。

下午，办公室里其他队医都不在，只剩下宁霁一人，她正站在里间柜子前整理着药品。

晏淮不知道何时来的，悄悄从后面抱住她。

他外衣上还沾着门外的寒气，贴在后背，宁霁下意识抖了抖，随即就闻到他身上清冽好闻的气息。

宁霁有点难为情："别这样，这是办公室。"

所幸晏淮也知轻重，很快就将她放开。

"你怎么来了？"宁霁问。

"来就诊啊。"晏淮懒散地丢下双肩包。

"你的幻觉已经消失了吧？现在不用每周都来我这儿了。"

"那可不行。"晏淮摸着前胸，皱眉道，"我最近不舒服，哪儿都疼。"

宁霁抬了抬眼皮，懒得拆穿他的谎话，手往旁边一指："那你去睡会儿吧，睡醒就不疼了。”

晏淮嘴角弯了弯，忽然拉着她的手，放在自己胸膛上：“不做个检查吗？”

尽管隔着一件卫衣，宁霁仍然能感觉到掌下结实的胸肌。

她心里突了一下，镇定地扭开脸：“我看也没什么毛病。”

“是吗？你再好好诊诊？”晏淮好整以暇地笑着，桃花眼勾了勾，忽然将她的手放进卫衣里，从上摸到下。

宁霁浑身毛孔都要炸开了，她清晰感觉到少年刚训练完灼热滚烫的体温。

她再也镇定不了，飞快抽回手，瞪他：“你是流氓吗？”

晏淮眼眸深了几分，压着笑意道：“嗯，我是。”

“……”

宁霁彻底不想说话了。

晏淮半倚在病床上，跷着腿，懒懒地问她：“网上现在疯传我的裸照，你怎么看？”

“用眼睛看啊。”宁霁决定也不当人了，眨了眨眼，“不然呢？我还能用脚看吗？”

晏淮不气反笑，镇定地说：“大家都夸我身材好，穿衣显瘦脱衣有肉，身材加上脸就算混娱乐圈也绰绰有余……”

宁霁快听不下去了。怎么能有人脸皮这么厚？别人对他的夸奖如数家珍，他还这么平静，仿佛一切都是他应得。

自夸了半天，晏淮才抬起眼看她：“所以，你看过我那么多次裸体，为什么从来不夸我？”

“裸什么？”宁霁怀疑自己的耳朵，“那不叫裸体，脱光了才是裸体，你别乱说。”

晏淮没吭声，静静看着她，宁霁心里顿时产生不好的预感……

果然，晏淮忽然麻利地扯开运动裤上的抽绳："对不起，现在就让你看看。"

"你别动！"宁霁按住他的手，无奈地说，"不就是夸你吗？我夸就是了。"

晏淮这才放下手。

宁霁目光在他卫衣上瞟了瞟，干巴巴地说："小伙子长得不错，遗传得比较好，你父母功不可没，然后腿挺长的，走哪儿都像个人柱子……还有身材保持得不错，腰腹部练得很好，看着很有力量，继续保持。"

她噼里啪啦说了一通官式夸奖，本来以为晏淮不会高兴的，没想到他越听笑意越深，到最后耐人寻味地挑了挑眉，说："我的腰确实很有力。你要亲自验验吗？"

"……"

宁霁缓了缓神，敲敲床沿："晏淮，你能不能内敛点儿？"

晏淮点点头，张开手臂："那我内敛地邀请你过来试一试。"

"……"

宁霁总算是发现了一件事。

她的小男友芳龄二十，正是血气方刚精力旺盛的年纪，光几句话就有要将她吃干抹净的架势。

她还没想好怎么应对，晏淮忽然拽着她的胳膊，将她整个人带下来，抱在怀里。

宁霁清楚地感觉到他的气息扑面而来，是介于少年和成熟男人之间的滚烫和清冽。

宁霁急着要推开他，却被晏淮轻轻按住，声音在她耳边低沉响起："我什么也不做，就抱一会儿，可以吗？"

许是他的语气变得恳求，宁霁不再抗拒，乖乖靠在他肩头。

就这样安静地抱了一会儿，晏淮忽然说：“我妈想邀请你去家里吃饭。”

宁霁愣了愣，坐直了问：“你爸妈没有意见？”

“怎么会有意见？”晏淮握着她的手，捏在手里玩，“他们高兴还来不及，还说心里一直有亏欠，想当面跟你道歉。”

宁霁纳闷：“道什么歉？”

“就是，”晏淮忽然顿住，不可思议地看着她，“你说呢？”

宁霁更迷糊了：“他们又没做过对不起我的事，干吗要道歉？”

晏淮眸光微动。

忽然想到他可能所指的事，宁霁笑着揉了揉晏淮的软发，安慰说：“不过都是爱孩子的表现而已，怎么能算错？真要说起来，我们家隐瞒了我还活着的事，让你难受了这么久，我应该跟你道歉才对。”

在宁霁心里，他没错，他的父母更没错，只有那些看热闹的人才真有错，把他们两边都架在罪人的处刑台上，逼着他们都要道歉。

晏淮心里感慨万千，最终什么也没说，一个起身，凑到她跟前，亲了她一口。

“道歉就算了，吃饭嘛，还要再等等，现在有点早。”宁霁认真思考着这件事。

“没关系。你想什么时候去都可以。”

又聊了会儿天，宁霁到下班点了，晏淮才准备离开，并答应晚上帮她遛蛋黄。

临走之前，晏淮忽然站在门口，回过头：“宁霁，你……”他似有话要说，欲言又止了一番，最终话到嘴边却完全变了个意思，“你吃完饭联系我。”

“好。”宁霁点点头，继续收拾自己的东西。

等晏淮身影消失，她才停住，茫然地站在空荡荡的办公室里。

她大概能猜到晏淮刚才想问什么，他们在那么多媒体的镜头前接吻，宁母一定也已经知道他们谈恋爱的事了。

但宁霁的谈话里，完全避开了这个话题，因此晏淮也没有再问。

她叹了口气，早上妈妈打来的电话犹在耳边。

母亲从电视上得知宁霁谈恋爱了，对方还是晏淮，并没有产生太大的情绪波动。

她甚至过于平静，什么都没问，也什么评价都没给。

这样宁霁反而心里发怵，她倒希望妈妈说点什么。

电话最后，宁母只是淡淡问："你要不要回家？"

宁霁迷茫地"嗯"了一声。

"我之前接诊过一个产妇，她家里办私人诊所的，最近在招人，待遇很高。或者你不想去私人诊所，准备一下考试，我们院我可以想办法把你塞进来。"

宁霁终于听明白了她的意思。她犹豫道："还是算了吧，我只有本科学历，论什么都比不上人家，而且我做队医也挺开心的，学校里风气比较好……"

"但那没有出路。"宁母打断她，"你总要为你的前途想一想吧？你虽然在学校，却不属于事业编，万一哪天队伍解散了，你怎么办？"

宁霁咬了咬唇："妈，您之前并不反对我在这儿工作的，为什么突然这样？"

宁母声音仍旧平静："原因我刚才已经说了，没出路。"

"是这样吗？"

"这需要怀疑吗？"宁母反问，"你自己难道掂量不出来，当个队医和进入医院工作，这两个含金量哪个更高？”

宁霁沉默了，半天没吭声。

不得不承认，妈妈说得很对，就算是在他们运动医学科，绝大部分的人都想进入正规医院工作。

而且她也必须考虑，如果哪一天，单板滑雪队不在了，她将何去何从？

宁母知道她被说动了，也不逼她做选择，只轻描淡写道：“你好好考虑一下吧。”

挂了电话，她望着手边的书。

不知道从什么时候开始，她自然而然地找来大量专业书籍啃着，她最开始只是想，如果晏淮不肯原谅她，那她就离开 T 大。

现在晏淮不仅不介意，还对她百般好，她为什么还要继续看书呢？

宁霁不敢去想，自己心底指向的答案。

已经过了下班点，她还在工位上磨蹭，回忆着母亲抛出的橄榄枝。

直到门口冒出两颗脑袋。

路清美松了口气：“还好还好，学姐还没走。”

宁霁回过神，看着她和翟小颜走进来。

翟小颜说：“我觉得我的脚伤好得差不多了，应该可以恢复正常的训练量了吧？”

宁霁诧异地看她一眼，没想到这姑娘对训练这么着急。

像是被看穿了心事，翟小颜轻咳了一声：“我们队单板三傻跟打了鸡血的狗似的，每天都有拆体育馆的架势，我不跟上不行啊。”

“单板三傻？”

“就是晏淮、盛飞扬和夏将辉。”路清美解释道，“学校里现在都这么叫他们。”

宁霁纳闷：“我记得这仨最开始被称为单板三帅，还有什么模特队……”

路清美和翟小颜都露出无奈的神情。

“都是命。”

“往事不要再提。”

“……”

宁霁扶额，替翟小颜检查了一下脚，基本痊愈了，但还是建议她去医院细致地检查一下，以免训练强度增加后出现隐患。

随后，宁霁和她们一起去食堂吃了饭。

饭间路清美好似不经意地问：“学姐，你下周六有空吗？”

“下周六？应该有的。”宁霁扒了口米饭，没在意。

“时间空出来，我们队有聚餐。”像怕她误会似的，路清美又补充道，“上次锦标赛回来大家都在忙，聚餐就一直没搞起来。”

“嗯，好的。”宁霁没多想就答应下来。

路清美和翟小颜交换了个眼神，松了口气。

果然，她自己都忘了，那天是她的生日。

聚餐那天很快就到了，宁霁起了个大早，并不是因为她想起今天是自己生日，而是约好了医生带蛋黄去打针。

单板队的聚餐很奇怪，居然订在了学校附近一户民宿里。宁霁下午回到学校，问晏淮要不要一起去，晏淮拒绝了。

他说还要再训练一会儿，宁霁便提议去体育馆等他，还是被拒绝了。

宁霁虽然有点灰心，但她相信晏淮肯定有自己的安排，便没有勉强他，这是他们两人之间的信任，在忙正事的时候，互不干涉。

宁霁于是按照路清美发来的位置信息，自己找到了民宿。

她站在门口，轻轻叩门，一低头发现门并没有锁。

“有人在吗？我进来啦。”宁霁一边说着，一边推开门，屋内一片漆黑，遮光窗帘又大又厚，把窗外的阳光隔绝在外。

宁霁有点奇怪，回头看了一眼门牌号，没走错。

她走到客厅，准备拉开窗帘，忽然听到一阵音乐声。

投影在墙上打出一片光，在自动散开的藤叶里，宁霁看到了十岁的自己。

那时候她刚开始滑雪，还是双板，手里握着雪仗，紧张地看着镜头。

然后按照年龄顺序，她的照片一张接一张地闪现出来。她第一次因为失误而哭泣、第一次比赛获奖，还有跟其他优秀滑手的合影……

随后有十年的空白，照片直接跳到大学，那时候她已经叫“宁霁”了，她和舍友躺在草坪上凹造型，还有穿着学士服在毕业典礼上拍的照片。

这里的许多照片，连宁霁自己都没有备份。

大学毕业后她茫然了一段时间，就到T大来工作，这个时期的照片也大都是和队员们的合影。幻灯片在悠扬的音乐里放到最后一张，定格在大合照上，是他们在全国锦标赛开始前拍的，包括王教练在内，每个人都没有缺席。

照片放完，灯亮了，伴随着拉花的声音，队员们从各个角落里蹦出来。

“生日快乐，学姐！”

“宁队医，生日快乐！”

她被人团团围住，还没反应过来，晏淮就将一顶金色的纸皇冠戴在她头上。

“生日快乐。”晏淮嘴角弯了弯，“我的宁霁。”

旁边立刻传来嘘声，几个人纷纷表示拒绝这拨狗粮。

宁霁终于缓过神来：“你们……”鼻子有点酸，人在太幸福的时刻会忍不住想流泪，她强忍住那股冲动，由衷地说，“谢谢你们，我自己都不记得……太惊喜了。”

队员们挨个把礼物送到她手上，总共五份，她两只胳膊差点抱不下。

“更惊喜的还在后面呢。”路清美神秘地眨了眨眼。

盛飞扬担忧地说：“你确定是惊喜吗？”

路清美没理他，拉着宁霁走到厨房：“当当当！我们准备自己做饭给你吃！”

宁霁惊讶地看着厨房台面。

他们不知道什么时候跑去买好了菜，有鱼有肉有菜，琳琅满目。

在她又要感谢之前，盛飞扬幽幽地说：“虽然我们都不太会做饭……”

“嗯？”宁霁震惊地看了眼大家，终于明白盛飞扬前面的意思了。

路清美大大咧咧地说：“不慌。夏将辉会，我们可以学啊。”

晏淮拍了拍夏将辉的肩：“辛苦你了。”

夏将辉：“……”

如果他推断没错的话，这几位都不太有做饭的天赋。

虽然没到晚饭时间，但考虑到他们的水平和实力，夏将辉提议现在就开始准备做饭。厨房里的众人立刻忙得不可开交。

客厅餐桌上摆着生日蛋糕，看样子还是宁霁喜欢的水蜜桃口味儿，奶油上面有一圈新鲜的桃瓣。

她忍不住咽了咽口水。

这一幕恰好被晏淮看到眼里，他勾了勾嘴角：“饿了？”

“看着很美味，把我看馋了。”宁霁别开眼，“不看它就不会饿了。”

“是吗？”晏淮也没多说什么，就直直地和她对视。

过了会儿，宁霁的肚子“咕噜”了一声。

晏淮憋着笑，认真总结：“看来我也很美味。”

“没有。”宁霁辩解得有些无力。

不得不说，晏淮看着的确很美味。明明是运动员，皮肤却很白，一双桃花眼灿若晨星，眼尾还勾着淡淡的绯红。还有他身上的肌肉，精壮结实，恰好是宁霁喜欢的那款。

她下意识又咽了咽口水，才发现对方一直盯着自己，一副了然的神色。

“是你太饿，还是，”晏淮顿了顿，低声道，“我看着太美味？”

“……”宁霁不看他，岔开话题，“你们怎么想到租这里的？”

“当然是我想的。”晏淮放过她，往椅子上一靠，长腿伸开，“有个自由自在的屋子，还可以自己做做饭，如果太晚了这里的床铺也够睡，比去饭店吃强多了。”

宁霁点点头，这里的装修风格很特别，满满的日系风，还是 loft 户型，是很多女孩一眼就会喜欢上的样子。

“还有，刚才那些照片……”

“都是我搜罗来，然后找人做的。”晏淮大概知道她想问什么，“大学的照片是找赵鹏要的，据说他翻遍了你们同学的朋友圈。”

宁霁由衷道：“还真是辛苦他了。”

晏淮挑眉：“那我呢？”

宁霁赶在他喝醋前，忙不迭说：“你更辛苦，我太感动了！”

晏淮顺杆子往上爬：“有没有奖励？”

宁霁看着他，似乎下了很大的决心，飞快地在他嘴唇上亲了一口。

“就这样？”晏淮有点不满足地舔舔嘴唇。

“人多，回头再说。”

“又没人看见。”

他刚说完，宁霁就回头往厨房方向张望了一下，发现盛飞扬正兴致勃勃地靠在门口，仿佛刚才看了一出好戏。

晏淮一记眼刀飞过去，他立刻举起锅盖住自己的脸：“我什么都没看到，你们继续。”

宁霁红着脸抛下晏淮，跑去厨房转悠一圈，看有没有自己能帮上忙的地方。

折腾了好几个小时，他们好歹是每人做了一道菜上来，但有一些已经黑成一坨，看上去就是那种吃一口便会命不久矣的黑暗料理。

于是几个人又在外卖软件上点了几道菜送来，这才轰轰烈烈地开餐。

夏将辉做饭果然很好吃，他做的那盘菜遭到一阵暴风式哄抢，手速慢一点都吃不到了。

他在家里独立早，很小的时候就帮着奶奶做饭了，却也是第一次做给外人吃，有点震惊。

路清美连连感叹：“太好吃了，真的太好吃了，夏大厨，我以后就这么叫你了。”

盛飞扬都快吃哭了：“相比之下那些外卖都是垃圾！”

晏淮也忍不住夸：“哥们儿，你这个手艺完全可以开饭店了。”

翟小颜说：“一个被滑雪事业耽误的大厨。”

夏将辉晕乎乎的，他一直都很喜欢做饭，但从来不知道自己是什么水平，同伴这拨彩虹屁让他发现原来自己真的很贤惠。

有夏将辉这尊大佛在这儿压着，其他人的菜乏善可陈，好在大家几乎都是第一次做饭，在一轮接一轮的商业互吹中，也吃得差不多了。

饭后就该吃蛋糕了。

宁霁吹蜡烛许愿，大家唱了生日歌，又拍了张合影，中途还给王教练发了视频电话。

王教练正在跟雪场谈合作，看他们一桌狼藉和诱人的蛋糕，嫉妒得要哭了，然而作为教练的尊严使他面不改色，只能在挂了电话后心有不甘地咕哝了几句。

蛋糕吃了一半，大家基本都饱了，分工把锅碗刷干净，然后围在茶几边打桌游，输的人要往脸上抹奶油。

几轮下来，每个人的脸都做了套奶油面膜。

虽然晏淮租的这间民宿可以睡很多人，但 T 大晚上是要查寝的，路清美和翟小颜不敢在外面过夜。

宿舍关门前，她们回了学校，几个人在门口一番挤眉弄眼，最后决定由盛飞扬和夏将辉送两个女孩回宿舍。

宁霁要拉着晏淮一块儿回去，却被盛飞扬拦住了，他一脸大义地说："其实下午我就跟辅导员说你回家了。"

晏淮家在 T 市本地，他刚为校争了光，辅导员心情很好，大手一挥批了假。

盛飞扬的用意不言自明，路清美甚至偷偷在背后竖起了大拇指。

这拨人走后，民宿里恢复了清寂，宁霁开始收拾茶几上的残局。

晏淮站在餐桌边问："再吃点蛋糕吗？"

"来一块吧。"

于是，她和晏淮两人坐在沙发上，一边吃蛋糕，一边看电视。

相声节目频频把宁霁逗乐，晏淮注意力却都在她身上。

她眼睛很亮，在灯光照射下像一颗璀璨的宝石。无论是十年前还是十年后，在晏淮眼里，她都是最耀眼的那个。

宁霁又跟着观众一起笑了起来，杏眼弯成好看的月牙形，晏淮忽然凑上去舔掉她嘴角的奶油。

宁霁愣了愣，呆呆看着他。

晏淮平静道："我本来想提醒你的，但我的奶油吃完了。"

宁霁沉默着低下头，看着他手里那一盘奶油……晏淮立刻将纸盘子整个扔进垃圾桶。

“现在吃完了。”

“……”

晏淮提议：“看看礼物吧？”

宁霁顿时来了兴趣，摩拳擦掌，挨个把大家的礼物都拆开，挨个拍了照。最后才到晏淮的礼物。

他的礼物装在一个小盒子里，宁霁认得这个牌子，珠宝大牌，并不便宜。她小心翼翼地打开，一条雪花项链躺在黑色绒布上。

吊坠做工很精致，上面镶嵌了无数颗水晶，在灯光下斑驳出不同的光。

晏淮有点紧张地问：“喜欢吗？”

“特别喜欢。”宁霁笑着看他，“能不能现在就帮我戴上？”

晏淮靠近一点，轻手轻脚帮她把项链扣上。

宁霁问他：“好看吗？”

晏淮垂眸。

吊坠垂在她的锁骨下方一点，将她白皙的脖子衬得越发动人。晏淮越看越觉得脑袋里热热的，忽然凑上去在她脖子上咬了一口。

宁霁惊呼：“你是狗吗？”

晏淮没说话，一路细细地吻上去，最后含住宁霁的唇珠。

他们俩的接吻总在吃完甜食之后，这一次，是清甜的水蜜桃味和香浓的奶油味儿。

吻了一会儿，晏淮才放开她。

宁霁的脸已经红了，转身要跑，却被晏淮一把拉回怀里，从背后圈住她。

他充满磁性的声音就在耳边：“你以前没有这么害羞，为什么在一起后反而变得害羞了？”

宁霁不敢说，以前的淡定是装的，随着对晏淮的好感越来越深，反而装不出来了。她想了个理由，认真道：“运动员要禁欲。”

晏淮哑然失笑：“你知不知道我下次比赛在多久以后？”

宁霁假装没听见，

晏淮于是撩开她的头发，轻轻咬着她的右耳郭，仿佛是小动物之间舔舐伤口。

宁霁觉得痒，又想推开他，晏淮却抓着她的手，说：“宁霁，你老是躲着我，我已经伤心了。”

宁霁一愣，是这样吗？

她纠结了一会儿。

她已经是奔向二十四岁的人了，又不是小姑娘，确实没必要那么害羞，还令晏淮难过。

下定了决心，宁霁忽然转过身，面对着晏淮，把胳膊搭在他肩上，主动吻了他。

晏淮伸手捞起她后背，手掌放在她腰上。

还是那么软。

她怎么这么软。

就算遍布伤痕又怎样，在他眼里，这就是全世界最诱人的腰身了。

宁霁小心翼翼地用舌尖回应着他。她的这番主动回应仿佛变成电流击中晏淮，他感觉心里像是着了火，有某种压抑了很久的情绪在试图喷薄而出。

他加重了亲吻的力度，近乎粗暴，宁霁也没有再推开他，反而更加温柔地回应着。

不知过了多久，晏淮终于理智了一些，松开她。

宁霁看到他眼里的火焰旺盛不熄，却没有要继续的意思，于是笑道：“亲够了？”

“怎么可能。”晏淮声音沙哑，喉结来回滑动，似乎挣扎了很久，才慢慢道，“你还没做好准备，我不会逼你。”

说罢，他起身去了卫生间。

等他再出来时，宁霁已经在沙发上睡着了。

晏淮蹲在她旁边，看她呼吸轻浅，不忍心吵醒她，于是轻轻将她横抱起来。

宁霁迷糊地睁开眼，毫不设防：“嗯？”

晏淮把她放在卧室床上，给她盖好被子，从背后抱住她，在她耳边低语：“睡吧，我陪着你。”

第二天，宁霁是被电话叫醒的。

枕边空空的，晏淮留了张字条，说他出去跑步了，会带早饭回来。

宁霁随手披了件外套，走到阳台接电话。

“我忘记了，”宁媛的声音有些不好意思，“昨天是你生日，虽然迟到了，还是祝我的宝贝生日快乐。”

吹了一头冷风，宁霁睡意消散，坐在藤椅上晃着腿：“妈，我昨天出来过生日的，队员们租了个民宿，亲自做饭给我吃……”

宁霁讲述了昨天的经过，宁母一直认真听着。末了，宁霁说：“妈妈，他们都是很好的人，跟他们在一起很快乐。”

“你高兴就行，就当是毕业后去玩了一圈。”宁母温柔地说，“但是现在，要向前看了吧？”

宁霁顿住了，半天没说话。

“我让你考虑的事情考虑得怎么样了？我那位朋友诊所里正缺人，急着让你去上班。”

“妈……”

“你可以先在她那儿上班，从容准备考试。”

宁媛说这些话的时候一直又轻又柔，仿佛试图好言相劝。

宁霁叹了口气："您让我考虑，我其实还没考虑好。"

"那就先回来见见人家。"宁母说，"最近你抽空回来一趟，我约上人，见面谈一下薪资待遇。"

宁媛一直算是个开明的家长，从小到大很少代替宁霁做决定，也一向尊重宁霁的想法，唯独在这件事上，她执着得让宁霁感觉陌生。

宁霁咬着唇，良久才问："妈，您是不是反对我和晏淮在一起？"

"这是两码事。"

"您觉得我看不出来吗？"

电话那头陷入短暂的沉默，终于，宁媛松口了："也不是反对，就……"

就是什么？她说不上来，但宁霁却很明白。

宁霁还能成长，还能被感情治愈，可是宁母什么都没有，她从没有停止过自责，花了太多心血让宁霁走出阴影，甚至连自己的事都顾不上。宁霁一走，她就只能跟花花草草做伴。

从理智的角度讲，作为母亲，她觉得自己不该干涉女儿的恋爱。可对方是晏淮，她不知道怎么去面对。

宁霁不想她难过，说出一个折中的办法："妈，我会回去见您那位开诊所的朋友，如果您非要我回去工作不可，我也可以答应。但相应的，"她停了停，才接着道，"您不可以再对晏淮抱有偏见，行吗？"

宁媛没有拒绝。

远处高楼上还有积雪未消融，在阳光下闪烁出莹白的光，一切看上去那么寻常，又那么充满希望，宁霁的心都跟着变软了。

她说："妈妈，谢谢您生下我。"

宁媛呼吸一窒。

终于等到了这一天，宁霁不想再抱怨命运，也不再悔恨失去，而是发自内心觉得——还好我活着。

挂了电话，宁霁从藤椅上站起来，转身准备进屋，诧异地发现晏淮已经回来了，低头在餐桌上摆放早点。

阳台的门没有合上，不知道他听到了多少。

宁霁心虚地溜进屋，摸了摸鼻子：“你什么时候回来的？”

“刚回来没多久。”晏淮神色如水，平静地说，“过来吃早点。”

宁霁慢吞吞地坐下，小口小口喝着豆腐脑，时不时偷瞄晏淮。

一点情绪都看不出来，他应该什么都没听见吧。

被晏淮抓住了视线，直直回望过来，他还挑着眉问：“我就这么好看，你连早饭都没兴趣吃？”

宁霁立刻收回视线，咬了一大口油条：“是啊，晏淮天下第一好看。”

晏淮立刻带笑：“再说一遍。”

“不说了。”

“乖，再说一遍。”

“不说，你怎么这么自恋？”

“喜欢的人夸我好看，我当然高兴，这不是自恋。”晏淮眸光柔软地落在她身上，“是纯粹地恋你。”

Chapter.13

– 甘之如饴 –

“我跟阿姨约定好了，这是你的人生，要你自己去做个选择。”

冬天，冰雪赛事总是一个接着一个。

王教练给单板队报名了多项城际、省际的比赛，队员们可以在这些比赛中与同等段位的对手展开切磋，互相交流，迅速锤炼自己的实力。

继晏淮之后，其他几名成员的曝光率也不断提高，偶尔走在街上还会被认出来。

学校里，单板滑雪队也终于摆脱了半吊子队伍的头衔，一跃成为明星队伍，每周都能收到很多入队申请，王教练批准了一部分，编成二队，原来的五个人就是一队。

路清美变成队伍里最忙的人，除了训练，她作为经理还要抽时间管理队伍，忙得不可开交。为了保证训练效率，她萌生了辞去队伍经理一职的想法。

王教练和老成员们都同意了，但由于没有合适的继任人选，暂时还得由她担着。

今年过年早，到一月底，比赛陆陆续续结束，单板队整体战绩亮眼，一直持续到最后，队员们很高兴，申请了一次集体出游，宁霁跟着一起去。

冬天其实没有太多可去的景点，商量了半天，几个人最终决定还是去雪场，好好感受一下其他冰雪项目。

双板滑雪跟单板还是有区别的，宁霁小心翼翼，一点一点地向前挪动，然而摩擦力根本不受控制，她一个趔趄，直直撞到前方还没准备好的晏淮，自己摔倒的同时不忘把他也带上。

晏淮被迫吃了一嘴雪，还不忘把手垫在她身下，防止她摔疼了。

宁霁抓着他的手，看了半天：“没摔坏吧？”

“好着呢。”晏淮懒懒地揉了揉她的头，“我哪有那么脆弱。我又不是盛飞扬。”

突然被点名的盛飞扬不服气，要过来跟晏淮理论，半路上却把自己也摔出去，整张脸都埋进雪里。

盛飞扬挣扎着伸了伸手，声音里带着哭腔：“路路，我痛！”

路清美一脸嫌弃，极不情愿地将他拉起来。

“看吧。”晏淮摊手，毫不留情地戳穿，“在盛飞扬粗糙的外表下，有着让人难以置信的脆弱。”

盛飞扬站起来拍掉身上的雪，一脸痛惜地看着宁霁：“学姐，你平时怎么忍受他的啊？”

“滚一边去。”晏淮抢答，“谁是你学姐？别套近乎。”

“路路的学姐就是我学姐！”

“天天‘路路路路’的，你能不能正常点儿？”

盛飞扬：“情侣之间互喊昵称，这有什么不正常？难道你们还喊全名吗？”

他的话说完就没有再得到回复，晏淮若有所思地看着宁霁。

盛飞扬还想再跟他对骂个八百回合，夏将辉就走了过来。

“翟小颜租了个雪橇，你们还有谁要玩，现在去租。”

宁霁和路清美立刻从雪地上蹦了起来。

三个女孩都租了雪橇。

说是雪橇，其实就是一个特制的大轮胎，人可以坐进去，轮胎就在雪地上自由滑行。

路清美颇有些失望地咂了咂嘴：“我还以为是需要狗狗在前面拉的雪橇呢。”

宁霁说：“这是开放式雪场，哪儿来的狗？”

路清美指着盛飞扬：“喏，家养哈士奇。”

“……”

女孩们已经在轮胎上玩嗨了，“单板三傻”仍旧在跟双板搏斗。

“想刹车的时候应该跟单板一样，用板刃增加摩擦力吧？”夏将辉气喘吁吁地坐在雪地上。

晏淮点点头：“是这样。”

“可是这双板，它不听我使唤啊……”盛飞扬直接躺倒，“感觉回到了刚学单板的时候，那板子也是这么不听话。”

旁边有几个女孩一直在窃窃私语，过了很久才鼓足勇气走过来，跟他们打招呼：“嗨，我们是这附近滑雪俱乐部的，看过你们的比赛，你们是T 大单板滑雪队的吧？”

夏将辉“嗯”了一声，难为她们隔着雪镜还能认出来。

“看你们好像还没有掌握双板滑雪的技巧，不如我们教你们吧？”

“三傻”里面唯一还是单身的夏将辉露出直男式戒备的眼神：“无功不受禄。”

女孩笑容僵了僵，随即道：“我们刚好也想玩单板，你们教我们单板，我们教你们双板，这样行吗？”

三个人都没吭声，女孩们就以为他们默认了，其中一个走到晏淮身旁，一边帮他检查固定器，一边攀谈：“你们是第一次来这个雪场吗？”

晏淮回过头，远处雪坡上，宁霁正一动不动地盯着这里。他忍不住笑了出来。

女孩以为晏淮是对自己笑，受宠若惊，半天没反应过来，红着脸问：“你笑什么呀？”

“没什么。”晏淮敛起嘴角，把雪板抱在怀里，淡淡道，“我女朋友在那边等我。”

说罢，头也不回就走了。

盛飞扬和夏将辉也不胜其扰，很快就脱离人群跟了上来。

回到他们的大本营，晏淮才看清宁霁下压的嘴角和“生人勿近”的眼神。他憋着笑，温柔地说：“我帮你推轮胎吧？”

“不用。”宁霁扭开脸，“我现在不想滑了。”

“哦？”晏淮挑了挑眉，“那借我玩会儿？”

“不借。”宁霁一屁股坐在轮胎圈里，仿佛在宣示主权。

晏淮蹲到她旁边，饶有兴致：“你吃醋了？”

“我没有。”

“好的，你没有。”晏淮懒洋洋道，“英明神武的宁霁跟我们这些学生不一样，她是个社会人，怎么会吃醋呢？”

宁霁瞪了他一眼，一拳捣在晏淮胸口，被他不痛不痒地抓住。

晏淮三言两语将刚才的事解释了一遍，末了，他颇有些遗憾地说：“本来想晚点告诉你，多看看你吃醋的样子，但怕再晚一点，整个雪场都能闻到酸味。”

宁霁心虚地摸了摸鼻子：“我其实是相信你的，但有时候就是控制不住。”

“那就不用控制了。”

“啊？”

“我说，不用控制那些羞于启齿的小情绪。”晏淮桃花眼弯了弯，“我不想看你扮演年长三岁的姐姐，我喜欢你撒娇闹小情绪，然后需要我照顾的样子。”

宁霁扁了扁嘴：“但我……”

“你别忘了，”晏淮打断她要说的话，“第一次见面，我们一起打了雪仗；第二次见面，你头上戴了顶猫耳猫尾巴的帽子。”

晏淮伸手在自己头上比画了一下。宁霁立刻想起妈妈织的那顶桃红色的毛线帽，恨不能把头埋进雪里：“太丢人了，我居然是那样跟你重逢的……”

晏淮笑着说：“所以你不用时刻想着走在我前面，当个大人。有时候放慢脚步，让我去前面牵着你，不是也挺好吗？”

宁霁点点头：“我明白了。”然后把晏淮脖子上的围巾向上拉了拉，“都怪你长得太招摇，一有小姑娘跟你说话，我就百爪挠心，但我以前从来都不表现出来。”

她吸了吸气，看着晏淮，诚恳地摊手：“其实我特别小心眼，特别爱吃醋，特别容易嫉妒。”

“那好。下次小姑娘来找我搭话前，我一定先征得女朋友的批准。如果你不同意，我看都不看她们一眼。”

宁霁点点头，然后又担心地问：“我这样会不会太霸道了？”

“是有点，不过，”晏淮声音很温柔，“我甘之如饴。”

下午，单板队兵分两路，夏将辉提议去雪场的后面探险，盛飞扬、路清美和翟小颜响应他的号召，晏淮和宁霁虽然不赞成，但无法阻止他们的玩心，只能反复交代他们不要走得太远。

几人约好了晚上八点在停车场碰面，晏淮和宁霁就出发去集市买纪念品了。

雪场脚下有几排格子铺，已经提前挂上迎新年的小红灯笼。这里面售卖很多小玩意儿，冰箱贴、雪板小模型等等。

宁霁在饮品店买了杯热饮，捧在手里一间间逛着。她还从来没逛过雪场的纪念品商店，遇到什么新鲜玩意儿都要拿在手里掂量掂量。

晏淮背着她的包，任劳任怨地跟在后面。

宁霁像是突然想起了什么，放下手里的摆件，转头盯着他："有个问题，我一直忘了问你。"

"嗯？"晏淮顺势俯身，耳朵凑到她耳边，专心听着。

"你之前说你的初恋，已经死了的那个……"

晏淮露出一丝窘迫。

自从刚才敞开心扉劝她好好做自己，宁霁已经抛出了各种各样关于他和异性的问题。

晏淮懒懒道："没死，她又复活了。"

宁霁若有所思地看着他："不会就是我吧？"

晏淮点头："是你。"

宁霁立刻抱臂在胸前："变态。"

"啊？"突然被骂的晏淮不明所以，迷茫地眨眼。

"那时候我十三岁，你才十岁，就初恋了？"

晏淮失笑。十岁的小孩当然不懂什么是感情，但他本就仰慕世羽嘉，再加上心怀愧疚，情窦初开后心里朦朦胧胧的影子就只有她。

但晏淮不打算解释这些，他摸了摸下巴，肯定道："对，我不仅早熟，还是个变态。"

有其他游客刚好路过，听到晏淮说的话，惊悚地看了他们一眼，唯恐避之不及地走开了。

宁霁喉咙里憋笑："你看你，把人家吓着了。"

晏淮斜了她一眼："新闻里说你是世羽嘉，你就跟诈尸一样在我面前活蹦乱跳的，我当时也吓了一跳好吗。”

“有吗？没有‘活蹦乱跳’这么夸张吧。”宁霁咋舌，“我当时可是哭了好久的。”

“你知道吗，当时该哭的原本是我，但你哭得太尽兴了，我反而不好意思哭了。”

宁霁歪了歪头，眼神充满鼓励：“没事，那你现在哭吧，我不跟你抢了。”

“……”

在晏淮脸黑下来之前，宁霁飞快跑出小店，站在外面叉腰大笑。

前面有一家雪具用品店，宁霁一边好言哄着晏淮，一边把他拉进去。她转了一圈，看中一副红白蓝三色相间的滑雪手套，举到他面前：“这个好看吗？”

晏淮看了一眼，没吭声。

可能她自己都没发觉，她的审美固执到可怕，她自己以前比赛的时候最常穿的那套雪服就是这三种配色，现在她应该不记得了吧。

晏淮点头：“好看。”

宁霁欢天喜地地把手套抱在怀里：“那我买了送给你，我好像还没送过东西给你。”

晏淮刚要张嘴，宁霁立刻抢白：“打住，不许说什么‘你就是最好的礼物’这种情话，太土了。”

“好好好，媳妇儿说什么都对。你送的手套我拿回家供着，保证每天上香三叩首。”

宁霁美滋滋地去结了账，像大佬似的在桌子上拍下一张粉色大钞，跟晏淮说：“趁着我今天心情好，你还有什么要求尽管提，宁姐满足你。”

晏淮摸着下巴，嘴角一翘：“真的吗？”

“是，物质上的满足。”

晏淮随即有些失望地叹了口气，但有总比没有强，他偏了偏头：“那你不如说几句好听的来听听？”

宁霁思忖了一下：“晏淮你长得真帅。”

“谢谢我知道。”

“晏淮你滑雪很好。”

“大家都这么说。”

“晏淮你个子挺高。”

“是的能看得出来。”

“……”宁霁有些卡壳，放不出彩虹屁了。

“或者你可以换个称呼？总叫全名确实很生分。”

宁霁又沉默了片刻。晏淮颇为无奈，刚准备放弃，忽然见她踮起脚尖凑到耳边，小声说：“我特别特别喜欢你，我的宝贝男朋友。”

晏淮眉头舒展，嘴角翘起，眼眸里倒映出万丈光芒。

他低下头，在宁霁唇上落下轻轻一吻。

傍晚时分，暮色四合，市集上的灯亮了起来，衬着每家店铺前的红灯笼，像一条明黄的灯带，沿着山路蜿蜒，最终没入群山。

宁霁站在高处，拍了几张照片，忍不住感慨：“好美啊。”

晏淮眯起眼睛，眺望远方：“这个雪场的构造跟我们曾经迷路的那个好像。”

宁霁向四周打量了一圈，忽而笑了笑：“还真是。”

晏淮低头看她：“害怕吗？”

“不怕。”宁霁抬起头对着深蓝色的夜空又拍了几张，无所畏惧地说，“我男朋友已经认得路了，他会带我找到出口。”

从观景台下来，宁霁买了很多明信片，准备一会儿送给那几个没空逛街的队员。距离集合的时间还有一个小时，晏淮拉着她准备去吃晚饭。

刚到店里坐下，晏淮接到盛飞扬电话。

那头很着急，用力喊道：“雪场急救诊所，快来！夏将辉受伤了！”

雪场配套的诊所不大，设置有一个手术室，但几乎不怎么用，平时只有受了轻伤皮外伤的游客到这里临时处理一下。晏淮和宁霁赶到急救诊所时，手术室亮着灯，其他人都在外面焦急等待，六神无主。

“怎么回事？”看到诊所里行色匆匆的医护人员，晏淮心里有不好的预感。

路清美和翟小颜互相握着手，低下头，几乎要哭了。

意外来得很突然。

他们原本绕到雪场后面，只打算做个简单的探险，没想到后面是个废弃的老雪场，正在等待翻新，只粗略地用几道栅栏围了起来。几个人趁机溜进去，想体会一下滑野雪的感觉。

在他们看来，在这里滑跟普通滑野雪没区别。没人意识到这儿的风险比野雪还大，陈年的旧设备和路障，都是潜在的障碍物。

几个人在一条废弃的赛道上来回穿梭，并没有注意到高处的计时器正在脱落，夏将辉发现时已经来不及了，他几乎没有犹豫，直接扑过来，把另外三人挡在身下。

一阵天旋地转后，他们仨睁开眼，看到白皑皑的雪地上，触目惊心的鲜红。

盛飞扬解释完，便陷入漫长的沉默。

晏淮眸光早已经沉了下去，他一拳捣在墙壁上，怒不可遏：“走之前反反复复告诉你们要小心……”

宁霁拉了拉他的衣角，让他的话没有继续说下去。这三个人已经很自责了，现在再说这些已经无济于事。

晏淮眉头紧紧拧在一起，一闭上眼睛就是当年铺天盖地的世羽嘉死于雪难的新闻。

他不想再经历这样的事了……光是想想，仿佛就有数千把刀子一齐凌迟着他。

没过多久，手术灯灭了，医生快步走出来，第一句先说：“人没事。”

他们五个顿时松了一口气。

然而医生下一句话又把他们打入深渊：“但患者头部被砸，情况很复杂，我们这里处理不了，必须赶紧转院治疗。”

几个人分头去办手续，迅速把夏将辉转到市里的大医院。

王教练已经在医院等候多时，他看了一眼蔫耷耷的队员，什么都没说，火急火燎地给夏将辉办理手续。

夏将辉已经没有家人了，王教练签的手术同意书。

大医院的主刀大夫查看了一下夏将辉的伤情，问了一句：“他是运动员？”

王教练点点头：“情况怎么样？手术能痊愈吗？”

大夫没吭声，神情却变得凝重起来，看得后面队员心里皆是一颤。

接下来就是数小时的手术时间。王教练坐在椅子上，头埋进掌心，复又抬起来，望着队员们：“你们还在这儿干吗？赶紧回去吧。”

路清美红着眼睛：“我们不走。”

盛飞扬：“我们就在这儿等结果。”

“人太多了，都围在这里，躁不躁得慌？”王教练疲惫地靠在椅子上，挥了挥手，“而且我现在心里憋着一团火，看到你们几个我就心烦。”

“教练说得对。”宁霁轻声相劝，“大家都聚在这里只会影响医院的正常运作，都先散了吧。”

队员们终于没再挣扎，垂头丧气地跟着宁霁出了医院。

但他们并没有走远，就在医院附近的墙根下排排坐，像是几个等待惩罚的孩子。

不知沉默了多久，晏淮突然开口："对不起。都怪我。"

他声音干涩沙哑，颓废至极："我作为队长没有带好大家，我应该全程跟着你们的。真的对不起。"

他的道歉像是打开了几人心里的闸门，路清美和翟小颜再也控制不住，捂着脸抽泣起来，盛飞扬也红了眼眶。

"这明明不怪你。是我们太任性了，要是我们不去探什么险，要是我们一起去逛街，现在就不会……"

路清美声音逐渐变小，最后消散在喉咙间，仿佛力气用完了似的，只能听见痛苦的抽泣声。

宁霁叹了口气，抬头看着夜空。

明明早上大家还生龙活虎，欢声笑语，现在却被意外横祸压到喘不上气，世事真的太难料了。

有医护人员发现了他们，驱赶了几次，他们没办法，只能先去医院旁边的宾馆开了一间房，集体继续相对无言地守着。

这些少年经历了人生中最煎熬的一次等待。

夏将辉的手术是半夜做完的，脑震荡，度过二十四小时危险期后，才允许亲友探视。

宁霁中途去换王教练休息，因而再见到晏淮等人时，一眼就看出了他们这一整天都没有好好休息，眼睛里都布满了血丝，面容憔悴。

"医生说，已经过了颅内出血的危险期，不用太担心。"宁霁安慰他们。

夏将辉还在昏迷中，头上缠着纱布，毫无知觉的样子全然看不出酷酷的社会大佬气质了，反倒回归了睡梦中的十九岁少年。

晏淮哑着嗓子问："多久能醒？"

"不一定，大概一周吧。"

盛飞扬垂了垂眸，问出了大家不敢问的问题："他以后的职业生涯会受到影响吗？"

宁霁收回目光，淡淡道："很难说，要看他恢复的情况了。"

队员们集体低下了头。

接下来的一段时间，到过年前，都没有比赛了，本该是个勤勤恳恳复习、欢欢喜喜迎春节的时候，单板队却始终笼罩在一片乌云之下。

王教练也迎来前所未有的繁忙，除了在病房照看夏将辉，他还要斡旋在校方和媒体之间，千方百计把这件事压下来。

除此以外，他还要和宁霁一起，给队员们做心理疏导。说到底这件事也不能全然怪在他们头上，王教练本来想批评他们，但看到一个个蔫耷耷的神情，最后只简单地说了几句。

都是懂事的孩子，不用他多说，已经开始自责和反省了，相信经过这次事件，他们会变得更加谨慎小心。

夏将辉是在第五天的时候醒来的，他醒来后艰难地说的第一句话就是："没事。"

他出现了诸多后遗症，恶心、呕吐、反应迟钝等等。队员们自发轮流去医院照看他，给他讲各种趣事和八卦，病房里永远是热热闹闹的。

有一次，隔壁床的病友实在忍不住了，问夏将辉："这些都是你的兄弟姐妹吗？"

夏将辉笑着说："不，是朋友。"

病友惊奇："朋友对你这么好？那你家人呢？怎么没见你家人来？"

夏将辉想了想，说："他们就是家人。"

病友不解："你这个小伙子，刚才说是朋友，现在又说是家人，什么意思嘛？你是不是还没恢复？”

夏将辉眼睛里满是笑意，不置可否。

他其实从来没有怨过队友们，提出去探险的就是他自己，想扑上去救人也是他自愿的，他是一个很冷静的人，身体做出反应前已经预料到了可能承受的结果。

他一向都很有担当，自己并不意外，也没什么好埋怨的。

队员们再来照顾他的时候，夏将辉提出一个要求，让他们带着书来，T 大的期末考试快到了，就算是运动员也不能幸免，他要监督他们复习。

队员们因为这个意外，本来无心复习，但为了哄他开心，反而在病房里比平时更加刻苦地背书。夏将辉干脆弄了个榜，像小学时的花名册似的，每回他抽查的第一名后面加朵小红花，幼稚却有效，无形之间又激发了他们的斗志。

病房里始终弥漫着学习使我快乐的气氛。

期末考试结束，寒假正式开始。

为了不让夏将辉一个人过年，单板队 T 市的队员准备春节期间陪着他。

宁霁带着蛋黄回家过年，期间去见了宁媛那个开私人诊所的朋友，对方开出的待遇的确很高，宁霁没有当场答复。

除夕那晚，盛飞扬把夏将辉带回自己家过年，还给大家打了视频电话。

宁霁倒是没有露脸，就小声跟大家聊着天，时不时被他们互掐逗笑，路清美还做了个“单板三傻”拜年的视频，在学校论坛里广为流传，宁霁也随手转在了朋友圈里。

视频里三傻对应了三种狗：晏淮狼犬，夏将辉比特犬，盛飞扬哈士奇。路清美把他们的脸 P 在了狗身上，想不到还挺和谐。

盛飞扬一直在抗议，不停地问：“为什么我是哈士奇？啊？为什么我是哈士奇啊？”

没人理他，大家都假装没听见，互相讨论晚上都吃了些啥。

宁霁一直捂着嘴偷笑。

宁母坐在电视机前，注意力却不在《春晚》上，余光时不时瞥向宁霁。

等挂了视频通话，宁霁回到客厅时，宁母状若不经意地问：“谁啊？”

“队里几个小朋友。”

“还小朋友呢。”宁母白了她一眼，“你以为自己比人家大多少哇？”

“那您是不知道，他们几个都是小屁孩，需要我照顾。”宁霁干脆不要这个脸了，“在他们面前，我可是知心姐姐。”

宁母撇撇嘴没说话，她把桌上的垃圾清理了一下，说：“我回去睡了，明天要去值班，你自己起来吃早饭。”

宁霁拥抱她一下：“辛苦了宁大夫。新年快乐哦。”

宁媛从衣服口袋里掏出一个红包：“新年快乐。”

宁霁惊喜：“哇，我都工作了，还有红包？”

宁母宠溺地捏了捏她的鼻子，说：“就算是别的小朋友的姐姐，在我眼里也是小孩子。”

“谢谢妈妈！”

宁母回卧室前，回头又看了宁霁一眼，她正低头看微信，嘴角挂着笑，满足而平和。宁媛也跟着笑了。

赶在春节生宝宝的产妇很多，宁媛的春节被安排得满满的。

大年初五晚上，家里只有宁霁一个人，她接到晏淮的电话，里面背景音嘈杂。

“你在哪儿呀？”宁霁问。

“我在你们家。”晏淮声音匆忙，补了句，“你们家旁边的汽车站。”

宁霁立刻从床上坐起来，震惊："你到我这儿来了？"

"对。"

"你等等，就在那儿别动。"宁霁赶紧披上外套，"我去接你。"

车站今晚人很多，晏淮靠在出口墙上，百无聊赖地刷着手机。

他太出挑了，站在人群里，即便戴着兜帽和口罩，还是有一种洒脱不羁的气质。口罩上方露出一双桃花眼，他只是懒散地在出口扫视了一圈，就已经引得很多女孩频频相望。

有小姑娘举着民宿的牌子走过来，害羞地问："住宿吗？就在附近。"

晏淮淡淡摇头："我女朋友来接我。"

小姑娘失望地"哦"了一声，回到民宿小广告的队伍里。旁边女孩拽了拽她："别伤心，万一口罩下很丑呢？这么晚还戴口罩，说不定长了个驴嘴。"

小姑娘觉得同行说得有道理，但还是挪不开目光。

世界上真有这样的人，即便你看不到脸，依然会被对方身上的气质迷得七荤八素。

五分钟后，晏淮忽然收起手机，一边向前走，一边拉下口罩，露出坚毅流畅的下颌弧线。

民宿小姑娘正在跟人介绍自家房型，忽然没了声，一眨不眨地看着他。

晏淮张开双臂，任由宁霁扑过来，拥抱了一会儿，旁若无人地亲了一大口。

两个人眼睛都亮晶晶的，仿佛折射了月光。

小姑娘在一旁死心地叹道："神仙配天仙啊。"

宁霁抬头问："怎么突然来了？"

"想你啊。"晏淮懒懒地牵着她的手，"想得要发疯了，干脆跑过来抱抱你。"

宁霁被他哄笑了："你今晚住哪儿？"

"你家附近随便给我找个地方吧。"

"我家隔壁楼就有民宿。"宁霁伸手指了指。

晏淮挑眉，看到她恰好指在刚刚那位姑娘那儿："还是不了吧，我住快捷酒店。"

春节期间空房间很多，办好手续，宁霁把晏淮送上楼。

晏淮看了眼时间："已经十一点了，你要不要先回去？免得阿姨担心。"

"不碍事，我妈今天有好几台手术，这个点回不来。"宁霁热心地帮他检查好空调和电视，仿佛今晚要住在这里的是她似的。

室内很热，晏淮脱下外套和卫衣，只穿一件运动衫，贴着他的身体，将身材勾勒得一览无余。

宁霁望了一眼，登时觉得室内空气太不流通，仿佛百爪挠心。

"我还是先回去吧。"她抓起包，心虚地往外走。

晏淮诧异了一下，赶紧把外面的衣服穿上："我送你。"

"不用，你把衣服穿好就行。"

晏淮没明白："怎么了？"以为是她不喜欢自己今天穿的衣服。

宁霁郑重地拍了拍他的肩："男孩子出门在外要注意安全，避免引狼入室。"

晏淮懂了，脸上染上几分暧昧的笑："狼在哪儿？"

宁霁举手："对不起，是我。"

晏淮立刻往床上一躺："来吧，不要因为我是一朵娇花而怜惜我。"

"……"

宁霁什么话也没说，扭开头走了。

并不是因为害羞，而是她诧异地发现，刚才那一瞬间，她居然产生了

“那就上呗”的念头。

太可怕了！

晏淮在后面喊她：“等等我。”然后从床上蹦下来，抽出房卡跟她一起出了门。

目光在宁霁脸上动了动，他忍着笑说：“你脸红了。”

“闭嘴。”

宁霁家离晏淮住的快捷酒店很近，等到了她家楼下，晏淮忽然问：“我明天可以来拜访宁阿姨吗？”

宁霁沉默了。

“我想来想去，必须要见她这一面。”晏淮握紧她的手，声音温柔却透露着不容拒绝的果断，“她现在的担忧我很理解，所以我必须要当面告诉她，我会疼你爱你，永远把你供在我心尖尖上。”

宁霁微微有些恍神，原来他什么都知道。

也是，晏淮这么聪明的人，怎么可能猜不到。宁霁问他：“你确定吗？”

“确定。”

“那你明天过来，我替你安排。”

晏淮这才笑了笑，亲了一下她的额头：“辛苦你了，总要周旋在我们两个之间。”

宁霁主动环起他的腰，靠在他胸膛上，听着他铿锵有力的心跳声，小声说：“我也很想你。”

晏淮低头，在她唇上落下一个温柔绵长的吻。

宁霁和晏淮告别，一拐弯进楼道就碰见正在停自行车的宁媛，宁霁顿时头皮发麻，一下子不知道该说什么。

宁母反倒是神色如常，平静地问：“这么晚了你出去干吗？”

“我……那个……”不知母亲看到了没有，她不打算再撒谎了，“晏淮来了，我刚刚去接他。”

宁母有点意外：“那孩子来这儿了？”

“对。”宁霁小心翼翼地提出，“他明天想来拜访您，行吗？”

“行啊。”出乎意料，宁媛答应得很痛快，并且没再多问，转身上了楼。

第二天，晏淮如约造访。

他换掉了一身运动衣，穿上板正的裤子和白衬衫，进门的时候，非常礼貌地跟宁媛打了个招呼。

宁媛愣了几秒，才反应过来：“拖鞋在那儿，进来吧。”

蛋黄见到他特别激动，像是见到了久违的老父亲，四只爪子在屋里跑出魔鬼的步伐。

宁霁生怕妈妈和晏淮吵起来，一直试图在中间调和，昨晚甚至还专门做了点儿功课，谁知道这两人和和气气，母亲压根儿没有要为难他的意思。

甚至，晏淮比她还能跟宁媛聊得来。宁媛喜欢看相声和文艺节目，晏淮对这块了解得很多，母亲似乎并不排斥听他说话。

晏淮虽然平时看着散漫，但今天格外收敛，举手投足都像个乖巧听话的邻家小男友，让人挑不出刺来。

上午就在这样的闲聊中度过了，双方都没有提到十年前的事和现在的事。

午饭后，宁媛忽然对宁霁说：“你下去买点儿水果。”

宁霁不情愿：“可以送外卖呀，这么冷的天，我不想出门。”

“你去，他们送的都不好。”宁母从包里抽出一百块钱，塞到她手里，把她推到门口，“再去门口小超市买点零食。”

宁霁发现晏淮只是冲她眨了眨眼，却没有要陪她一起去的意思，立刻明白了。终于到了那个传说中，老丈人找女婿私聊的时刻。

她没有爸爸，一切都由母亲代劳。

宁霁担心地看了晏淮一眼，晏淮站在宁母身后，做个口型：“放心。”宁霁才走出家门。

她本来想趴在门上偷听，但她家这扇破门隔音实在太好，她一个字也听不见，只能悻悻地向水果店走去。

宁霁心猿意马，胡乱买了几袋水果，然后在超市随便抓了几包零食。明明什么也看不到，眼神却仍时不时向自家窗口瞟着。

买完东西，她立刻回家，却发现妈妈跟晏淮似乎聊完了，已经恢复到了一起看相声的状态。两人的神色都很平静，跟她走之前没有差别。

宁霁抓耳挠腮地问：“你们刚刚聊了什么呀？”

“聊了小晏比赛的经历。”宁媛回答，看了眼她手里的袋子，“买车厘子了？去洗洗给小晏吃。”

宁霁觉得自己地位不保，已经沦为干活儿女工。

“我帮你一起洗。”

晏淮笑意盈盈，正要起身，却被宁媛拍了回去：“就让她去，你平时训练这么辛苦，让她洗个水果怎么了？”说着还主动给晏淮添了茶。

宁霁在厨房偷听，觉得妈妈对他的态度比刚才亲近了很多。她把水果端上茶几时，悄悄给晏淮递了一个疑惑的眼神。

晏淮也冲她不动声色地眨眨眼，那意思是：放心，一切顺利。

果然，宁媛不仅没有为难晏淮，反而待他亲切不少，走之前生怕他饿，给他装了好多水果和零食。

宁霁把他送回宾馆，一出门就迫不及待地问：“你们到底聊了什么？”

“就刚才宁阿姨告诉你的那些。”晏淮笑着刮了下她的鼻子，“不用担心。”

宁霁想到刚才母亲的反应：“我觉得她还挺喜欢你的。”

“是的，她说了，没想到我真人比电视上还帅。”

宁霁斜了他一眼：“又自恋。”

“难道不是吗？”

宁霁目光飘了飘，微不可察地说：“嗯，今天是……很帅。”

晏淮眼角弯了弯。

“宁阿姨跟我说，你可能会回老家工作。”

宁霁怔了一下，刚才的好心情立刻烟消云散：“她跟你说这个干吗……”

“这是好事，宁霁。”晏淮牵起她的手，“这里的工作待遇更好，离阿姨也近，确实是个很不错的选择。”

宁霁垂下肩膀，神情沮丧。她还未说话，晏淮忽然话锋一转：“但我告诉她，T 市也有很多选择。如果觉得 T 大不够稳定，那可以争取一下 T 市的诊所。如果 T 市不行，我就陪你去其他城市。”

宁霁抬起头，呆呆地看着他。

晏淮身形挺拔，像一棵大树，稳稳地扎在她身边。他有些歉意地笑了笑道：“不过我能去的地方也很局限，以后如果不在 T 市，那就在国家队，首都你介意吗？或者我更加努力地比赛，然后聘请你当我的专属医生。”

宁霁总算反应过来，刚要说话，晏淮却用食指抵住她的嘴。

“不用着急回答我。”他说，“我跟阿姨约定好了，这是你的人生，要你自己去做选择。”

T 大开学前，宁霁收拾行李回学校。

母亲确实没再提起回来工作的事。临走前那一晚，宁媛帮母亲梳头的时候，她忍不住问：“是晏淮说的话让您改变主意的吗？”

宁媛翻了个白眼：“谁说我改变主意了？之前我不就是让你自己选择嘛。”

“您那是让我自选吗？就差把刀架我脖子上了……”

宁母微笑：“是吗？我不记得了。”

宁霁噎了噎，她妈这个一打脸就假装失忆的习惯真是十几年如一日。

安静地梳了会儿头，宁媛忽然主动开口：“我的工作，每天都要迎接新的小生命，绝大部分时间都是快乐的，产妇快乐，家属快乐，我们也快乐。”

宁霁不明所以地点点头。

宁媛又道：“除夕那天我见你跟朋友聊天，其实挺吃惊的，感觉从来没见过你这么自在开心的样子。”她顿了顿，温柔地说，“我突然觉得，还是让你自己选吧，我每天做着快乐的工作，希望你也能快乐。

——我们失去了很多。未来的人生，只要我的女儿健康、快乐，我就知足了。”

木梳子从发顶轻轻顺下来，一路走到发尾。

人生往往不是这么顺利。就像是发梢会打结，总要痛苦纠结一番，才能将其梳开，但只要你肯，梳齿总会越过三千青丝，抚平那些躁动不安的发结。

Chapter.14
– 荣光与共 –

“对不起呀，我来晚了。”

年后，夏将辉出院了，但他还有呕吐眩晕的后遗症，不知道什么时候能够恢复。

他问医生以后自己还能不能当运动员，医生的回答模棱两可。这跟他预料的一样，脑部恢复期可能会很漫长，在彻底恢复好以前，他不适合返回赛场，而这意味着，他可能会错过最黄金的这几年。

他早就做好了心理准备，如果不能继续职业生涯，也要找到一条适合自己的出路。

新学期伊始，夏将辉就在队里提出了一个申请，他要接下路清美的经理之位。

教练和队员们想了想，懂滑雪、会训练、熟悉队员、在新人面前还有威信，似乎没有比他更合适的人选了。更何况，春节前他组织的“病房复习大作战”取得了卓越的成效，队里几个学渣居然没有一门挂科，彰显了他潜藏的领导力。

综上所述，王教练一拍板，夏经理走马上任。

晏淮则已经投入全新的训练中了。

2022 年北京冬奥会的脚步越来越近，终于能在自己国家举办全世界瞩目的冰雪盛会，每一位中国冰雪运动员都铆足了劲，争取每一秒的训练机会。

3月底在北美有一场U型池世锦赛，在2022年来临之前，能参与的世界级比赛不多，每一场都相当于冬奥之前的演练，因此晏淮十分看重这次世锦赛。

更重要的是，在上一次U型池项目的世界级比赛中，他犯了致命错误，这一次，他势必要扳回一局。

晏淮这段时间一直忙于训练，没能跟宁霁好好相处，好在宁霁明白他的斗志和决心，给他足够的空间做自己的事。

今天晏淮他们在雪场训练，新成员留在学校，由于雪场有应急护理师，宁霁就跟着新成员一起，没有去雪场。

训练休息时，盛飞扬跑到U型池场地，神神秘秘地凑到晏淮旁边。

晏淮喝了口水，简明扼要："有事就说。"

"哇，你怎么这么冷淡。"盛飞扬痛心疾首，"狗爷有了异性忘了兄弟，亏我一把屎一把尿喂大你。"

晏淮扛起雪板作势要砸他头上。

盛飞扬灵活地往后跳了几米："你有暴力倾向！我要告诉宁队医！"

晏淮斜了他一眼，一脸"懒得理你"的神情。

盛飞扬见他放下了雪板，便又凑了过来："我来就想问问你，宁队医是要走了吗？"

晏淮动作一顿："为什么这么问？"

"夏将辉告诉我的。"盛飞扬说，"前几天不是北京那边的体校来交流嘛，他看到宁队医一直在跟人家体校的老师攀谈，后来还交换了名片。后来他去队医办，看到宁队医电脑页面上正在查询T市飞北京的机票！"

晏淮眉头蹙起来，没说话。

盛飞扬看他这个表情就明白了，惊讶道："她没跟你说吗？"

晏淮之前确实提到过，要带她一块去北京的事，但那个前提是他能在冬奥会前被国家队选中，并不是现在。

晏淮压低眉眼，淡淡道：“可能就是聊聊而已。”

话虽这么说，晏淮却不能就此说服自己。

接下来的半个月，他都在等宁霁主动开口，可是宁霁一切如常，只字未提去北京的事，晏淮便以为只是一个小插曲，宁霁并没有要走的计划。

离世锦赛越来越近，晏淮等人要提前出发去加拿大，倒时差并做适应性训练。

出发前的下午，王教练给他们核对机票信息。一个一个对完了之后，晏淮才发觉不对。

“怎么没有宁队医的机票？”

宁霁站在一旁，抬了下头，说：“我暂时不跟你们去加拿大。”

晏淮心里“咯噔”一下，突然升起不好的感觉。

宁霁略带歉意地说：“没有提前告诉你们，我最近要去一趟北京，这次是新来的小林队医跟着你们。”

晏淮脸色阴沉沉的，淡淡问：“去北京做什么？”

宁霁眼神移了移，似乎想说什么，但最终咽了回去，只是简单地说：“去见一个朋友。”

晏淮目光黑漆漆的，什么都没说，背着包走了。

他不高兴了。

他不高兴的点并不在于宁霁要去北京，他早就说过让她自己做出选择，无论她要去哪里，他都可以试着接受。

可是，宁霁没有告诉他，这才是真正让他在意的点。

晏淮心情很不好，晚上他关了手机，在操场上疯狂地跑圈，宿舍临关门时才回来。

远远地，他就看到宁霁抱着胳膊，瑟瑟发抖地站在他楼下。

显然，她在那儿站了很久了，鼻子和眼睛都冻得有些发红，晏淮一眼望过去，立刻有些心软。

他把自己的外套罩在她身上，心疼地问：“来多久了？”

“没多久……”宁霁露出可怜巴巴的表情，“打你电话关机，体育馆也找不到你。晏淮，你是不是生气了？”

晏淮一边焐着她的手，一边脸色幽怨地点点头：“对，我生气了。”

“对不起。”宁霁乖巧地道歉。

晏淮眯起眼，霸道地说：“我不接受。”

宁霁有点急了：“我不是不告诉你，只是这个事情……我想在我决定之后，再正式通知你。我的确是去见一位朋友，这点并没有骗人。”

“见什么朋友？男的女的？”

“男的。”宁霁吐吐舌头，“但是年龄大得能当叔叔了。”

晏淮差点气笑了：“宁霁，那是朋友吗？那叫长辈！你怕不是想气死那位叔叔。”

宁霁悻悻垂下脑袋，说：“我去找人沟通一点事情，等回来我会一五一十地告诉你。”

“知道了。”晏淮懒懒地答应下来。

宿管大爷已经在催他了，晏淮跟宁霁挥别，刚跑进宿舍楼里，不顾大爷杀人的视线，又跑了出来。

“这次去北京只是暂时，对吧？”他问。

宁霁用力地点点头。

“但是，”晏淮话锋一转，“你也是真的打算离开 T 大了吧？”

宁霁怔了怔，犹豫几秒，还是点了头。

果然。

晏淮没再说话，转身进了宿舍楼。

加拿大，蒙特利尔市。

这届U型池世锦赛在这里举办。

T大单板队只有晏淮一人参赛，除了夏将辉还不能出远门，其他三人都来观战了。

晏淮独自站在雪场门前，不知道在想什么。

盛飞扬他们正在不远处的小酒吧里聚餐，他赛前控制饮食，不能喝酒，只能在外面看看那处明晃晃的灯火。

不知怎的，让他想起了和宁霁在国内雪场看到的那条没入群山的灯带。

来加拿大已经五天了，宁霁除了偶尔微信上的问候，仍然没有更进一步的消息。

他甚至不知道，宁霁还会不会来看他的比赛了。

晏淮心烦意乱地踢了一脚易拉罐，那罐子在雪地里滚了几周，堪堪落在另一个人脚边。

是王教练。

教练捡起易拉罐，随手扔进垃圾桶，说："走，我带你去见个人。"

晏淮兴致缺缺，无非就是其他队的教练或优秀选手，让他们赛前认识一下。

"这次不一样。"王教练似乎看破了他的想法，神秘莫测地把他领回运动员下榻的酒店，敲响一扇房门。

开门的也是一个亚裔面孔，晏淮觉得格外眼熟。

王教练推了他一把，说："晏淮，这位就是国家队的张教练。"

晏淮眸光"噌"地亮了。

原来张教练早就看过晏淮比赛，张教练觉得这是个可塑之才，一直有意将他收进国家队。但奈何晏淮之前表现不稳定，他们教练组意见也不统一，这事就一直耽搁下来了。

张教练一直在为下一个新赛季选拔新成员。去年年底坡面障碍技巧和大跳台全国锦标赛上的名次也是他们选人的重要参考，那场比赛上，晏淮重新绽放光芒，让张教练又燃起了希望。

后来几经辗转，张教练得知晏淮在 T 大的教练，就是自己的大学同学王同光，这根线才搭上。

张教练鼓励晏淮在这次世锦赛上好好发挥，只要表现亮眼，就有机会拿到进入国家队的敲门砖。

晏淮听完以后，心潮澎湃。

他想身披国旗，站在冬奥赛场，那是属于每一个运动员都心心向往的荣耀。

从张教练处出来，盛飞扬他们还在小酒馆，晏淮过去找他们。

三人喝酒，他喝水。

晏淮跟他们讲述了刚才见到国家队教练的事，果然，每个人的眼睛里都迸发出了光芒。

“兄弟，你一定要把握好这个机会啊！”盛飞扬使劲拍着他的肩，“我太羡慕你了！”

他这句话是发自内心的。

其实早在刚进队的时候，盛飞扬一直把自己定位在“充数的”上面，他没有志向成为运动员，训练也觉得很苦很累。

他就想窝在宿舍里看看漫画打打游戏，做个与世无争的宅男。

可是他后来发现，单板滑雪这件事……还挺有意思的。当他亲身体会到在雪地上翱翔的感觉，当他看到晏淮比赛时不服输的眼神，当他听到路清美因为输了比赛而躲起来偷偷哭泣……

他突然想试一试。竞技体育，或许可以像热血动漫一样，能让他获得快乐。

到后来，夏将辉发生意外，那段时间里盛飞扬更加深刻地反思起这件事。反思的结果是，这条朋友想走却暂时不能继续走下去的路，他要替朋友一往无前。

至此，盛飞扬终于明白了身为运动员的骄傲和自尊，也明白了晏淮这个机会的来之不易。

他发自内心地替晏淮感到高兴，不小心又多喝了几杯酒，兴致盎然地说："狗爷，你要是让这个机会错过了，我肯定要打你，不止我打你，夏将辉也要打你，我们初代所有成员都要打你。"

路清美抢走盛飞扬手里的酒杯，不让他再喝了，同时冷笑着说："如果真有那天，不用你们几个出马，我一个人就行。"

晏淮虎躯一震。

翟小颜推了推眼镜，有点遗憾："队长去了国家队，就不能和我们在一起了吧？"

她话音刚落，桌上就陷入沉默。

这是众人最不想触碰的话题。

古往今来，从大学生运动员转而进入国家队，都要面临同样的问题——分离。

晏淮其实也想到了，他低着头，慢慢转着手里的杯子，迟迟不语。

良久后，还是盛飞扬打破沉默，率先说："没事！"

他声音拔得很高，越是这样，就越像在掩饰内心的不舍。

"这是好事，为了能站上奥运赛场，一个小小的分别又怎样？又不是再也见不到了。"盛飞扬嘻嘻笑着，是跟他 T 恤胸前的草帽路飞一样傻气的笑容，“搞不好过一年，我们又在国家队碰面了呢。”

晏淮也跟着笑了：“况且，我现在连门槛都没摸到呢。”

“就是！”盛飞扬没心没肺地哈哈一笑，“搞不好他明天脚一滑，直接跌出预赛……”

路清美一爪子打在他后脑勺上，瞪了一眼：“闭嘴吧你。”转而看向晏淮，恶狠狠道，“你要是真敢脚一滑跌出预赛，信不信我当场让你体会一把散打的乐趣？”

晏淮肩膀一抖，一脸严肃地点点头：“我信。”

翟小颜在一旁笑得停不下来。

为了照顾运动员的作息，他们取消了通宵的计划，早早陪晏淮一起回了酒店。

刚走到酒店门外，翟小颜眼尖，盯着前面说：“那个人好像……”

话音未落，面前人转过身来。

晏淮呼吸一窒。

宁霁眼睛弯了弯，沿着雪道慢慢走过来。

“我应该是……赶上了吧？”

盛飞扬等人很识趣地离开了，酒店后院，只剩下宁霁和晏淮两个人。

晏淮把头埋在她颈窝里，大口闻着她身上熟悉的气息。

宁霁将他抱在怀里，像哄孩子似的，不停拍着他的背：“对不起呀，我来晚了。想给你个惊喜，就没有告诉你。”

晏淮“哼”了个鼻音出来，以示不满，然而下一秒，他就搂住宁霁的腰，毫不犹豫地在她脸上啄了一口。

“我以为你不会回来了……”晏淮话音里有说不出的委屈。

“怎么可能，我说了只是暂时离开呀。”宁霁蹭了蹭他的下巴，“按照约定，我现在就告诉你，我这趟北京之行的意义。”

她从他怀里钻出来，认真地看着晏淮：“我想考北京那所体院的研究生，这次去，就是找导师面谈去了。”

晏淮愣了愣。

宁霁继续道：“我想你一定很想进国家队吧？为了能够站在你身边，我也要更上一层楼才行。”

晏淮问：“你打算考的专业……”

“还是运动医学方向。”宁霁眨了眨眼，眸子里的光一闪一闪，“其实我之前也很迷茫，我到底该去做什么。可是现在我已经有答案了，我很喜欢这份工作，和运动员在一起，我每天都很快乐。”

晏淮眸光触动，望着这个跨越了十年时光，才重新回到他身边的人。

“宁霁。”他出声唤她，“无论你做什么样的选择，我都无条件支持你。”

宁霁扬眉笑了。顿了顿，她声线忽低，无限温柔地说：“世羽嘉的时代已经过去。老天又给我一次选择的机会，现在我选好了——这是属于宁霁的荣光。”

她眼里有光，像是很多年以前，每一个她站在赛道顶端的瞬间。

——是让他追逐了十年，山河不换的那束荣光。

世锦赛 U 型池比赛当天。

T 大去了好多人，除了单板队的队员，不少校友都到场，举起了印有晏淮名字的应援牌。

盛飞扬拨通了夏将辉的视频电话，举起手机，打算来个现场直播。

这是一场世界瞩目的赛事，媒体将视线都放在了赛道顶端的少年身上。

晏淮目光轻轻一扫，忽然露出一个自信的微笑，然后握紧拳头，向右挥出——

宁霁心里一顿，这是世羽嘉的动作！

那个笑容懒散而张扬的少年，终于带着她的荣光，飞下雪道。

－全文完－